聯經評論

# 永遠的搜索

## 台灣散文跨世紀觀省錄

何寄澎 著

# 散文的細讀

## 序何寄澎《永遠的搜索》

陳芳明

在文學批評裡，散文書寫常常遭到詬病。主要原因在於，它的界線很難確立，它可以敘述如小說，也可以濃縮如現代詩。由於身分非常可疑，難以套用各種文學理論。有一個事實必須承認，國內學界研究小說與現代詩的數量，遠遠超越對散文的探索。由於沒有理論，凡是有關散文美學的討論，都必須仰賴研究者的品味與洞見。在台灣的讀書市場，最受歡迎的文類恐怕是散文，而非小說或現代詩。可能的原因是，散文藝術具有很大的伸縮空間，往往可以帶領讀者漫遊在故事的表演，也可以穿梭在各種意象的跳躍。

放眼國內學界，專攻散文研究的學者可謂鳳毛麟角。能夠出奇制勝者，更是難得一見。散文生產極為豐富的出版界，與散文研究非常荒蕪的學術界，正好構成強烈的對比。何寄澎教授投注於散文研究長達數十年，堅持他個人所建立起來的細讀方式，開闢了一個可能的領域。所謂細讀，其實是由現代主義運動延伸出來的一種閱讀方式，也是新批評無可或缺的重要範式。新批評崛起於西方，必須要到一九六〇年代才到達這個海島。新批評的主要精神，在於要求讀者面對作品時，不要輕易放過作者所安放的每一個文字。現代文學的藝術特點，在於彰顯作者的內在感覺與情緒流動。作者在遣詞用字時，常常會不經意呈露最私密的無意識世界，其中可能夾帶隱晦的欲望、情緒、記憶。

細讀的方式，可以揭開文字的神祕境界，進而發現作者的藝術根源。自一九六〇年代以來，細讀的實踐大多專注於小說與詩的解析。在故事的轉折處，在詩的分行之間，找到重要的關鍵詞，從而開啟美學的奧祕。這方面的重要典範，當以王文興之解讀小說、葉維廉之解讀現代詩，最受當代文壇的矚目。散文方面的細讀，余光中曾經有過深入的實踐，但都止於序文或評論的嘗試。

何寄澎這本《永遠的搜索》，可以說是散文研究最具企圖心的一個突破。收在書中的十二篇論文，涉及的散文家包括林文月、楊牧、簡媜、張秀亞、王鼎鈞、梁實秋、蔡珠兒。橫跨的時間斷限，大約從一九六〇年代到二十一世紀初期，將近半世紀之久。這幾位作家，大多已經升格成為文學經典。他們為當代讀者所提供的書寫範式，似乎是後來許多創作者所要追踵。確切而言，書中所討論的散文技藝，其實都帶有現代主義的特質。創作者並不止於風景的描寫，或心情的抒發，很早就已經挺筆指向內在的慾望流動，容許外在事件與內在情緒相互感應。正是在這樣的書寫特質上，何寄澎展開他的細讀實踐。

在書中，他並未特別彰顯細讀的重要性，但是面對作品時，他所秉持的精讀方式，可以說處處可見。身為作者，他並不是一位現代主義者。在學術訓練與文學品味上，他其實是非常古典的閱讀者。然而，傳統與現代，從來就不是分庭抗禮的兩種價值。在藝術底層，傳統與現代是可以相互流通。文學史已經證明，後來的創作者並不必然可以超越前行代，而現代作者也並不一定高於古典作者。在傳統文學的基礎上，何寄澎對於古典藝術的理解，有他獨到的高度。站在這樣的高度，他可以清楚辨識當代散文作者的精華與奧妙。

當他討論林文月散文時，特別強調「林氏的感情細膩而豐多，但林氏的秉性與教養又偏於理性的約制，表現於散文創作則素樸、矜慎而節宜」。他點出這樣的特點時，完全是建立在廣泛閱讀與技巧探索的基礎上。所謂廣泛閱讀，其實就是「全集式閱讀」。前後數十年的散文書寫，羅列在他的桌前，窺探了作者最初的無心插柳，也發現了日後的有意栽花。迂迴在蜿蜒的文本之間，他再三尋覓作者的幽微感情與理性思考。從素樸的出發點走向繁複的演出，正是林文月創作歷程的展現。所謂全集式閱讀，在於強調讀者閱讀之際，跟隨作者一起年輕，一起成熟，一起蒼老。也就是把全副精神貫注在作者的創作歷程，對於生命過程中的微妙變化，從不輕易放過。

同樣的，他也以兩篇論文〈永遠的搜索者〉、〈「詩人」散文的典範〉，再次展開全集式閱讀，對楊牧的文字藝術反覆求索。從《葉珊散文集》到《奇萊前書》，他也追隨楊牧，從花蓮到達加州，又從新英格蘭抵達西雅圖。彷彿在作者的生命轉折點，何寄澎都恰好在現場見證。把作者的生命與自己的魂魄連結起來，從而以真摯情感去體會楊牧的流浪漂泊與望鄉心情。他這樣總結；「楊牧一生自我追求之典範為西方文藝復興人、中國古代知識分子、西方浪漫主義者，中國文學傳統中真正的『詩人』，這在現代散文各家中絕無僅有。」其實他已經完成多次來回的細讀，而掌握了楊牧散文的精髓。

就像艾略特在〈傳統與個人才具〉所強調，每一個時代的傑出作品，背後都有龐大的傳統在支撐。這段話揭示出來的意義，在於指出每位作者在誕生之前，都已經穿越前代作品的豐富閱讀。書中受到討論的散文作者，包括張秀亞、簡媜到蔡珠兒，都毫無例外從傳統的礦苗裡，汲取燃燒的火種。何寄澎這本書精確點出，散文作者是如何在傳統與現代之間出入。凡屬開放的心靈，絕對不可能畫地自限，更不可能在傳統與現代之間切割。每位創作者能夠臻於藝術高度，必然具有各自的神秘技巧。但是，成熟的散文作者，想必有其共通點，那就是在開拓現代之際，從來不忘回首乞靈於傳統的恩賜。

散文研究或散文批評，是相當艱鉅的工作。每位作者的語法與句式，往往別出心裁，絕對不可能運用特定的理論就可把握。散文作者所夾帶的語言武器，顯然不是任何批評家能夠輕易抵禦。只有從耐心的閱讀中，慢慢與作者協商，熟悉他的說話方式，終而獲致心靈的理解。何寄澎這本專書，或許沒有提供確切的批評範式，但他為我們展現的細讀工夫，足以協助讀者逼近散文作者的心靈世界。批評者往往扮演狩獵的角色，為讀者捕捉文字的真實與美感。何寄澎帶著我們到達作者的世界，容許我們重新發現散文最迷人的一面。

二〇一四年四月十日　木柵

陳芳明，國立政治大學講座教授。

# 《永遠的搜索》序

李瑞騰

在台灣，中文系出身的學者，能出入古今、遊走於學院門牆內外且又有優越的表現者，誠不多見，何寄澎是極特殊的一位。他是台大中文系博士，長期任教該系，曾任學務長、中文系主任、台文所所長；有一段時間，還兼幼獅文化公司總編輯，現借調為考試院考試委員。別人視為繁瑣的行政工作，他舉重若輕，從容自如，更難得的是，他不忘本業，始終未曾停歇其散文研究。

寄澎最初的專業表現讓我印象深刻，那是上世紀七十年代中期，他參與長橋出版社古典詩詞賞析工作，流傳甚廣的《江南江北——唐詩賞析》（台北：長橋，一九七六）就有他的作品；稍後的《總是玉關情——唐代邊塞詩初探》（台北：聯經，一九七八）《落日照大旗——中國古典詩中的邊塞》（台北：故鄉，一九八一），都讓我讚嘆；那大約也是我致力於中國古典詩的探討，並參與普及化的一段時間，對我來說，寄澎是前行者，我看著他的著作學習古典文學的實際批評，尤其是以現代方式再現古典精神方面。

我知道他，那時卻沒什麼往來，但總覺得是走在同一條路上的朋友，特別是一九八〇年代前期，我開始從事文化出版工作，編書、編報紙副刊和文學刊物，在那個現代文學在中文系沒有地位的年代，寄澎和他的朋友們共同編選了現代文學三大文類（詩、散文、小說）的賞析專書，裡面有大文學史的宏觀視野，也有文理脈絡的細部解讀；我那時已有一些出版經驗，現代感也強，對於寄澎能從古典的範域走出來耕耘現代，多了一些敬佩之心。

在博士班階段，寄澎的主要關懷由唐而宋，他研究起宋代的古文運動。這個跨越對他很重要，唐宋古文一脈相傳，解構駢體，把散文推向高峰，寄澎不只研究思潮、運動，也閱讀名家名作，體會既深，一但轉而探討當代散文，視野形成格局，成就自是非凡。

獲得博士學位之後，寄澎一邊講學上庠，一邊仍在古文領域清理相關研究文獻，且開始以面對韓愈、歐陽修的態度和方法來面對當代散文大家，首先是林文月，然後是簡媜和楊牧，態度是認真的，方法是嚴謹的，重點放在一個真正的作者如何真誠的面對自我的問題，他剖情析采，就是要探討作家如何觀照生命？如何展現其胞與情懷？如何求新求變？怎樣形成特色、格調？具有什麼樣的文學史意義？他在微觀行文動狀之外，宏觀作者在不同時間不同情境下所寫的作品群，從散文作家論的立場來看，論人評文，強調特色；他擅長歸納，分析性亦強，沿波討源，雖幽必顯。

寄澎另在幾場研討會中應邀演講張秀亞、王鼎鈞、梁實秋，口說記錄和專文論述畢竟不一樣，更可見其功力，作為一位文學評論家，他有慧眼可識英雄，是台灣散文的知音。

他另有幾篇專論都擲地有聲，一篇論當代台灣散文中的女性形象，從家族內外分論，結論極具啟發性，譬如他說台灣現代散文，「較諸小說、新詩，不但更少外鑠的成分，也對時代的回應較為遲鈍冷漠」，而這種情況也表現在書寫女性形象的當代台灣散文中。第二篇論述一九八〇—九〇年代台灣散文的蛻變，指出三大變象：文類之跨越與次文類之交融、寫實與抒情框架的擺落、新語言與新形式的試煉。作家兼顧老中青，作品包含諸寫作類型及各種風格，褒貶之間語含正面且積極的期待。第三篇專論林文月與蔡珠兒的「飲食散文」，並兼述台灣當代散文體式與格調的轉變，所探討的作品，前者為《飲膳札記》（台北：洪範，一九九九），後者為《紅燜廚娘》（台北：聯合文學，二〇〇五），寄澎先分言特質，再比較二者差異，並繫聯九〇年代以降台灣散文的書寫風尚，以小搏大，有可觀者焉。

這些篇章將結集出版，書名「永遠的搜索」。「搜索」取自楊牧散文集《搜索者》（台北：洪範，一九八二），他論楊牧散文之求變求新那篇論文的題目即是〈永遠的搜索者〉，用於書名則語意雙關，一方面指作者之散文創作，一方面指評論家之探求作者為文之用心，寄澎在其序文之末言其「迫切」，書名則宣示其「永遠」，在這種情況下，我們對於他的「觀省」，因此就有更多的期待了。

**李瑞騰，國立中央大學中國文學系教授。**

# 自序

我會投身現代散文的研究，因緣始於上個世紀的八〇年代初。那時我剛開始在台大夜間部中文系講授中國現代散文的課，教學相長的關係，漸漸產生心得與興趣。隨後與友人林明德、呂正惠等編寫《中國現代散文選析》（台北：大安出版社，一九八五，初版）一書做為大學相關課程的用書（它可能是台灣最早的兼具文學史視野與經典關懷的教科書），乃促使自我觀照日廣、體會日深，原先單純的興趣漸漸轉為積極介入的志趣。尤其由於我博士論文的主題是北宋的古文運動，很自然的常常古今對照，發現彼此互通互涉，乃至互領風騷或今不如古的焦點。後來我又講授「中國文學史」這門課，透過對三千年中國古典文學發展演變的深思探索，乃漸漸形成若干自我獨特的感受，以及與眾不同的思考、觀點與信念，諸如：關乎「經典」的意涵、關乎「作者」的定義、關乎散文的「本質」、關乎「美」的真諦、關乎「傳統」的真相……等等。這些獨特的感受與信念逐漸成為我面對古典散文、現代散文作者、作品時，品騭評論的重要標準。三十年來，我始終以這樣的信念與標準審視每一位作者、每一篇作品，甚至每一種現象，內心的安穩踏實，誠非筆墨所能形容。以下試對此信念與標準略作申說。

中國古典文學傳統中的「作者」，有它特殊的定義，並非能文成篇者即可稱為「作者」，一如古典文學傳統中並非能詩者即是「詩人」。蓋所謂「詩人」，不僅以透過文字之藝術化撰成一首詩為已足，他必須具有「知識分子」的襟懷——譬如對時代的關注、對生命的真誠、對價值的堅持、對真理的執著……等——而所有文字藝術化的詩無非此種襟懷的流露，故有「詩言志」此一萬世不替的宗旨——此旨為所有優秀之古典詩人所奉守，此亦成為古典詩歌傳統核心的精神。就本質而言，「言志」與「詠懷」差近，但絕非一般所謂「抒情」可相比擬。此一「詩人」之意涵，實即「作者」之意涵。本書所收〈「詩人」散文的典範——論楊牧散文的特殊格調與地位〉即植基於此一體會，並終因此能詮釋人所未見之楊牧散文之特質與意義。

一個真正的「作者」，必須真誠的面對「自我」，絕不虛矯；他唯一的競爭者不是別人，是他自己，所以他筆下的世界不可一成不變，而必然隨其生命之變遷，深化筆下之書寫，不斷自我淬鍊，推陳出新。唯此種不斷審視自我、突破自我之作者，始為「真正」之作者、「可敬」之作者。我個人選擇林文月、楊牧、簡媜等作者予以評論，並致揄揚之意，實皆緣於此故。

此外，古典文學傳統之作者，心目中有一至高之標準——為所有「作者」畢生追求而未明言者，此即司馬遷《史記・太史公自序》中所揭示之「成一家之言」。吾人回顧中國古典文學史，分明可見先秦諸子以及《春秋》、《左傳》、《國語》、《戰國策》等，莫非「一家之言」。入漢以降，《史記》、《漢書》亦一家之言；其下為世所公認之歷代典範作者、作品亦莫非一家之言。東坡稱韓昌黎「文起八代之衰」，蓋八代所衰者在文體僵固，眾所同然，喪失「一家之言」此一最重要的精神而猶矜矜然自溺，待昌黎出始摧枯拉朽，大變文體，所謂「復古」者，振衰起敝，恢復古代「一家之言」之傳統也。我個人觀省現代散文作者、作品，亦時據此一標準肅慎評量，除前揭林文月等作者外，又述張秀亞、王鼎鈞、梁實秋——雖因緣際會係應邀而為，實亦援此思維而論之。

作者與作品究竟為風光一時或可大可久，此即涉及其是否具有文學史之意義。而是否具有文學史之意義，又非吾人可率爾主觀認定，必須取原有之文學傳統予以勘較衡量。中國古典文學有一強固之「美文傳統」與「抒情傳統」；然亦有先萌後衰未能充分發揮之小傳統（如諧謔）；甚或無由開展之面向（如女性生命、漂流意識）。書中所論作者，於張秀亞，以美文傳統；於簡媜，以女性生命；於王鼎鈞，以漂流意識；於梁實秋，以諧謔傳統，分別一一斟酌其價值與意義。除此之外，書中多篇皆關注作者文學史意義之探討——凡此種種，見證我個人對現代散文觀省評論的一個標準，也見證我個人恆以文學史的關懷與視野建構我對現代散文探索的詮釋。

最後，就我個人的體會，散文是最「平易」的一種文類，優美的形製之外，一篇好的散文，最重要的還是內在的「真誠」——它的題材廣闊，無所不能寫，但務須發自生命的真實、情思的真誠；古典散文傳統中的典範作者，無一不是平易、可親、可感、可誦的。他們固有寫作時的匠心獨運，但語言的新異、辭采的變化均非其所罣礙，真誠情感與思想的流露，才是他們作品感動讀者、啟發讀者，永恆不朽的關鍵。此但觀韓愈〈殿中少監馬君墓誌〉、柳宗元〈捕蛇者說〉、歐陽修〈釋秘演詩集序〉、蘇軾〈承天寺夜遊〉等，可以深切感知。不容諱言，韓愈確有刻意變創文體的作為——但那只是在一個特定時空裡，為了改革運動所不得不行的策略，惟此一策略之施為並不影響上述作文之旨，前揭〈殿中少監馬君墓誌〉既變創文體，復仍以衷忱寫人人可感之懷，即是好例。書中省思當代文學現象；考察當代台灣散文蛻變；比較林文月、蔡珠兒之「飲食散文」；凡此，或多或少都緣於上述我個人對散文本質與散文傳統的體會。

三十年來，我藉由對古典散文、現代散文的關懷、教學、研究、觀察、反思，逐漸累積前文所述的種種思維、觀點、信念——它們使我對問題的探索與詮釋頗別於一般散文研究者，其得失如何，非我個人所宜置一辭，識者自有定論。三十年，從二十世紀跨入二十一世紀，個人的觀照如此多闕、成績如此單薄，實在非常汗顏，對自己的疏懶尤感無限慚愧。在學術研究的領域，長年以來，無論古典散文或現代散文都乏人問津，作為一個踽踽獨行者，能以自己堅定的信念，會通古今，一步步去做探索，也許還是值得自我肯定與安慰的。如今無論回顧來徑或瞻望前程，我個人心中還有太多的迫切，迫切的希望對五四以來的現代散文作者，一一去做深入的分析探討、一一確認其藝術特質與歷史地位，然則就讓本書的出版作為一個新起始的鞭策吧！

何寄澎謹序

二〇一四年一月十五日

癸巳臘月十五

# 目次

**附錄**

# 眞幻之際．物我之間

## 林文月散文中的生命觀照及胞與情懷

截至目前為止，林文月計出版四本散文集——《京都一年》（六十年二月）、《讀中文系的人》（六十七年九月）、《遙遠》（七十年四月）、《午後書房》（七十五年二月）[1]。以寫作年代言，林氏之積極投身散文創作，其時甚晚。在民國六十年以前，琦君早已享譽文壇，而少林氏八歲的張曉風亦已嶄露頭角；以作品數量而言，十五年間才六十五篇而已[2]，與前舉二位作家簡直無法相比。但這一切都不能影響林氏的散文成就；反而由於其矜慎態度，作品一直維持一定的水準，並且與日俱進。去（七十五）年，獲時報散文推薦獎，雖為身外之名，但多少反映林氏作品所獲得的肯定。

然而，雖獲肯定，但有關林氏作品的評論分析仍極少見，從而其散文的成就遂不易顯現。一般人極可能仍輕忽而主觀地以「女作家」一語論定之，並稱以文字清麗、風格柔美、情思細膩云云。

1 所列年月，皆爲初版時間。

2 六十五篇這個數字，係根據四本散文集所收篇目統計而來。不過，《讀中文系的人》略去第二部、第三部，計十五篇；《午後書房》略去末篇與曾野綾子的對談錄。

其實林氏散文最值得注意的是她對生命的觀照以及對事物的同情與關懷；而更難得的是她把由思辨至體悟的全部過程，加以極精緻而優美的鋪陳，乃使作品情致中有理趣、理趣中有情致，既無單純抒情的俗調，亦無純粹理知的說教，誠可謂突破散文文體之模式[3]。故不僅在女作家中有明顯突出的格局，即在現代散文發展史上亦堪刮目相看。

以下即分四部分闡述林氏散文：一、二兩部分屬內涵探討；第三部分屬形式探討；第四部分則為結論。

## 一、生命觀照

在林氏散文中，這類作品所占的比例最高。綜合言之，林氏的體驗為：生命是變幻的，也是美好的。人生如夢，世事無常，然而發生過的，經歷過的，卻又無比真實，確可把捉。一切的必然似皆從偶然而來，一切的偶然也都似乎早已注定為必然。面對偶然，自不能不感受生命的奇妙與虛幻；體悟必然，又不免發現生命的具體與真實。人因此是渺小的，卻也是高貴的；生命因此是可感慨的，卻也是可珍愛的。林氏筆下有哀傷，但不是浮泛的悲觀；有積極，但不是童騃的樂觀。她對生命的觀照，頗類蘇東坡的「人生如夢」[4]。（在東坡心目中，包括人類在內的萬物，都由水元素構

3 用楊牧語。《搜索者》前記云：「所謂抒懷和敘事，往往是不可分割的，甚至在這種抒寫和敘述之中，更摻和著物像的描寫和知識思想的解析。現代散文務求文體模式的突破，這是我的信念。」

4 蘇東坡〈念奴嬌〉詞：「人生如夢，一尊還酹江月。」

成，因此世界在本質上沒有固定的形態。隨著視點的移動，事物遂呈現千變萬化的新貌；主體、客觀之間的關係經常是相對的、可變的。這種觀點也適用於人世，於是就產生了「吾生如寄」這種經常被他強調的話。這話本來的意思是感嘆人生的短促與悲哀，然而東坡卻把它轉化——人生既只是短暫的逆旅，所以人更應該無時無地去追求可能存在的幸福[5]。）

所以在〈步過天城隧道〉一文的結尾，林氏便很自然的引到蘇軾〈永遇樂〉詞中的片段：「古今如夢，何曾夢覺？」並且說道：「我也了悟古今如夢的道理。」

以下就重要作品逐篇闡述。

〈一本書〉寫於六十七年元旦。一個陰陰天氣的元旦上午，偶然去了光華商場，偶然瞥見了一本藍綠封皮的書，也偶然隨口問了一下書的價錢，偏偏書的價錢又不貴，構不成拒絕的理由，於是一本四十五年以前，名不見經傳的日本詩集就確確實實放在作者手中了。這一連串偶然所構成的事實，多麼不可思議！卻又似乎原是注定的。如果天氣晴朗，可能去了郊外；如果是下雨，自然會待在家裡。人生的際遇真是無從逆料、何等奇妙！

面對這樣不能把捉的人生，又當如何自處呢？「風水相遇，自然成文」，作者經過反覆思辨，體會到以平和寧靜、隨遇而安的態度去接受已成的事實，並欣賞其中的情趣與美，乃能得到最豐富、充實、感動、空靈的人生，她說：「其實今天和昨天沒有什麼不同，與明天也不會有兩樣。一個人要下決心做點事情，只要當機立斷做去就是，又何須特別趕在今天這一天呢？然則，元旦深夜

5　此用日人山之內正彥說法。參見拙譯《中國文學史》（台北：長安出版社），第五章，一・詩，頁一五〇。

讀這本書又何妨？何況它就在燈下，就在眼前。」讀亦可，不讀亦可；而想讀就讀吧！在這裡林氏顯示了與陶淵明「閑暇輒相思，相思則披衣」[6]相同之任真的旨趣。

然後，作者不止讀了這本書，而且感動之餘還選擇了其中的一首詩譯成中文，以表示她對一群不相識的異國詩人的敬意。其實，這確實感動的產生，正來自於她對生命具體事實的接受與欣賞；而譯詩的行為更清晰地反映了她這種接受人生、欣賞人生的態度。

同樣藉機緣奇妙表現類似生命觀照的尚有：〈遙遠〉（六十七年中秋）、〈過北斗〉（六十八年二月）、〈在喀喇蚩機場〉（六十九年三月）、〈翡冷翠在下雨〉（六十八年十二月）、〈再見〉（七十一年九月）、〈上海故宅〉（七十年十一月）、〈蒼蠅與我〉（七十三年十月）等篇。其中，〈過北斗〉，文字太露[7]，不必深論；〈在喀喇蚩機場〉以及〈蒼蠅與我〉則有其更主要的題旨，留待下節討論。

〈遙遠〉是林氏散文中極富特殊情趣的一篇。全篇的基礎建立在一連串偶然之中——在安排得十分緊湊的節目當中，意外地撿到一整個下午的空白；而所有的人忽然全不見了，整個雅禮賓館突然變得空寂無人；更不可思議的是，在台北經常失眠的作者，居然會跑到香港來午睡。這一連串偶然的累積，終於推動作者走上二樓的陽台。眺望遠山近水，體驗全新的生命情趣。作者本來似乎具有要

6 陶詩，〈移居〉二首之二。

7 文中明白寫道：「人生際遇委實不可逆料，倘若當年父親沒有受過窮苦生活的刺激，他也許會在這條街上開一爿雜貨店或什麼的，那麼我們兄弟姊妹說不定也都在此地成長生活下來，就像眼前來來去去的這些人一樣。」

捕捉、追尋什麼的意識，卻終於又停駐在惝恍窈冥的境界裡。周遭安靜朦朧，一切似真似幻——

> 好像在想一些什麼，卻又說不出是在想什麼，但心中分明不是空洞的；我知道有些情緒自心底深處冉冉升起，但又瞬即飄忽逸去；似乎在懷念著什麼，然而更像在忘懷著什麼。

最後作者放棄一切的刻意與推敲——也就是「執著」，說道：

> 這種心情該如何解說呢？一時找不著適當的字眼來形容。也許可以說是遙遠，就稱做「遙遠」吧。

就旨意而言，〈遙遠〉與〈一本書〉並無太大的不同；但就氛圍與理趣而言，〈遙遠〉則更有一種神祕空靈的氣質，彷彿《莊子・齊物論》所云：

> 昔者莊周夢爲胡蝶，栩栩然胡蝶也，自喻適志與，不知周也。俄而覺，則蘧蘧然周也。不知周之夢爲胡蝶與？胡蝶之夢爲周與？周與胡蝶則必有分矣，此之謂物化。

也許在這裡我們可以再度強調林氏所謂「人生如夢」的特殊意趣以及來由了。林氏既深切體認機緣的奇妙與偶然的必然，自當了解人世的一切都是相對而可變的。在相對可變，無從逆料的種種際遇當中，自必升起如夢似幻、既真實又虛妄的感覺。就在這樣的感受與體悟中，發現生命是確實存在的，也是虛幻飄忽的；是確可捕捉的，也是無從追尋的。莊子在覺安於覺、在夢安於夢的態度，就變成了林氏面對真幻人生的態度了。

如果說〈遙遠〉表現了惝恍窈冥的境界，是生命中充實的虛空；則〈翡冷翠在下雨〉便提示了生命中具體的感動。作者在〈遙遠〉中，漸漸忘掉一切聯想，終於進入窈冥的世界；而〈翡冷翠在下雨〉則透過眾多的聯想(歷史的、文學藝術的)切實掌握具體的感動。二者皆為生命的真相。

試想，「歷史的」翡冷翠「忽」到眼前來，是怎樣的一種奇妙？又是怎樣的如真似幻？「若要訪古，卻得先走經過這些現代裝飾的櫥窗和招牌前」，作者彷彿通過一條時空隧道，走進了十六世紀的翡冷翠。虔誠的巡禮，不斷歌頌人類智慧的偉大[8]，這是確確實實的感動。而後，導遊的話把作者拉回到現實——確實的感動中遂不能不升起無邊的惆悵。鐘聲響起，意味歷史的時間已逝，現在是一九七九年翡冷翠的黃昏；然而作者的錶是一點三十分——這又是台北的時間。覽讀至此，一種人生似真似幻、時空似隔似通的感覺遂瀰漫全篇矣。

〈再見〉與〈上海故宅〉同樣強烈表現世事難料，人生如幻的主題。童年的故居，歷經三十五年的淘洗，竟依然大致無恙(想想，這是何其變亂的時代)；一句戲言，竟讓時光真的倒流；原以為

---

8　對人類文明的歌頌，正是對生命不朽的肯定。〈一本書〉中也說：「文學是永恆感人的，詩歌是不會死去的。」〈雨遊石山寺〉更說：「人或許也像樹木一樣不朽，藉著堅定的信念，藉著文章大業。……這塔與碑，其實不過是一些無生命的石頭而已，使這些無生命的石頭具有如許無比吸引力的，實在是作者嘔心瀝血的文字。」文內說林氏接受並欣賞人生，這些都是具體例證。

絕對無從把捉的，竟清晰地呈現在目前！物固如此，人亦相同。與韓菲麗的相識，何能預料？而聚散匆匆，也都不可安排。在這裡，我們的確可以體會冥冥中一股力量的偉大，人生如萍，但能隨波逐流、載浮載沉而已。然而卻也不是完全的無力，畢竟情感不變、想念真實[9]。我們終於能自林氏散文中體悟到「變」「常」之間的微妙關係。

最後，我們也許應該以〈步過天城隧道〉來綰攝林氏作品中所表現的生命觀照。

〈步〉文雖同樣寫人生如幻、古今如夢，但已脫去機緣奇妙、際遇難料的安排形式。〈遙遠〉中方生即止的推敲，在這裡急遽地膨脹、強化。事實上在走完隧道以前，作者一直在費神推敲、思考。〈翡冷翠在下雨〉中朦朧的時光隧道，也在這裡完全被具象化，但前者透過實物的聯想，卻在這裡幻化成文學抽象的聯想，乃有與〈遙遠〉同樣神奇、空靈的氣氛。換言之，如果〈遙遠〉與〈翡冷翠在下雨〉可以做為林氏觀照生命的代表之作，則〈步過天城隧道〉便融會了二者，更圓滿地傳達其旨趣。它讓縹緲的情緒成為實在的體悟，並讓體悟的獲得過程，清晰地呈現，乃使所有觀照化成極鮮活、確實的感受。在這裡，隧道有著極繁複的象徵意義。它是作者進入虛構(小說)世界的甬道；也是作者由「執」至「悟」的津渡；更是聯繫作者有限自我與無限時空的臍帶[10]。人生如

---

9 這是林氏的信念。〈記憶中的一爿書店〉有云：「仍有一種如夢似幻的感覺；那種溫馨的情緒也始終留存在心底。」〈那間社長室〉亦云：「時光雖不能倒流，但是美好的記憶則永遠不會消逝。」

10 林慧眞小姐在交給我的課堂筆記中有云：「人的存在若只是限定在自我的時空中，且是閉鎖的時空，則他的心靈必將充滿孤絕、恐怖。因爲在我們渺小有限的時空之外，有一個浩瀚無垠的時間之流與無限延展的空間。有限之我若不能與無限獲得聯繫，飄蓬流浪之感始終會在我們心頭縈繞。天城山隧道在此成爲作者以有限之我通往無限超越界的甬道。藉著通過這隧道時『懷抱古今』的聯想，爲其當下生命與歷史之流匯爲一

夢，新天城隧道自非舊天城隧道，剎那間，所有驚懼哀喜頓成癡妄，然而——

> 其實，也無需計較一切虛實眞假，我一步一步數了千二百步通過幽暗的新天城隧道，是確確實實的經驗。

作者終於擺脫一切羈絆，對生命獲得超然的體會，所以她「不再計較地名稱呼的由來與讀法」，她「這樣輕快的心境，前所未有。」「順著路邊畫出的白漆線走下去，真是美妙極了」。

## 二、胞與情懷

如果說生命觀照的作品形成林氏散文的深刻層面，讓我們看到她的思想性；則胞與情懷的作品便凝鑄了林氏散文的溫馨世界，讓我們看到她心中的愛。

本節所要討論的對象計有：〈在喀喇蚩機場〉、〈義奧邊界一瞥〉(六十八年十二月)、〈蒼蠅與我〉(七十三年十月)、〈逍遙遊〉(七十年四月)、〈知床旅記〉(七十三年八月)等五篇。其中，〈蒼蠅與我〉最為特殊，單獨討論；餘四篇皆寫人與人之間的關懷與和諧，不妨綜合來看。

飛機停留在喀喇蚩機場，完全是偶然的機緣，作者不經意瞥向窗外，忽然注意到一個擦抹升降階

---

(續) 氣，解除孤絕的深悲。」發揮甚佳，因採其說，特予註明。

的男人。他每次都在預定的時間內出現，穩定規律的步代，顯示其豐富的經驗以及對工作的崇敬。作者透過對這陌生男人的種種設想，流露出她內心的關懷，全篇因此染上一層溫馨的親切情味；作者更透過泰戈爾短詩的引用——

> 綠草是無愧於它所生長的偉大世界的。

表達出她對高貴生命的禮讚。這是一篇充滿同胞愛的作品，充分反映出作者溫厚的胸懷。

有這種溫厚的胸懷，自不可能以狹隘的觀點看任何事物。〈義奧邊界一瞥〉裡便藉草的蔓延、牛馬的悠然，慨嘆人類的畫地自限。然而人雖有這樣的無知，人情本來卻是美好和諧的。陌生女童終於對作者的微笑做相同的回報，並且不斷揮手道別（最近聯合副刊又有一篇〈臉〉，與此情致相同，但更細膩、深刻），正是一例；忘了帶護照的女子，僅以一枚巧克力糖，竟也順利通過檢查的關卡，又是一例。後者在濃郁的人情味後，更有極溫馨的幽默。我們展讀至此，頓感「邊界」何嘗不是多餘？結句——「天空蔚藍，綠草如茵」，一方面襯托溫馨，一方面暗示人情無界。

正因為人情無界，在〈逍遙遊〉裡，才能與胖胖的駕駛有愉悅的筆談、溝通。文中雖用莊子之意，也確實藉飛翔體會「逍遙」之趣。但給讀者的感受卻是，整個「逍遙」的產生，實植基於與陌生駕駛親切地溝通；換言之，因人情之美，乃使一架小小飛機、一次不越萬呎天空的飛行成為逍遙之遊。

如果我們細心覽讀，不難發現以上三篇雖能充分展現作者的溫厚心胸，但對人情美好的描繪，仍然只是點的交代，須至〈知床旅記〉裡，才終於藉涵蓋天地間的生活，體悟不同中的相同，全面展現民吾同胞的情懷。作者初時猶斤斤否定，眼前所見的白色燈塔不是花蓮的燈塔，不是鵝鑾鼻的燈塔，而是知床半島、鄂霍次克海的燈塔。也驚異於這海水遠非如想像中的天玄水墨、浮冰衝撞，竟像太平洋的海水，巴士海峽的海水，甚至像台灣海峽的海水這樣平靜湛藍。然而最後，作者看見遠洋上有漁船點點，她說：

像金山、像蘇澳，也像安平，像楓港，那景致並無甚分別。

作者終於從固定狹隘的觀見進至廣闊超越的認知，而相信這裡的壯丁必是個個好漁夫，人類的生活就是這樣子，從天涯走到海角，所看見的無非是人在生活。作者看到不同之中的相同，感覺無比溫馨，她最後寫道：

這是一個多麼熟悉的地方，知床半島、鄂霍次克海。

於是人與人間所有的界線都在作者的包容裡泯除了。

最廣大、深厚的愛，當然不僅及於人類，必也被於物類。前舉四篇一貫展現林氏「民吾同胞」的情懷已略如上述，〈蒼蠅與我〉則獨立展現林氏「物吾與也」的精神。

晚餐桌上突然闖入的蒼蠅是教人厭惡的。趕走牠，甚至想打死牠，都是任何人很自然會有的心理。在吃完晚餐的二小時後，作者一人坐在飯廳裡細啜茶水，忽然瞥見這隻狡黠的蒼蠅正一動也不動地停在桌面。作者躡手躡足去取來蒼蠅拍子，準備把牠打死，這時作者寫道：

我大概是相信人爲萬物之靈，一切有害於人者皆可殲滅。

非常明顯的，在此時此刻作者自以為高物一等，因此將物與我分離、對立。然而當面對一個全然不抵抗也不逃避的敵人(蒼蠅似乎並不把作者當作敵人，也不認為作者要加害於牠)時，作者的鬥志乃急速地冷卻。終於作者在觀察蒼蠅的過程中體會到人類的自以為是，又從小林一茶的溫厚心境裡，對自我的殘酷感到慚愧，到此，物我已臻平等。在這個夜晚，蒼蠅非但不是作者的敵人，反而是她唯一的伴侶。相濡以沫，何須同類？人與物也可以經由完全無聲的溝通，獲得深刻的啟示，達到和諧的境界。於是當第二天早晨作者在書桌上發現一隻死去的蒼蠅，她寫道：

我知道那必是昨夜陪伴我的蒼蠅無疑。

相較前此所云「這一隻蒼蠅應該就是晚餐時亂飛亂闖的那一隻罷？」已從猜測轉至肯定，反映了作者與蒼蠅的關係更從平等進至了解。

也許在這裡我們還可以再強調一些其他的意義。〈蒼〉文的鋪敘亦開始於一個奇特的夜晚——家中空無一人。鏡中身影，感覺奇異；獨據桌隅，直如夢幻，在在顯示生命的無常。就在這種生命無常的體會中，讓我們深思個體與外在世界關係的契機。人與人間、人與物間，為了求得生存，難免有對立、競爭的狀態出現，但自永恆的觀點來看，萬物莫非過客，共有幻滅無常的命運。就在這樣的體悟下，人我、物我之間的對立乃消失於無形。於是那原被視為敵人的外物，遂可成為我們人生的啟示者，生命路途中的伴侶，乃至奔赴共同命運的生之戰友[11]。作者最後面對蒼蠅的死亡，有一種唯自己明白的孤寂感襲上心頭，一方面是對生命無常的悲感；一方面正是對伴侶深深的傷悼。

扼要言之，〈蒼蠅與我〉消泯了世俗的隘見，破除了物我的對待，具有莊子齊物的精神，但又非如莊子之超情，故似更有動人的情致。

## 三、寫作方式

在《遙遠》一書的後記裡，林文月這樣寫道：

> 往時寫作，喜歡鋪張緣飾，惟恐心中感知交代不夠清楚，故而一提筆便洋洋灑灑不可收拾，《京都一年》那本記遊散文集中所收諸文，仍不脫此風。近來則自覺豪情與好奇已不如前，寧取平實而不慕華靡，又覺得許多枝枝節節去之可矣，文章便也越寫越短，卻比較注意篇章結構與布局韻律，這或即是步入中年的一種心態吧。

11 此段文字間錄前註林慧眞文。

這段話頗有重要意義。作者自己意識到她的寫作方式可分兩期，《京都一年》是一期，這以後是另一期。前者「鉅細靡遺」，難免枝蔓；後者重剪裁營構，愈寫愈短。我們證諸作品，的確如此。然而需要補充的是，二期之間的過渡作品為《讀中文系的人》，其中如〈偷得浮生二日閑〉，平鋪直敘、鉅細靡遺，猶為《京都一年》之風；〈一本書〉起筆用倒敘法，繼則藉心中種種感覺托出主題描寫，已見經營工夫。本節討論，以《遙遠》及《午後書房》二集為主。冀能顯示林氏散文的精緻性。

## 時空交錯的布局

在〈步過天城隧道〉一文裡，作者摘錄川端康成《伊豆的踊子》的片段以及松本清張《天城山夜》的部分情節，穿插於自身遊歷過程的鋪敘當中，使這篇作品以一今一昔、一人一我兩條線索交錯的方式進行。藉著這種方式，作者不斷來往於古今迥異的時空之中，深切體驗虛構世界人物的情感，增添全篇強烈虛實真幻的氛圍。我們不能不說，全文最精采的便是這種寫作方式的運用。因為這樣的寫作方式，使我們忽今忽昔，亦驚亦喜；而「人生如夢，而確實經驗的必非虛妄」這種生命觀照的主題，也賴這樣的寫作方式得到圓滿的呈現。

事實上，交錯的寫法，本即是林氏擅場。在〈步〉文以前的一年半，她寫〈東行小記〉也用外在風景(客觀世界)與內在思維(主觀世界)交錯的手法，使一篇不及二千字的短文充滿可堪品味的韻致。配合〈步〉文並觀，敘遊記覽而能如此，誠令人嘆為觀止。在這裡，林氏亦已為現代遊記散文拓出新境界。

另如〈在喀喇崑機場〉及〈遙遠〉亦均為著例。前者交錯地呈現窗外、窗內、窗外的世界，讓天地由小而大，讓意識由不覺而覺，讓情意由漫不經心而關懷祝福；後者先寫上樓坐觀，次寫何以上樓，再寫坐觀之前的立觀，都能妥貼襯映主題、醞釀氣氛。

## 反覆思辨的鋪陳

〈遙遠〉一文一開始便是一段一段的思辨：「我坐在這張室外用的塑膠椅上眺山望海，恐怕已經有好一會兒工夫了。」「因為原先那一片一片在陽光下耀眼的波浪，現在看起來已柔和得多，……」「這張椅子的高度有些不對勁，或者是那新漆過的白色鐵欄杆有些不對勁，……」林文月散文細膩的風格，從類似這種反覆思辨的交代，最能感知清楚。它是早期「鉅細靡遺」方式的轉化、昇華，同時也是作者深思與善感的流露。當然，表現這種特色最具體而精采的是〈蒼蠅與我〉及〈步過天城隧道〉二文。

「我大概是有一會兒功夫心不在焉的罷，抑或是太專注在想一些什麼事件，所以沒有注意到蒼蠅的存在；也可能是牠太安靜，沒有引起我的注意。」「我大概是相信人為萬物之靈，一切有害於人者皆可殲滅，卻又有些欺小怕大之嫌。」「這一隻蒼蠅應該就是晚餐時亂飛亂闖的那一隻罷？……我發現自己對於蒼蠅的認識實在太少，如何辨別兩隻蒼蠅之間的異同呢？」「這種微不足道的昆蟲，其實或許也有各自的面貌身段特色，只是大部分的人都像我這般自以為是，把牠們看做一個樣子也說不定。」「蒼蠅一動也不動……許是飛累了，需要休息的罷？」以上擷取〈蒼〉文中的五段文字，明顯可見作者不厭其詳地交代其內心思辨過程。它們都是有意義的：一二兩段表現作者的自我意識、自以為是；在這種意識心態下，對外物自不可能有認識或了解——此即三段之意；到四、五兩段，則作者已漸能反省，故對蒼蠅開始有種種同情的設想。所以在此文之末，作者已無庸思辨，對書桌上死亡的蒼蠅可以直截確定即昨夜陪伴的蒼蠅。

〈步過天城隧道〉中的思辨更豐多，為節省篇幅，不一一舉例，大致說來，從觀察巴士的乘客開始，一直到結尾，思辨不斷。辨乘客的目的、辨植物的名稱、辨語言之功用、辨地名之奇異、辨人物之心性、辨新舊之不同……。經由不斷思辨，終於由「執」至「悟」，由「辨」而「不辨」。

〈蒼〉文與〈步〉文的主題分別思考物我關係與人生真幻，以反覆思辨貫串洵屬適當。但林氏其他作品，此種手法之運用亦多所見，可知是林氏一貫作風，限於篇幅，只好從略不論。

## 意象運用與氣氛營造

意象的運用在林氏作品中，並非大量，但都自然而無痕跡，有意若似無意，可謂寫作高境。在林文月筆下，有象徵生命——也竟或是姨母化身的蝴蝶蘭（〈姨父送的蝴蝶蘭〉，在細心的照顧下，蝴蝶蘭終於開花，姨母的病也漸好轉）；有織成惆悵、織成時空之網，同時又象徵侵蝕摧折的雨（〈翡冷翠在下雨〉——人在雨中興思古幽情、作時空聯想；而翡冷翠的人們恆與雨抗爭，讓祖先智慧的光芒永照人寰）；有意味一種醒覺，一種驚悟，更是由幻返真之催化的鐘聲（〈翡冷翠在下雨〉）或電話鈴（〈蒼蠅與我〉），還有象徵蔽障的霧（〈逍遙遊〉——藉有霧寫人與人有隔閡，而當人我之間如手足時，天空已晴朗無霧）。此外，巧克力糖包含了人情的甜美（〈義奧邊界一瞥〉）、窗子聯繫了兩個不同的世界（〈在喀拉蚩機場〉、〈東行小記〉），而譯書的過程猶如生命歷程、譯書的種種滋味猶如生命的種種體會（〈終點〉），都是林氏巧妙運用意象的例子。這些意象的創造，加強了林氏散文的深刻與緻密。

至若氣氛之營造，〈終點〉、〈遙遠〉、〈蒼蠅與我〉均表現精采，可為好例。〈終點〉中描寫書桌陡然出現的空白、關掉燈光讓黑暗掩蓋空白，獨自站在滿天星斗，車聲依稀，而空氣微涼的院中，確能勾出時空浩瀚與一己有限的對比，並渲染出孤獨、悲淒的氛圍。於是配合一本譯著具體完成的踏實感受，終於作結到：「從來沒有這樣滿足過，卻也從來沒有這樣寂寞過。」

〈遙遠〉一開始便讓客觀景致漸漸呈現朦朧的狀態——「原先那一片一片在陽光下耀眼的波浪，現在看起來已柔和得多，而從左右兩側延伸過來的層層山巒，方才分明是清清楚楚，此刻竟有些煙霧朦朧起來。」接下去則是大段安靜無聲、空寂無人的描寫，這些正為了造成全文空虛、朦朧、寂靜的氣氛，以襯現主題——惝恍窈冥的思慮感受。

而〈蒼蠅與我〉也與〈遙遠〉一樣，極力安排一個自己獨處的夜晚，並且藉特別的巧合（家人都有事要出門，連女傭都輪到去廟裡拜佛），暗示這是一個特別的夜晚，讓讀者依稀感覺有不尋常的事將會發生。接下去，打開所有電燈、瞥見穿衣鏡中自己影像彷彿伴侶的描寫，一方面凝造如夢似幻之境，一方面呼應後面蒼蠅之終成伴侶，以及自我通明的啟示。實在曲折多變、至堪玩味。

以上三種為林氏寫作方式的重要特色，時空交錯的布局使其作品充滿躍動的變化，故平順溫淡中自有波瀾；反覆思辨的鋪陳則又使其作品具有深曲的思考及纖細的感受，在感性與理性的融合中別見細膩風格；而意象運用、氣氛營造也都促進了作品意境的深刻，結構的完整，以及藝術性的精緻程度。除此之外，林氏在修辭上亦頗陶鑄前人文字，例如：〈樹〉：「人事代謝，本無可奈何，但『霜露榮悴』，老樹獨超然於人事外」「時運邁邁，有風自南」，〈關於秋天〉：「『翼彼新苗』的景象」，皆用陶詩；〈東行小記〉中「連嶂疊巘的山脈從遠方雜沓逶迤而來，忽呈絕嶝蹲踞車窗邊」「極目睞左闊，迴顧眺右狹」則用謝筆(此文中亦穿插連雅堂《台灣通史》序中句)。凡此，雖不甚多見，但反映林氏的學者散文風貌，也反映她似乎愈來愈受研究陶謝的影響。而林氏作品中的段落通常不長(雖然她反覆思辨)，尤其一句或數句即成一段的情形頗不在少，更值吾人注目。〈遙遠〉、〈春殘〉、〈庭園的巡禮〉、〈姨父送的蝴蝶蘭〉、〈在喀喇蚩機場〉、〈翡冷翠在下雨〉、〈義奧邊界一瞥〉、〈雨遊石山寺〉、〈三月曝書〉、〈樹〉、〈望春〉、〈關於秋天〉、〈白髮與臍帶〉、〈蒼蠅與我〉、〈逍遙遊〉、〈東行小記〉，幾乎無篇無之。這其中有些兼具首尾呼應之效——如：〈關於秋天〉、〈逍遙遊〉；也有甚至可形成種種不同韻味者；但就整體而言，或許最重要的是，它正反映了林氏散文的簡明風格。

## 四、結論

《遙遠》一書後記有云：

> 在我校閱文章，書寫後記時，卻不由得驚悟時光匆匆人生幻化之理。給母親梳理頭髮，才只是一年多以前的事情，如今母親的骨灰已深埋在冷冷的泥土下。探望姨母，猶似昨日之

> 事，而姨母竟也已作不歸之人。稍縱即逝是時間。「當時祇道是尋常」，許多的人與事，情緒與思維，其實轉瞬便已遙遠！人生這般不可思議，如何教人能不感歎，而一時一刻的眼前現在，又怎能不珍惜愛護呢？

頗能幫助我們清晰掌握林氏的生命觀照。同書附其夫郭豫倫短文——〈林文月的希望〉，其中有云：

> 又問她，那妳爲什麼只寫美好的一面？她說她也沒辦法，她只會寫好的一面，讓別人去寫其他的，大家分工不是很好？
>
> 她常覺得她的運氣很好，處處都有人推動和照顧她。……其實，我覺得她對人很和善，也常常爲別人著想。

也頗能幫助我們切實了解林氏溫厚的心胸。前者大體得自經驗，後者率應緣於天性，它們構成了林氏散文中的兩大內涵。值得加以補充的是，林氏的生命觀照，在感懷上，類於陶淵明；在體悟上，同於蘇東坡。所以我們讀其抒發無常幻化之感的作品，如讀淵明〈形影神〉、〈歸園田居〉等詩；而她不斷強調人生如夢，由此轉出積極與珍惜，又全是東坡格調。由是可知，其生命觀照亦有得於學養者，這恐怕與她在大學講授陶謝詩不無密切關係。

其次，無論生命觀照或胞與情懷，又頗顯示於其記遊性作品中。可見經常的旅行訪問對林氏的創作有極大益處。而也正因為記遊作品中加入深刻的思考，乃使林氏在遊記體散文中別開新境。

平心而論，林氏部分作品已堪為現代散文中之精品甚或典範，如〈蒼蠅與我〉、〈步過天城隧道〉等是。近代小品散文大師周作人亦有關乎蒼蠅之作[12]，但林氏較之，結構更有機、內涵更深刻，成績已明顯超越前人[13]；至〈步〉作則寫法精緻高妙，尚無見可出其右者。

綜合而言，無論內涵或形式，林氏自六十七年以後(〈一本書〉)有明顯轉變，愈趨深刻精美。六十八年以後因遭前所未有的種種變故(如親人、師長的先後去世)，加速了其作品的脫胎換骨。近年以來，創作力益趨豐盛，象徵了林氏正步入圓熟、顛峰之境。《午後書房》後記寫道：

> 散文的寫作，大概是今生不會放棄的。

我們衷心期待繼續看到林氏更多、更好的作品。

---

12 周作人有〈蒼蠅〉一文，收入《雨天的書》。

13 這是撰寫本文當時確實的感想。後來體會到周作人〈蒼蠅〉一文實屬諧謔之文，遊戲筆調。二者風格、典型不同，不可強加軒輊。

# 林文月散文的特色與文學史意義

林先生有三種文筆，一是學術論著，二是散文創作，三是日本古典文學的翻譯。雖然林先生早期曾寫過小說，但創作主要在散文，因此可說是位純粹的散文作家。我第一次談論林先生的散文是在民國七十六年，題稱〈真幻之際・物我之間：林文月散文中的生命觀照及胞與情懷〉，刊登於《國文天地》第二五、二六兩期，那是國內首次以較學術性的方式談林先生作品的文章。十多年來，林先生的散文作品續有不斷的自我突破與進境，如今再談林先生的作品，自然不再只是多年前那篇文章已論之內容；不過，林先生所關心的主題、特殊的寫作方式以及本色神貌，卻仍可謂一以貫之。

為方便大家了解，在此先扼要說明林先生的作品：若去除一些不相關的枝節，林先生最早的散文集應屬《京都一年》──林先生受國科會補助至京都大學進行為期一年的訪問、研究，因之寫下各種觀察、感懷。其時，林先生已三十餘歲，而琦君早已享譽文壇，張曉風亦已嶄露頭角，她的前、後輩都已卓著名聲，而她才剛開始寫作。但回顧三人的文學成就，林先生頗有與琦、張二人不同之處，於二者亦不遑多讓。話說回來，《京都一年》、《遙遠》、《讀中文系的人》、《午後書房》四本書，可說是林先生前期的作品；《午後書房》之後有《交談》、《作品》、《擬古》、《飲膳札記》等書，可謂後期的作品；而這兩個階段的過渡作品是《交談》。

基本上，我想從散文史的意義看林先生的作品與價值，因此採下列方式說明：第一部分是分析林先生作品的特質；第二部分是分析林先生在散文史上的意義。

## 林先生作品的特質

我七十六年那篇論文談論林先生的作品只及於《午後書房》，那時我認為林先生的散文已到成熟的地步。在論文裡，我以中文系的寫作方式分析林先生作品的內涵、表現方法，其中有些觀點有必要在這裡重談，但稍微換個角度。以下分從三方面析述：一是作品的思想性；二是作品的抒情性；三是作品的記敘性。

### 1. 作品的思想性

談到作品的思想性，必須以前期作品作為主要的考察對象。

有關「思想性」，殆有二點可言：第一點是林先生認為生命本質是如真似幻的。

對於生命的感悟，林先生覺得似真實幻，似幻實真。生命其實充滿了虛幻，但虛幻又不真只是虛幻，它確確實實會留下痕跡，因此它在本質上還是真實。在此，〈遙遠〉、〈步過天城隧道〉、

〈翡冷翠在下雨〉等，可為好例。〈遙遠〉描寫的是「若有似無」、「若無還有」的冥感境界——這種隱約朦朧、似真如幻的感覺與體悟，不斷出現在林先生早期作品中，故當其步過天城隧道時，腦中翻湧出現的是川端康成和松本清張筆下的人物，在走過的過程中，不斷用時空交錯的手法，揣想小說中少男當時的心情，孰料走完後，回頭一看，隧道上方竟寫的「新天城隧道」。換言之，作者方才「認真」的懷想，霎時都成虛幻，然而那兩千餘步走過來卻又是確確實實的經驗，絕非虛幻。而當林先生走過翡冷翠的街道，透過現代櫥窗看到古典的建築，其實彷彿走在時光隧道裡；她最後看看手上的錶——台北的時間：一點半。作者藉這樣的描寫使讀者產生今昔交錯、時空互換的如真似幻之感。類似例子，頗可見於《午後書房》之前的作品。林先生是透過她生命中大大小小的事物，不斷的提出「生命彷彿是虛幻卻又確實存在」。當感覺虛幻時，可能悵然若失，但生命卻畢竟需要積極面對。因此林先生的情調像陶淵明，最後的抉擇、體悟卻像蘇東坡，因為東坡常說人生如夢，但東坡也因體會到人生如夢，乃從消極轉生積極，認為既是一場夢便要把夢作好。

第二點，是林先生表露的民胞物與的襟懷。

民胞物與的襟懷可在《午後書房》及其之前作品中見到多例。例如〈在喀剌蚩機場〉一文，林先生精細的描寫機場工人擦拭扶梯的情景，表現出人都是高貴而有尊嚴的。〈義奧邊界一瞥〉，寫她坐巴士過邊境時，看到一幕場景：一年輕女子開車要過邊界，拿出的不是護照而是巧克力，海關的警察遲疑後收下讓女子通過。過了數十分鐘，警察交班，林先生看到一個十來歲的女孩子騎著腳踏車過來，原來是這個警察的女兒，做爸爸的便拿出巧克力給他的女兒。林先生在這裡極甜美溫馨的寫下世間人情的和諧美好。〈蒼蠅與我〉一文，則寫有一個奇妙(似偶然而必然)的晚上，家人都不在（平常絕少如此），只有林先生一人在家。晚餐時打不到的一隻蒼蠅又出現在書房，如常的搓著手腳，不知危機將近，林先生突然打不下去。第二天早晨進入書房看到一隻翻身的蒼蠅躺在書桌上，忽然有一種只有自己才明白的孤寂之感襲上心頭。在文中，林先生表現出她與物之間的互通，帶有誰是朋友、誰又是敵人的哲學性。那晚家人都不在，陪伴孤獨的她只有那隻蒼蠅；在巧妙的機緣裡，是敵人的蒼蠅成為伴侶，所以才會說只有自己知道的孤寂感——這就是民胞物與的感受。

補充一點，林先生因為所有的作品都是用反覆鋪陳、推敲的方式書寫，所以記敘性格很濃，換言之，這些表達她思想性的作品同時也有記敘性，而其記敘性的作品中卻又可以見其抒情性。

## 2. 作品的抒情性

抒情性是林先生第二階段作品中非常重要的特質——此即緬懷傷逝。熟悉中國古典文學的人都知道，「傷逝」是古典文學重要主題之一。針對林先生的作品言之，林先生在《交談》以後的作品，生命似真似幻的情調、民胞物與的情懷幾乎消失，代之而起的是緬懷傷逝。《交談》這本書中的文章，如〈幻化人生〉、〈台北車站的最後一瞥〉、〈歡愁歲月〉、〈過年的心情〉、〈再會〉等，從題目至內容皆可以看出，早期的似真如幻的情調在此時還出現。但在《作品》一書中就有多篇寫她的長輩，如：寫父親、寫舅舅、寫臺靜農先生、鄭百因先生等。而〈迷園〉一文則寫她在上海的兒時回憶，寫那樣一個僻處衖堂底，充滿神祕的園子。那座令她迷惘、好奇又恐懼的園子，反射了作者對未知世界充滿探索的童稚心靈。事實上，整本《作品》充滿緬懷傷逝的情調，筆觸與前期也不同。前期表現思想性的作品，筆法是非常經營的，而構思、文筆相對於現代散文的美學風格來講，偏屬平淡樸實；但到了《交談》以後的作品，風格變得濃稠、華麗、奇詭，例如《作品》一書中，〈作品〉寫一個夢境，一個青年掘地、鋪柏油、作畫的過程，風格既後設，又如莊生寓言，更宛如中晚唐詩，這是她作品中從未有的，主題、文筆都有了明顯的轉變。這種轉變我想可能與年歲有關。《交談》一書成於五十歲以後，人生過了中年，哀樂皆有，身旁的人離逝多於存在，故積極的生命情調轉為感傷，甜美的感覺亦不復存在且有了蕭瑟之感（參閱〈尼可與羅杰〉），人與人之間的美好和諧轉成隔閡無奈。

### 3. 作品的記敘性

基本上，林先生由於一貫使用反覆鋪陳的敘寫方式，所以記敘性的濃厚是非常明顯的。楊牧先生編《中國近代散文選》時，將散文分為七類；記敘是其中之一；而林先生被歸為白馬湖風格（夏丏尊為開山始祖）一類，可見林先生作品的記敘性為識者所共認。

但林先生作品中仍有與前述思想性、抒情性比重不同，而確有鮮明記敘性格者——此即《擬古》、《飲膳札記》。《飲膳札記》諸篇，對各種佳餚美饌的描寫，莫不自材料選擇，至處理細節，至烹飪方式、輔助器具，乃至特殊心得，條分縷析，極為詳盡細膩，堪稱一本精細的食譜，記敘性濃厚；《擬古》中〈江灣路憶往〉擬《呼蘭河傳》，文長萬餘字，對自己童年在上海所居住的空間，幾以搜羅懼遺的態度細細追述；〈平泉伽藍記〉、〈羅斯堡教堂〉擬《洛陽伽藍記》綜彙史、地材料，穿插典籍記載，既如史乘，又如地理志，惟文筆前者古雅、後者清新，正襯托東、西方建築之不同美感、不同氣韻；〈散文陸則〉各篇亦差近似之。

要注意的是，林先生的作品早期充滿思想性，後期卻充滿抒情性，最後又有記敘性，但記敘並非僵固呆板之記敘，乃在記敘之筆中蘊含無限思感，如《飲膳札記》便是以記敘為本，出之以抒情，仍是緬懷傷逝的另一種反映——藉由食物懷念有關的人與事。

## 林先生作品在散文史上的意義

有關林先生作品在現代散文史上的意義，殆可就以下四點觀之，它們包含了：題材的新變、體式的突破、風格的塑造以及風氣的先導等。

### 1. 題材的新變

首先，我要強調，林先生作品在散文史上的意義，無一不扣回前述其作品的特質。平實來說，在古典或現代散文整個傳統中，林先生的思想性並沒有特別深厚之處，然而她眾多作品所表現出對如真似幻的生命體悟及民胞物與的情懷，現代散文作者中卻沒有第二人如此。再者，緬懷傷逝在古典文學中是重要主題，但卻不是現代散文的重要主題，就五十年來的台灣散文來看，唯一的回憶文學典型似乎是琦君，但林先生《交談》以後的作品顯然樹立另一種典型，且較琦君來得深厚。由於林先生透過人、事、物及寫作體裁、手法的改變來書寫，因此就「回憶文學」而言，林先生與琦君可謂相互輝映，且可能有過之而無不及。

## 2.體式突破與風格塑造

楊牧先生曾經說：「現代散文務求文體模式的突破，這是我的信念。」「模式」一詞，包含文類的跨越、寫作策略的改變等。楊牧鮮明的講出他的理論，並以實際創作證明之。林先生則從來沒有提過理論，但她在散文體式的突破與創新上的成就卻是斐然可觀。例如《飲膳札記》回憶的情調、對象並非單一化，全書是食譜與回憶文學的綜合體；又如「擬古」在中國傳統文學當中，是寫作者相當重要的寫作策略，且有其相承之脈絡。西晉太康陸機有〈擬古十四首〉，其擬古的對象為〈古詩十九首〉；〈古詩十九首〉是魏晉以下詩人的典範，陸機以下有謝靈運、鮑照、陶淵明擬古，這樣的擬古已非單純而自有美學意義在其中——即他們藉由模擬典型創出新的典型。但其中困難之處乃在：若與擬古無關則稱不上擬古，若與擬古關涉太深則談不上創新，所以此間的拿捏便是作者要嘔心瀝血推敲之處。散文中，僅有林先生有擬古的創作散文——即《擬古》一書，此外別無他人，故可說林先生開創了一種寫作方式。這是個實驗，當然有成功亦有仍待琢磨處，後者如〈江灣路憶往〉雖堪稱佳作，卻與所擬的《呼蘭河傳》聯繫不大；〈散文陸則〉擬〈東坡志林〉，第一則失手，蓋無東坡之氣韻，其他幾則較成功。〈洛陽伽藍記〉雖是記敘之筆，實則也是緬懷傷逝，林先生有兩篇文章擬〈洛陽伽藍記〉，一寫西方廟宇，一寫日本廟宇，後者與〈洛陽伽藍記〉風格一致，前者於擬古精神之掌握甚佳。從林先生的擬作來看，林先生由擬古鍛鍊出一種新的文筆，例如華美厚重的文筆是《擬古》之前所未有的，此為吸收擬古對象的優點加以自己風華而成。

### 3. 風氣的先導

之前所談林先生的思想性作品，其中有百分之七、八十來自她的旅行經驗。這些行旅作品，不重景物雕鏤，毋寧著重呈現其所思、所感，既質實又波瀾，既平易又深邃，大異往昔記遊體貌；即與晚近旅行散文相較，亦旨趣夐絕——蓋林先生所作不僅「一我」，尚多人性、人情；乃「小我」、「大我」之不斷關涉；晚近後起之作則多「自我」為主體，呈現特異「獨白」格調。以今視昔，近十年來旅行散文大行其道，林先生的成績不可棄而不談，就文學史的發展而言，不僅展現與其前、其後不同之格調，殆亦可謂風氣之先導。

## 結語

林先生基本上已形成自成一家的寫作風格——即一貫的鋪陳反覆、細膩翔實、嚴謹經營。她的寫作如其為人之精緻，並如實呈現她的體悟感懷。我個人認為，除去個人的才性外，林先生的寫作淵源有二，一是與古典學術涵養有關，林先生研究的是六朝文學，而六朝文學即是繁縟精緻而漂亮的，林先生作品的第一個淵源當來自太康文學一系。二是日本文學，日本文學的表現基本上是反覆鋪陳、鉅細靡遺。這兩點應是影響林先生散文寫作的最重要關鍵。至於林先生作品的整體美學風度，我以為「似質而自有膏腴，似樸而自有華采。」二語殆可概略形容。

最後，要強調的是，林先生雖已突破了現代散文的體式，但仍是散文的「正統」，也仍是近年來逐漸少見的「純散文」——這一點非常值得後起之秀深思體會。

## 林文月散文觀

散文的經營，是須費神勞心的，作者萬不可忽視這一番努力的過程。但文章無論華麗或樸質，最高的境界還是要經營之後返歸於自然，若是處處顯露雕鑿之痕跡，便不值得稱頌。南朝宋代顏延之與謝靈運，俱以華麗的詩風見重於世，江左稱「顏謝」，但南史記載延之嘗問鮑照（一作湯惠休）己與靈運優劣，照曰：「謝五言如初發芙蓉，自然可愛；君詩若鋪錦列繡，亦雕繢滿眼。」顏延之聞後深以為憾！顏謝二家的詩，便足以說明經營的成敗不同結果。至於由經營而出，達到「行於當行，止於當止」的化境，那是一切文學家藝術家要窮畢生精力追求的最崇高目標了。

——節錄洪範版《午後書房》代序

## 附錄

# 感傷與喜悅

### 簡評林文月《作品》

《作品》一書，為林文月之第六本散文集，分上、下二卷，上卷收散文二十篇（〈沒有文學，人生多寂寞〉一文宛若本書之跋，若不計入，則為十九篇）；下卷收翻譯四篇，並附有三篇相關之說明文字。林氏平生兩大成就厥在現代散文創作與日本古典文學名著翻譯。後者自宜另由專家論評，前者本人曾有〈真幻之際・物我之間：林文月散文中的生命觀照與胞與情懷〉（收入九歌版《中華現代文學大系・評論卷》）討論至《午後書房》為止之林氏散文創作。本文略述閱其新集《作品》之所見，而範圍僅限於上卷，不及於下卷現代日本文學作品之翻譯。

## 懷往傷逝的特色

與前此林氏散文成書者相較，《作品》之情趣，相異者多，相似者少。蓋大體而言，自《京都一年》以迄《午後書房》，其內涵不出前揭拙文所拈「生命觀照」、「胞與情懷」兩端，顯示林氏溫厚胸懷與哲學性思考。此一特質在此後之創作中仍不時隱現，但已非林氏重要表現層面，《作品》一書自不例外。首篇〈人生不樂復何如〉雖主旨仍在強調人生縱有千種悲歡哀樂，然正賴此起伏變化乃構成生命之具體與豐多，故人生終究可樂——同於前此散文中所時時致意之「生命觀照」，唯全書中旨趣相近者殆僅〈作品〉一篇而已，餘皆情趣相異，見證作者於不斷創作中，仍對自我有不斷的突破。

《作品》中的十餘篇作品，鮮明地展示了一種特色：懷往傷逝；而在題材的處理上，又呈現另一種鮮明的標記——以人物為焦點的描繪、刻畫，最具分量。這使得《作品》一書的基調是感傷的，但這種感傷因人物的描述常有其他細節，而不致過分著相；又因人物刻畫的最終往往突出、具體，而顯得格外清晰。

熟悉林氏散文的讀者想必都已體會：林氏的感情細膩而豐多，但林氏的稟性與教養又偏於理性的約制，表現於散文創作則素樸、矜慎而節宜。以感傷而言，一貫節制，絕不縱使其氾濫。於此，

《作品》一書雖仍盡力抑壓，但較諸前此作品，感傷的情緒格外濃厚，顯示了特殊的「感性」色彩，有別於以往之「理性」，乃是此書值得注意的第一個重點。而這也許是作者由於年華漸晚，體驗益深，不暇、亦不思以制約的吧？試看這樣的句子：「說什麼相知相許，說什麼山盟海誓，世事總難逆料，而愛情大概也只是世事一象吧。」「生時的盛名與愛恨葛藤種種，最後只餘『空寂』二字嗎？」「空石與寂石，在終年不見陽光的山麓林蔭下靜靜對立著。……我心中似乎盤旋著許許多多感慨，竟反而更接近一片空無的境地。」（以上俱見於〈風之花〉）「天氣逐漸轉涼……而時間在寒氣中緩慢流逝。……江灣路的家，家後的那條衖堂，和那個曾經屬於我們的庭園一隅，都遺留在已然褪色的童年記憶裡。」（〈迷園〉）「歲月流逝，往往不自知，待驀然一回首，始驚覺於時之不稍待。當時年少已逐漸步入中年，而我們的長輩則次第凋零。」（〈我的舅舅〉）直述悲哀的筆觸，乃前此所鮮見；其餘諸篇或非可摘句為例，然竟讀全文，濃厚感傷必可自覺。

## 著重人物刻畫

「感傷」之外，《作品》一書第二個可堪注意的重點即為其人物刻畫。林氏前此之作，間亦有關人物者，但未具分量，亦未見功力，本書則不然。寫舅舅連震東先生、寫恩師臺靜農先生、鄭騫先生，融抒情與敘事，既細膩又明確，人物之人格、才具、情感、修養……莫不俱備，躍然紙上，深刻而生動。不僅此也，寫偶然結緣的友人，特能虛實交錯，既具體又迷離，別成風采；而言外有情、情外有意，極耐咀嚼，確實顯示作者寫人之功力非同凡響。就此而言，我個人特嗜〈尼可與羅杰〉一篇，謹鄭重推薦。

綜觀上述，已不難了解《作品》一書的價值與意義。蓋就林氏散文創作之內涵觀之，「懷往傷逝」非前此重點，本書顯然記錄了林氏晚近數年之心境變遷；而就行文筆觸而言，《作品》一書較縱任「感傷」流洩，少嚴肅制約，這使得林氏散文中一貫持有的「理性」色彩添入較多的「感性」，因而形成一種特殊的感傷風格；最後，《作品》一書於人物刻畫有精采成績，擴大了林氏散文的範圍與成就。

林氏並非暢銷作家，但林氏散文必將有其歷史地位，殆可斷言。而立之年以後始出版第一本散文集，二十餘年間創作不輟；一方面維持其細膩與矜持的一貫寫作風格，一方面於內涵、題材、章法、布局等力求新進，突破自我。這樣的作者，堪為從事文學創作者的典範；這樣的作者，值得我們大家尊敬。

## 附記

一、本書偶有特異作品，如〈作品〉、〈白夜〉等是。前者之鋪敘過程頗具神祕色彩，有小說風味；後者之語言艱重又空靈，而寫自然奇景自具神祕。凡此，雖可視為〈遙遠〉一文(林氏以往作品)之承轉變化，然固不可同日而語矣。

二、本書基調為「感傷」，而其成就、價值、意義略如上述，則又為可喜之作，因題本文為「感傷與喜悅」。深體「哀傷與甜美」心情(見〈我的舅舅〉一文)的作者，想必認同這樣的名稱。

《文訊月刊》，五十六期，頁二〇—二一。

# 永遠的搜索者

## 論楊牧散文的求變與求新

### 一、前言

選擇楊牧做為探討的對象，原因無他，乃是因為楊牧是我個人最佩服的現代散文作者之一。我佩服他近三十年來持續不斷的寫作毅力；更佩服他勇於反省，追求突破的意志與實踐。現代散文的發展已逾七十年，典型俱在，但現代散文的後起作手，是否都曾仔細檢視人的努力與成績，去蕪存菁，發揚光大?恐怕是令人不無疑惑的問題。而楊牧卻是少數令我們欣喜的作家之一。現代散文以白話為基礎，上取文言，旁涉外語與方言，鍛鍊一種新語言，實為現代散文長期以來追求的重要目標，而又有多少作者於此有深切體認、嚴肅關懷，以及確實踐履?恐怕也是一個令人不無疑惑的問題。而楊牧仍是少數令我們欣喜的作家之一。楊牧尊重中國古典傳統、盡力吸收西方文學優點，融合知識分子與藝術家的強烈使命感，苦心孤詣，朝自我堅持的目標努力邁進，務求塑造獨特風格並開拓現代散文新境界，允稱現代散文最具知識良心與藝術良心的作家。事實上，楊牧的理念、實踐，以及成績，對從事現代散文創作與欣賞的人而言，都不失為一種典範，富有教育與啟示意義。本文透過說明其散文理念、剖析其創作演變，並兼及其胸懷與傳承，以顯示其散文求新求變的特質。禮讚並非主旨，唯盼藉此機會表達個人多年來對現代散文的體會、信念以及期許。得失寸心，也盼藉得到朋友、先進的指教。

## 二、楊牧的散文理念

楊牧本以詩名，在其早期（葉珊時期）觀念裡，散文不過為詩之副產品，他同意余光中散文為「左手的繆思」的說法，他一直以詩人自命，認為詩人可以輕易地掌握散文這塊瓊瓦（Genre），曾引瘂弦的話說：「好比台糖公司，除了出產蔗糖以外，也出產鈣片和甘蔗板。」[1]散文相較於詩，對早期的楊牧而言，是次要的[2]。

然而隨著他不斷地創作的經驗累積，以及對中國散文傳統的深刻體會與觀照，楊牧終於承認散文與詩是一樣重要的[3]。這種理念的轉變，生動昭晰地表現在下面的一段話中：

1 此段意見俱見〈兩片瓊瓦〉一文，收入《葉珊散文集》（台北：洪範書店，一九八二，十版）。

2 文星版《葉珊散文集》（台北：文星書店，一九六六，初版）〈後記〉有云：「事實上散文只是我兩片瓊瓦中比較次要的一片。」該文寫於一九六六年六月三十日。

3 《搜索者》（台北：洪範書店，一九八二，初版）〈前記〉有云：「原來我在詩以外曾經用散文的形式記載了這散文是中國文學中顯著而重要的一種類型，地位遠遠超過其同類之於西方的文學傳統，原因在於它多變化的本質和面貌，往往集合文筆兩種特徵而突出，不受主觀思想的壟斷，也不受客觀技巧的限制。古人爲文，濡墨信筆，或敘事，或記遊，或議論，或抒情，思想和技巧屢遷，初無一致，然而文林辭苑，小品長篇，總不乏深刻的啓示和趣味，通過翻陳出新的美術渲染而出之。卡萊爾之體悟哲理，羅斯金之觀照風骨，里利之翰藻波濤，強生之寓言諷諫，中國散文中無不大備；其餘培根、蘭姆一支，則更充斥緗囊之中，更爲中國文人酒後茶餘分神輕意可爲者。除此之外，中國散文之廣大浩瀚，尚且包括經誥典謨之肅穆、莊列之想像、史傳之篤實，唐宋大家左右逢源，高下皆宜；宋明小品另闢蹊徑，其格調神韻對近代散文的影響更不可以道里計。除此之外，我們還有漢賦的流動，碑銘的溫潤厚重，序跋文體的進退合度，奏議策論的清眞雅正；外加駢文的嚴格規律，箋疏寫作的傳承精神，乃至於水墨紙緣題款，尺牘起承轉合的藝術，無不深入中國傳統執筆者之心。典型既多，學者不乏聞問之道；一義偶得，體貌尚且不差，復能推陳出新，固然沾沾自喜，倘有敗筆，作者心神之不寧，更恐怕不是任何西方人寫作散文之時所能夠想像。

我們對於散文，無非是因爲陳義高，理想大，確認它是文學創作中最重要的一環，以古人的典型相期許，乃不免惟惶惟恐，用功遠甚於西方文人，挫折不免，喜悅更多。[4]

（續）

些試探和搜索的經驗，而且已經這麼多年了。現在我必須承認散文對我來說是和詩一樣重要的。」該記作於一九八二年一月。

4 見〈中國近代散文〉一文，作於一九八一年，收入《文學的源流》（台北：洪範書店，一九八四，初版）。

我們願意強調，正是在體會到散文於中國乃是最重要的文類，而亦有極崇高的藝術成就後，楊牧早年以詩為藝術之鵠的而不免略略輕視散文的理念乃有徹底的轉變。

由是，我們亦不難預料，楊牧對散文的創作必有極嚴格的要求。〈記憶的圖騰群〉一文[5]明白揭示：「散文必須是一件精緻的結構。」現代散文絕非鬆弛閒散的遊戲，也非信手可以拈來，組合配置、意象音色，皆不可忽略。所以楊牧認為現代散文也具有它的三一律：一定的主題，尺幅之內，面面顧到；一致的語法，音色整齊，意象鮮明；一貫的結構，起承轉合，無懈可擊[6]。他同時主張散文不妨實驗小說、詩歌、戲劇的體裁，侵略其他文類的領域；散文亦不妨多多學習現代詩的排列組合與音樂效果，散文更應注重古人起承轉合、破題收尾的技巧，以達成結構上的建築與繪畫性。因為他深信陽光底下沒有太多新鮮的事，而文學之繁複，全賴表現手法之翻新[7]。這種種理念如果用一句話來綰結，正是《搜索者》一書前記中最後所說的：「現代散文務求文體模式的突破，這是我的信念。」

對現代散文既有必須為一精緻結構的要求，則其歸結點當在完美藝術性達成，殆無可疑；而務求文體模式突破，雖屬求變求新之企圖，然其歸結點仍不能逸出完美藝術性之達成，當亦無可疑；然則楊牧心中理想之散文固可推而得之——乃以新形式、新語言、新感性所凝鑄而成的藝術精品，〈記憶的圖騰群〉中所謂：

---

5 該文作於一九八一年，收入《文學的源流》。
6 此段意見悉見前註〈記憶的圖騰群〉一文。
7 此段意見悉見〈散文的創作與欣賞〉一文，收入《文學的源流》。

> 散文的最高層次是，在貌似率爾潦草的組織中，堅持當下成立的一貫格式，不作隨意狂妄的逸出，可是也不侷促；在清潔簡單的文字中，充分擴散其感動人的色彩和音響，不悖離一般文章的約定，但也不怕創新而進取的語法；二者經營得當，最不容易，因爲語言和結構的完成，實在已經距離藝術的完成不遠，二者提高，支持一個合於人性的主題，則散文之爲藝術就大致完成了。

以及〈散文的創作與欣賞〉中所謂：

> 文筆相得益彰，知性與感性結合，情景交替，構成近代散文的面貌。古人所謂「事出於沉思，義歸乎翰藻」，就近乎我們對現代散文所寄託的理想了。

殆庶幾近之。

除了這種偏向作品內在藝術完成的理念外，在作品外射的功能上，楊牧也希望散文能服役於社會。在他早期的理念中已經認為，散文較詩更便於服役社會，〈兩片瓊瓦〉（收入《葉珊散文集》）一文有云：

> 詩是壓縮的語言，但人不能永遠說壓縮的語言，尤其當你想到要直接而迅速地服役社會的時候，壓縮的語言是不容易奏效的。

楊牧自己也承認，這大概就是他也寫散文的原因。後來他到柏克萊念書，耳目所及，漸漸接受「積極介入的人生態度」，認為文學雖不可變成其他東西的附庸，卻也不可能自絕於一般的人文精神與廣大的社會關懷[8]。對於有《柏克萊精神》一書的出版，見證他積極介入的社會意識以及文學功能的另一種實踐，他是感到快樂的[9]。

就在這種散文理念的主導下，他後來更接受邀請在《聯合報》副刊開闢「交流道」專欄，廣泛探討現實問題，乃有《交流道》、《飛過火山》二書的出版，確立其散文的另一種風貌。我們願意強調的是，即使寫作這種社會參與，不以藝術為目的的散文，楊牧仍然不敢掉以輕心，前述「文質炳煥」的要求也依然渴望盡力達成。所以大致仍能維持他自己的文體和風格[10]，而與一般雜文不同。換言之，這種強調實用功能的散文理念，也並未超出前述理念之範圍。

## 三、理念的實踐——不斷求變求新的搜索歷程

我們歸納上述的種種理念，可以知道楊牧心目中的理想散文乃「事出於沉思，義歸於翰藻」那種「文質炳煥」的藝術品；而在朝向理想邁進的過程裡，他又要求儘量打破散文既定的窠臼——不論體裁、文字、技巧、內涵，都不妨盡力實驗，求新求變——這就是他所謂「散文文體模式的突

8 參見《柏克萊精神》（台北：洪範書店，一九八四，五版），〈自序〉。
9 見前揭書〈後記〉。
10 《飛過火山》（台北：洪範書店，一九八七，初版），〈跋〉有云：「這書的文體和風格還是我自己的。」

破」。我們印證作品，確實可見其創作正是其理念的實踐，以下依作品先後順序剖析其不斷創新突破的歷程。

## （一）葉珊散文集時期

《葉珊散文集》收錄楊牧一九五九—一九六三約六年間之作品，涵蓋他大學生活、金門服役以及愛荷華留學三個階段。基本上，這是一個年輕的浪漫詩人所寫的散文：重感情、講氣氛，文字琢鍊，致力唯美風格之塑造，殆其共同特色。但基於環境之變遷，作家身心體驗自亦不同，乃略有差異之面貌呈現。

大學四年作品仍保留在文集中的，大約只有第一輯「陽光海岸」中的前七篇。就內容而言，大體是一種內心喜樂憂傷愛戀信仰等情緒的發抒，如〈陽光海岸〉：「我惦記著你；……我惦記著你坐在領事館短垣時背後慢慢湧起的夕照。」「唉！我真喜歡那海岸，我們在領事館上可以清清楚楚地看到整片海，也可以看到草原，看到草原上那一列西洋風景畫似的樹。」「我喜歡這片海岸，我更喜歡看你坐在領事館的短垣上，我喜歡看星星從你的髮絲間升起，我喜歡看你坐在碼頭上。」是愛戀與喜悅的情緒。〈雁字回時〉：「幾年來，我已經放棄了許多東西，欲望、歡樂、淚，甚至於你。」「現在，那些星依然升起，依然落下，當它們依稀在我的窗外閃耀時，故人，你是否也想起了我呢？」「數十年後，當我們都衰老的時候，白髮蒼蒼，坐在落雨的窗前，我們會不會記得年輕時的諾言呢？——我們將把彼此的白髮航寄吧？故人。」是愛戀與憂傷的情緒。〈But Love Me For Love’s Sake〉：「幸福並不是不可能的，我們要它，它就來了。單獨也不是不可能的，即使一刻的對面相聚，我們也就滿足了。我們像是遙遙對看的兩顆星，人間仰望星空者雖多，我們必也可以賴季節的移換聚在一起。」「不要恐懼，我們都是存在，我們有自己的位置，自己的軌道，當我們同行，沒有任何風雪，任何河川可以阻擋。『即使當我走向死亡幽谷時』，我仍將頻頻回頭，我要讓你看到我的背影，要讓你數清我的腳印。」則是愛戀與信仰的情緒。其餘諸篇，率皆不出此範圍[11]。

至於敘述，則一貫採內心獨白的方式，這種方式增強了作品的「傾訴」性質，毫無疑問的，它也顯示了一個年輕浪漫者急於吐露內心真實的心情。在此，〈自剖〉一文允稱最好的代表，試讀下面的段落：

> 你可曾子夜夢回，望著黑暗的四周，久久不能再眠？你可曾厭惡過柔軟迷人的春陽？我在心中有一種完整的憧憬，那是對一個歡樂、無憂的樂土的憧憬。那種聆聽晚鐘似的心情：肅穆、淒冷，我就這樣冥想著，如何企及那片夢幻中的樂土？
>
> 即使一切成空，我也不怨你，告訴自己，我自有一個美滿豐盛的樂土。我活在這裡，但在這裡，我只是走路而已，我的心智並不完全在這裡，我嚮往的卻是一個遼遠的國度，那是無人知曉、無人了解的國度。有一天我走過海邊，你問我，捉住我的衣袖，滿臉疑惑地問我，你要去哪裡？我指向雲霧深處，我要去一個遼遠遼遠的地方，我要去我夢中的香草

---

11 〈德惠街日記〉寫憂愁與寂寞的心情；〈昨日以前的星光〉寫投身文學的愉悅；〈自剖〉寫擺落憂愁與寂寞後對理想勇敢的追求，都不出文中所論內涵。

山……

可知上言不虛。事實上，我們之所以選擇〈自剖〉一文作為例子，乃是因為它不僅突出地表徵了楊牧此時期散文的敘述方式，同時也突出地表徵了楊牧此時期愛用的排比、覆疊、對稱、迴環等種種寫作技巧——例如以下的句子：

> 但我已經失落得太多了，在知識的海中打撈著，忽視夕陽的豪華，忽視心靈的完美……我已經失落得太多了。
>
> 可曾在夏天的早晨，當太陽還沒有升起的時候，赤腳走過寂靜的吊橋？你可曾默數著一段長長的階梯走入林中？……你可曾，啊，你可曾在清晨時分，坐在沁人的石椅上，感知那種迷人的冷冽？
>
> 陌生的山，陌生的海，陌生的路；啊！憂愁，我已經嚐到你秋來落下的第一顆苦果！啊！憂愁，我已經癱倒，你埋葬了我吧！

或迴環兼對稱；或覆疊兼排比；或排比兼對稱，類似手法，通篇皆是。值得注意的是，楊牧此種作法具有濃厚的徐志摩風——這一點限於篇幅，舉例從略，讀者只要參閱徐氏〈北戴河海濱的幻想〉、〈翡冷翠山居閒話〉等篇章即可強烈感受；而徐氏亦有〈自剖〉一文，本題或即取自徐氏。要言之，徐、楊二人皆以詩筆兼作散文，同具浪漫情懷，充溢幻想，並以唯美是尚，則隱然相承，亦屬自然之事。

「陽光海岸」一輯中的另六篇作品，係畢業後服役金門所作。其中〈又是風起的時候〉、〈料羅灣的漁舟〉、〈在酒樓上〉等三篇，或體驗生活的艱辛，或推敲物象的真假，或思考文學的有限無限，似乎呈現較豐富的內涵，顯示軍旅生涯對他的影響，但仍不免粗疏零亂。而且就嚴格的角度視之，除〈在酒樓上〉有較新鮮之情趣外，其他兩篇仍多大學作品影子。至於另外三篇，則〈我的航行〉、〈水井與馬燈〉，無論情調、氣韻、風格，均與前此無殊；〈調寄小連瑣〉頗富中國古典氣息，面貌略異，但實為逞才之作，至於風格則依舊浪漫而唯美。故基本上說，這六篇仍與前七篇為同類作品。在楊牧心目中殆亦如是觀，不以為其能構成完整殊異面貌，故與前七篇共列為第一輯。倘若再用楊牧自己的話說，這一階段的作品主要殆屬浪漫主義第一層意義——無非是捕捉中世紀氣氛和情調[12]的精神，偶爾則有浪漫主義第二層意義——以質樸文明之擁抱代替古代世界之探索[13]——如〈水井與馬燈〉對童年之懷想、〈料羅灣的漁舟〉對東海之追憶等是。

綜結而言，大學四年與初赴金門的部分作品，好用排比、對稱、覆疊、迴環等句法，其心緒為年輕，其情調為浪漫，其品味為美的追求，殆無疑問。唯軍旅生涯終將使大度山上耽於幻想的青年，走出其夢般的世界，則〈在酒樓上〉、〈水井與馬燈〉等均已露出了端倪。

〈兩片瓊瓦〉一文有云：

12 所謂中世紀氣氛和情調並不限指西方，表現中國古典氣氛和情調者——如〈調寄小連瑣〉亦可納入。

13 楊牧對浪漫主義有多層意義之闡釋，見洪範版《葉珊散文集》，〈自序——「右外野的浪漫主義者」〉。

大學畢業後一年內，我眞正感覺到實際人生的衝擊，對童年感受的貧窮山地忽然興起莫大的關懷，我問自己：「文學是不是也應該服役於社會？什麼瓊瓦的文學最便於服役社會？」我在金門一年，陸續寫了二十餘篇散文，從〈我的航行〉開始，寫到〈綠湖的風暴〉的時候，我已經不能自已，花蓮山地裡的陰暗和美麗恰如魅魎縈繞，伴我戰地的馬燈。我失去了「田園風」，我去了「異國情調」，卻重新捉住了宿命式的原始風貌。我似乎並不懊惱，又似乎非常懊惱。

〈兩〉文寫於一九六五年，上面一段話是楊牧自己對金門一年作品的概略說明，其中三點意思甚為重要，須加闡釋：首先，軍旅生涯確使楊牧走出夢般的世界，思考文學的功能；其次，楊牧擺落了田園風與異國情調，重新捉住宿命式的原始面貌；第三，這種轉變使楊牧似乎並不懊惱，又似乎非常懊惱。

我們仔細對照作品[14]，大略可以發現，雖然楊牧曾經思考文學是否可以服役社會，但並無清楚的結論，更沒有繼續深入的探討[15]，〈寒雨〉、〈向虛無沉沒〉二文觸及對浪漫主義之辯難，可做為這一層意思的反映。其次，所謂「重新捉住宿命式的原始面貌」，其實就是對童年、對故鄉花蓮的追憶與關懷——這種「鄉土情結」確是宿命式的原始情結，任何人都難以擺脫。於是，〈綠湖的

14 此一階段作品，楊牧整理後題爲〈第二輯——給濟慈的信〉，計十五篇。它們並不全然寫於金門，有部分甚至作於愛荷華求學時期，但已不易區分。

15 這個問題的漸漸找到答案，殆自《柏克萊精神》（台北：洪範書店，一九八〇，五版）一書開始。

風暴〉裡忽然回到孩提的愚騃，勾起童年的殘夢；〈山中書〉聽風、聽水、看雲、看星，回到完全幼稚的時光；〈劫〉中，血液裡奔流的原是番民的狂暴和憂鬱；〈最後的狩獵〉乃記番漢之間最淒美的愛情。其餘如〈夏的琴聲〉、〈紅葉〉等，也都留有童年與花蓮的痕跡。這樣的內容，這樣的情緒，已經相異於前述所謂「浪漫主義第一層意義」，而進入「浪漫主義的第二層意義」——「向自然農村擁抱，向赤子之心學習。」[16]它們可貴的是，表現系統化——而非如〈水井與馬燈〉之偶然流露；確實反映了作家內在心靈的變化。而這種轉變既使楊牧似乎並不懊惱，又似乎非常懊惱（見前述），則楊牧因之而產生內心激辯又勢所必然，故〈爐邊〉、〈教堂外的風景〉、〈第十二信〉等，都不斷思索文學美的內容、價值以及它與生命信念、意義之間的關聯。用楊牧的話說，這已屬於浪漫主義的第三層意義——山海浪跡上下求索的抒情精神；這些作品往往借助異國情調抒胸中塊壘，並表現對生命理想的實踐態度[17]。由是歸納言之，楊牧在金門一年乃至初赴異國的部分作品中，其情調與精神雖仍屬浪漫主義，卻已脫去縹緲氣質而更為實際；同時也在感性之外具思維成分。

不過，若就敘述方式與愛用的手法而言，則與前此似仍一貫，無何改異。蓋既採書信體，則「傾訴」的氣息濃厚，依然可稱「獨白」的方式；各篇之中，排比、迴環、對稱、覆疊仍最為繁用

---

16 見註13所揭文。値得補充的是，一九八七年所出版的《山風海雨》可視爲此一情懷最厚重的終極表現。唯浪漫主義的層次以及懊惱與否的心緒，對年近五十的楊牧而言，已非重要關注。而另有對生命、對歷史、對家國更濃厚的關懷在。詳參下文「搜索者以後時期」。

17 見註13。

的手法，是為其明顯特色——「海岸、海岸、波濤、波濤；許多無謂的爭執只為知道誰的海岸美過誰的海岸，誰的波濤溫柔過誰的波濤。那小鎮、愛情的小鎮，唯一的小鎮——我忽然看不見竹筒裡的米酒，看不見雙足纏掛的七色布條和鈴鐺。」（〈綠湖的風暴〉）「那是我們所嚮往的和諧境界，那是人性最完美的昇華，古典的莊嚴，歡樂的天地。而冬風在院子裡吹著，水波在牆垣外湧動。落葉驚走，滿地冰涼的霜露。她在火爐的另一邊，把詩集交給我，交給我一個燦爛的星空，一個井然優美的世界。」（〈爐邊〉）類此文字，隨處可見。故就形式整體的面貌而言，依舊有唯美的傾向，亦仍有濃厚的徐志摩風[18]。

《葉珊散文集》的最後一部分是題為「陌生的平原」的第三輯，計收十八篇作品，悉為出國二年所作。這些作品有二點重要的變化，不可不知。

第一，內容以描繪去國的感懷為主，其中糾纏著離鄉的愁緒、家國的意識，乃至文化與理想的省思等，感性與思維性的比重漸漸均衡，漸啟楊牧散文的新面貌。第二，文字風格上，排比、對偶雖仍多用，卻已益趨自然純熟，精麗而不失疏放，柔美而不失渾厚，亦漸啟楊牧散文新風格。

就內容而言，在〈田園風的樂章〉以前的作品，或懷念北淡線（〈車過密西西比河〉），或懷念金門（〈給東碇島的伙伴們〉），或懷念宜蘭、蘇澳、台中（〈秋雨落在陌生的平原上〉），是單純的鄉愁情緒；自〈芝加哥鱗爪〉以後，則泰半於鄉愁之外，糾纏著家國與文化的意識、藝術與生命的

---

18 事實上，所謂的「徐志摩風」，尚不僅就形式、技巧而言，其擁抱自然亦屬一種「自然崇拜」，與徐氏〈翡冷翠山居閒話〉、〈我所知道的康橋〉中所流露的情懷類似。參閱楊牧〈自然的悸動〉（《葉珊散文集》第二輯）一文可知。

思考——而尤以後者為重。至於感懷深刻，則須自〈從普靈斯頓校園出發〉一文以後始著，我們試讀下面的文字：

> 這年六月中旬的旅行所給我的啓示似乎生平所未曾有，也許正是這樣，「異邦」的感覺特別深刻，特別濃厚。從芝加哥西奔愛荷華城的時候，整個人沉浸在一種飄浮的憂鬱裡，也許是落拓，也許是幻滅，我永遠也不想知道。

家國情愁終於擺落了前此的浮淺、隨興，進入了沉鬱的境界。

〈普〉文作於一九六五年，一九六五年必是楊牧心情漸次深沉悲壯的一年，所以這一年的作品都含蓄、豐富，而且深刻，楊牧的「思維性」終於在異國山川的刺激下開始萌芽。〈金山灣的夏天〉有云：「我橫跨美洲大陸兩次，有時在火車上，有時在危崖邊，有時在山谷裡，我總能從樹木的枯萎和沉默記取很多宇宙的茫然。」〈山窗下〉有云：「我那時就說不出那種死寂的剎那到底是自然萬物的充實抑是自然萬物的空虛。我甚至不知道那種死寂到底應該是一種靜謐抑是另一種嘈雜——這正和小時候看海一樣。」〈八月的濃霜〉有云：「十七歲的詩章，何嘗不裝點著異鄉異土的色彩，我已經長大得可以警告自己——空間的變換只為了彌補時間的缺憾罷了！」不是在在都清楚地顯示了楊牧的脫胎換骨嗎？

其次，就文字風格而言，〈秋雨落在陌生的平原上〉自然流動，已有疏放之致；節奏氣韻也都更為新奇可喜，試看這樣的句子：「鐵蒺藜的顏色，六零砲的氣味還那麼濃烈地遺在我們初行人的手上，戰爭的陰影，粗獷的夢。」——「夜淡得像一杯酒，秋蟹已經過去了，令人思有茶。」而自〈從普靈斯頓校園出發〉以降，鍊字鍊句益形精采，無論是〈金山灣的夏天〉裡所寫的——「我來回無數次令人心靈滴血的海灣大橋，也看到過橋下的海水無聊地洶湧，憂鬱地洶湧，轟然的奔馳成為永生的訕鬧，在速度和壓力的交融裡，我只是一根衰草，在日色月光的曝曬下，沒有主意地移動、移動。」或〈山窗下〉所寫的——「這是失落了什麼呢？抑是獲得了什麼呢？歲月和路程把心靈磨得蒼老；思維和沉默把萬重青山抹上一層白霧，蓋上許多可怕的聲響。」甚或是〈在黑峽谷露宿〉所寫的——「踏荷湖在山間，山是加州和內伐達州的交界。一陣旋轉波譎，忽然下降，帶著高地的冷雲和霜景，許多蒼松，樹立如五代的畫魂，寒涼的陰地，白色的別墅，忽然看到一片碧水，白茫茫的霧擁遠方，近處有人划舟，有人奔水，有人垂釣。」以及〈九月的濃霜〉所寫的——「坐死了許多青苔，看完了許多月落，聽完了許多鐘聲，山依然是山，只是建築物的紅磚淡了，牧神的影子淡了……」都已完全在排比、覆疊、對稱的形式之外，透過意象、色彩、比喻的巧妙運用，深化了作品的境界，提升了作品的藝術，其所呈現的風格，柔美渾厚、奇詭平易兼而有之，誠測之無端，玩之無盡。

現在，我們可以對《葉珊散文集》時期做一完整的回顧。概略言之，大學四年的散文，表現年輕心靈單純的情緒，追求古典氣氛，塑造浪漫唯美風格；金門一年則漸漸轉向對自然及童年——這種所謂「質樸文明」的擁抱，換言之，縹緲的夢幻世界漸漸褪去，取代的是更實際真切的東西；二載愛荷華，鄉土情結及家國意識漸漸濃厚，不唯進一步擴大為文化歷史的省思，並且刺激了原先對文學以及生命意義探索的深刻；一言以蔽之，從感性漸次兼具思維成分。在技巧上，出國以前大致是獨白式的敘述方式，繁用排比、對稱、覆疊、迴環等手法，務求情感與文字的表現都有濃得化不開的徐志摩風；出國以後則漸趨沉鬱——精整中有疏放、秀麗中有雄渾，節奏意象漸奇詭難測，已有後來散文風貌，充分顯示其出眾的才華。

## (二)年輪時期

《年輪》一書為楊牧的第二本散文集，其寫作始於一九七〇年的春天而終於一九七四年。全書計三部：〈柏克萊〉、〈一九七一—一九七二〉、〈北西北〉。上距《葉珊散文集》的出版，竟有四年之久未曾提筆寫作散文，以今日觀之，正是作家蛻變之徵兆；《年輪》一書確為楊牧極有意識地、積極求變的第一步[19]。〈後記〉有云：

> 有一個多雨的春天，在柏克萊，當街道兩側淡紫色的小花落得最快的時候，我坐在朝西的窗口，推開滿置的卡片和論文稿，找到一角乾淨的桌面，開始下筆寫這本書的第一部分，「柏克萊」。那是一九七〇的春天，離我第一本散文集出版的時間已有四年。四年之內我極少想到散文，……我對散文曾經十分厭倦，尤其厭倦自己已經創造的那種形式和風格。我想，除非我能變，我便不再寫散文了。變不是一件容易的事，然而不變即是死亡。變是

19 《葉珊散文集》時期，雖因軍旅生涯，留學日子，而使大度山上耽於幻想的浪漫青年有所改變，但嚴格來說，那是一種自然而然的變化，非有意識地、積極地求變。

一種痛苦的經驗，但痛苦也是生命的眞實……

就在這種完全屬於自己的挑戰底情緒下，我停筆四年不寫散文，也就在這種相同的挑戰之下我決心寫一本我的心影錄。

《年輪》的改變，基本上仍可從內涵與形式兩方面言之，先說內涵：

第一部分是〈柏克萊〉，大致上是藉戰爭——或者更確切的說，藉越戰，去思索生命的價值以及人生真實等問題。文中當然不可避免地會觸及愛、慾、死亡、恨，充滿疑惑、同情、矛盾、憤懣等種種情緒，楊牧自己說，它表現了一個社會意識逐漸成型的中國留學生的心情[20]。第二部分的〈一九七一—一九七二〉則或藉季節的更迭、植物的生死繼續探索生存的本質；或透過愛的定義與美的真實之辨疑去探討表裡差異的問題。第三部分的〈北西北〉則透過幻化為鮭魚，設想自產卵至死亡的過程，繼續思考生存本質與表裡差異的問題。事實上楊牧自己認為，整本《年輪》的主題都是表裡差異的問題，〈後記〉有云：「北西北裡所探索的和前二部主題大致類似，也是表裡差異的問題。」其實所謂表裡差異的問題，就是人性真實、生存本質的問題，準此而觀，全書的主題固一貫相承，殆無疑問。我們取與《葉珊散文集》相比，所關懷的主題、所呈現的內容，固已大異其趣，雖非嚴謹的哲學辨證，但經由感懷而來的思維深度，確實令人驚異。

其次談談形式：

20 見〈後記〉，《年輪》（台北：洪範書店，一九八二，初版），頁一七八。

《年輪》一書最明顯的形式轉變是打破了一般散文的體製。它大量穿插詩歌，融合近似小說與戲劇的敘述方式，完成為一則龐大的寓言[21]。〈後記〉有云：「我只知道我要寫一本完整的書，一篇長長的長長的散文，而不是許多篇短短的短短的散文。」正是此意。

此外，《年輪》一書在筆法上幾乎一貫地採用詩句與散文句交錯混雜的方式——試看這樣的段落：

> 我要告訴你風雨的祕密，因爲我已經來到這荒野的中心。風雨是紛垩白牆頹落後的生命，從未名的角落翻來，留在未名的我的身旁。我要告訴你桂花樹的祕密，螞蟻在院子裡築巢。孤雁的祕密，羽毛落在節慶的旗幟上。（〈柏克萊〉，頁七）
>
> 其實，野草莓正奮力地攀爬，爬向多汁的晚夏，那時知了和河水將喧譁起來，又是另外一種季節。葉子都幾乎成了我們僅有的天空了；綠色的天空有時漏進一些藍意。則什麼是天空呢？樹林又似乎是沒有止境的，這是晚春的錯覺而已。秋天終於還是要來的。（〈一九七一——一九七二〉，頁一一二）
>
> 最初是沒有顏色的一片遙遠的形象，慢慢變成偉大的森林。衣裳落盡，鮭魚能夠感知祖先產卵

---

21 楊牧的這種實驗手法，必須整體細讀體會，很難個別舉例說明，因爲它們早已糅雜，相互關涉，個別舉例只有割裂之弊，難有詮釋功能；否則即須成頁成頁引證——而這對一篇論文的寫作，也是應該避免的。所以此處只做結論性的說明，還請讀者自行詳閱原書。勢非得已，情仍難安，只有等待將來找到更好的說明方式時再予修訂補充。

和死亡的水域，你被風雲捲起，飄過海洋，墜落在無邊的黑森林。那就是愛慾的夢。（〈北西北〉，頁一四一）

多數的句子都是斷落的、跳接的、獨立的，充滿繁複的意象，想像詼詭，但意思是連貫而清楚的。它是散文，卻富有詩的氣質。

最後，值得特別一提的是，《年輪》一書在象徵寓托的運用上相當奇妙。以〈北西北〉為例，全文有兩條線索：一條是鮭魚溯源而上，至祖先產卵、死亡的水域的旅程；一條是作者自己沿著半島邊緣旅行的旅程。二者相互寓托、相互象徵、相互重疊，又相互對照，讀來充滿奇妙的感受。不僅如此，前一條線索中，對鮭魚的設想經常相對地加入人類肉體與心靈的感知，彷彿魚與人化而為一，具備了莊周夢蝶的理趣。另外在〈一九七二〉中對「表裡差異」問題的探討，一方面是屬於人性與生命本質的搜索，一方面又似乎正是對自我創作是否求變以及如何求變的思考[22]。換言之，楊牧把人生的終極關懷與創作關懷連結在一起，難以劃分。這種象徵技巧的運用，的確是少見的。

22 如果我們深刻體認到楊牧寫作積極求變的態度，則讀〈一九七二〉一文，於肯定其探討生命表裡差異之餘，自能肯定此一思辨亦可投射至其創作。文中第一節有云：「已經過了提筆便寫二十行短詩的少年時代，已經過了看著晚霞晨靄便發愁的少年時代——已經過了只是愁卻不知道該如何愁的少年時代。忽然有許多登高怔忡的暗淡迷惘的情緒，向遠處凝望，又不知應該如何宣洩那個情緒。」又云：「和自己過去十年的生命（按，應指葉珊十年），也這樣決絕地分開了。一如決心涉水，讓四野的草木霎時失去了應有的芬芳；一如熄燈，讓斗室漆黑，在恐懼的寒涼和孤獨裡，那麼無聊地追問自己，或許絕望的盡頭就是新生。」將此類文字與《年輪》〈後記〉並讀，益發令人肯定楊牧對表裡差異的思索，確可投射至其對文學創作的思考。

我相信透過以上扼要的闡釋，我們對洪範版《年輪》序所說的，「那個時期我以抽象為藝術之鵠的，以寓言和象徵為文學的基礎格調。這是當時性向所趨，也是思維探索的主要路線，乃是我對於文學的基本信念，正好表現在這本書裡，殆無疑問。」終於可以有較具體真切的把握；當然，相對於《葉珊散文集》的形式，其蛻變確是巨大而令人驚異的。

綜結而言，《年輪》一書係楊牧有意識、積極求變的第一步，在內容與形式兩方面確實都做了相當幅度的轉變。內容上一貫探討表裡差異的問題，增加了作品的思想性；形式上打破散文體式之窠臼，融合詩與散文句法，大量運用象徵，增強了作品的精緻性；雖然晦澀、賣弄、雜亂等毛病有時而見[23]，但二者結合，確實為現代散文開出新面貌。

## (三)柏克萊精神時期

《柏克萊精神》為楊牧第三本散文集，收集其隨筆散文約二十篇，除二、三篇例外，均寫於一九七五年秋至一九七六年夏[24]。其所具有的重要意義乃是清晰地反映了楊牧積極介入的人生態度。

---

23 《年輪》中大量使用史詩、神話等西洋文學典故，不無賣弄之嫌；加以象徵、比喻之繁用，晦澀艱難之病不可避免。其餘若主題結構與文學風格之零亂亦有時而見，如〈柏克萊〉中突然插入對自然保育、經濟剝削以及印地安人絕種等批判；〈北西北〉中描寫山茱萸(頁一五七以下)忽仿周作人筆調；凡此俱處處突愕，使作品充滿不協調感。

24 見該書〈自序〉。所謂例外，指〈聞彰化縣政府想拆孔廟〉(一九七四年九月)、〈覃子豪紀念〉(一九七五年二月)與〈徐道鄰先生〉(一九七四年一月)等作。

楊牧尊重文學的獨立性與藝術性，卻不認為文學可以自絕於一般的人文精神和廣大的社會關懷[25]，本書是為這種態度的具體揭示。

在《柏克萊精神》以前，楊牧積極介入的人生態度也不是沒有的。所以《年輪》一書裡有〈柏克萊〉部分；在《葉珊散文集》裡有對童年山地的關懷，而〈兩片瓊瓦〉一文更不禁自問：「文學是不是也應該服役於社會？什麼瓊瓦的文學最便於服役社會？」然而那畢竟只是一種心情，一種思維意識，尚未透過文學的表達化為具體的行為。《柏克萊精神》一書則不然。這是我們強調它具有這樣的意義的原因——如《年輪》一書以前，楊牧的作品風貌不是沒有或多或少的變化，但直至《年輪》一書出才有巨大的變化，才是積極地、有意識地求變；前面所強調的《年輪》意義也正著眼於此。

從內容方面來看，本書可分五個主要部分：第一，藉由鄉土情結，批評汙染、公害以及思考原住民問題，〈歸航之二〉、〈台灣的鄉下〉等可為代表；第二、基於文化素養，強調古蹟保存、傳統文化的重要，間亦批評觀光的庸俗化，〈又見台南〉、〈聞彰化縣政府想拆孔廟〉等可為代表；第三，探討學院教育的精神與意義，〈柏克萊精神〉、〈外交系是幹什麼的？〉、〈人文教育即大學教育〉等可為代表；第四，描繪高尚人格，〈偉大的吳鳳〉、〈卜弼德先生〉、〈徐道鄰先生〉等可為代表；第五，純粹表達鄉土或國家民族之愛的，〈瑞穗舊稱水尾〉、〈山谷記載〉等可為代表。

---

25 同註8。

非常明顯的，前面三部分切實涉入現實層面，在散文類型的屬性上偏向議論、傳知；後面兩部分較屬個人主觀體會，偏向抒情敘事。就文論文，前者應該做到理路清晰、見解服人、有結構、有系統、有力量；後者則不妨興會淋漓、意隨筆至，求其感情充沛、夭矯多變。我們以此觀之，實不免對前者表現略略感到失望。

〈歸航之二〉寫工廠公害僅及全文五分之一；〈台灣的鄉下〉觸及原住民問題，只有短短三行；〈又見台南〉談古蹟保存，又岔入成大中文教育；凡此，在在犯有主題分散、結構鬆懈的毛病，而〈夜宿大度山〉則學院教育的意義、大學生活的回憶、觀光庸俗化的批評等，紛然並陳，簡直無以歸類。凡此種種均顯示出楊牧在以創作具體表達積極介入的初期，尚無法恰當掌握文字工具。畢竟自抒情入思維再轉入批評，其轉變是劇烈的，其所需要的調整也是艱苦的。

在此，〈聞彰化縣政府想拆孔廟〉一文，雖寫作最早，卻流暢有力，成績最為出色，推其原因，大概還是因為就楊牧的學術背景而言，討論文化問題遠比討論社會問題、公害問題來得在行。也或許因此，第三部分探討學院教育的精神與意義諸文，便都大體可稱體會深入，見解通達。

至於後兩部分，在寫人方面，無論是〈偉大的吳鳳〉的簡明，〈卜弼德先生〉的細膩，或〈徐道鄰先生〉的平實，都有真摯的情感，感染力極強。在寫地方面，〈瑞穗舊稱水尾〉的優美，〈山谷記載〉的溫馨，都能體貼入微地表現出作者對鄉土、對民族的愛，其成績確乎凌駕前三部分[26]。

---

26 在此，〈山谷記載〉一文尤值得稱道。全文以客觀的敘述方式，一點一滴的記載童年的山谷，表現細緻，而且確實傳達出他對這塊土地的熟悉。文章開始以輕鬆調皮的口吻，故弄玄虛，除了有引人入勝的效果外，也曲折地暗示作者以童年的心情回到童年的土地，極具匠心。至於對主題——鄉土與民族的關懷的宣示，也能

再從形式方面來看。《柏克萊精神》一書有一明顯的特徵——文筆平實。換言之，不刻意修飾，也不繁用典故，大掉書袋，相較於前面兩個時期，可謂「絢爛之極歸於平淡」。當然，推其原因，與內容的轉變有關。批評議論之文本重清晰流暢，無須精麗。寫人寫地重在風格神貌，也無須刻意雕琢。楊牧在此書〈後記〉裡曾交代他寫〈卜弼德先生〉的苦心：

> 我敬佩卜弼德先生，覺得應該爲他立傳，此文之寫作是爲了使他的學問也能顯於中國，所以在末段我結結巴巴地嘗試古人「列傳」的文體，如此而已。

寫人而學《史記》列傳體，楊牧的做法是正確的。

最後值得一提的是《柏克萊精神》一書的文筆雖通體可以「平實」稱之，但〈卜弼德先生〉與〈我所不知道的康橋〉二文，則另有老成俐落之致。看似不加思索，不加修飾，而氣韻貫穿，自然精采，這反映了楊牧的才氣，也反映他漸入壯年以後的風華轉變。但前此的柔美之感卻消失不見，二者的糅合必須等到《搜索者》時期。

《柏克萊精神》一書的內容與形式上的轉變，略如上述，因軌跡清楚，似不必再歸結重複。楊牧自己對這樣的轉變是肯定的，〈後記〉有云：

---

(續) 透過相遇不同的人物，愈來愈熱情、融合的描寫，極有層次地達成。結尾以不結爲結，餘韻嬝嬝，更見功力。但全文卻以極素樸的語言經營，自然溫潤，平淡中見眞淳，確實難得，允稱楊牧特異之作。請並參拙作《中國現代散文選析》(台北：長安出版社，一九八五，初版)，冊二，楊牧，〈山谷記載〉一文簡析。

我一直想要寫一本像這樣的書，來表達我對於文學以外的事務的觀察和感受。這些年來除了詩和比較正規的文學評論以外，我也寫了些散文，分布在三本書裡，其中第一本屬於抒情敘事的範圍，第二本偏重內心是非的探索，採取寓言和象徵的方法，而這一本竟能於內容和形式上獲取一個改變，這是使我自己覺得快樂的。

我們願意強調，《柏克萊精神》一書的出現，對楊牧自身而言，是一個重大的突破——不僅是內容、形式的突破，更是文學理念與自我角色的突破。從此以後，楊牧在「文質炳煥」的理想散文要求下，也要求兼顧文學服務社會的功能，更要求自己積極地介入社會，關懷現實。

## (四)搜索者時期

《搜索者》一書為楊牧第四本散文集，收錄作品二十篇，寫作時間自一九七七至一九八二年。本書無論自內容或主題而言，都不像前三本書所表現的具有一貫系統或連帶關係——它或寫生命中對理想的追求，或寫生活中幸福的感覺，或表現某種信仰，或宣洩某種情緒；而悉有可觀。從形式上說，本書透過繁富而成熟的技巧運用，完成高度的藝術性，成績遠超過前三時期，尤令人刮目相看。

二十篇作品中，自〈島嶼記載〉以下六篇，由於無論內容或形式都比較單薄，缺乏明顯特色，討論從略。

〈搜索者〉與〈出發〉二篇，都藉由一次單獨的旅行，描述生命的某種追求、某種尋覓、某種決斷，風致高華，極耐咀嚼。

這種旅行是一種實際的旅行，卻也是一種象徵的旅行。作者確實做了第二次溫哥華島之旅。他選擇的時間似乎不對，春天尚未來到、渡輪太少、天氣也不好。但他在維多利亞港上岸後，卻陽光燦爛，花卉滿眼，黃昏投宿拿奈摩，享受充溢天地間的溫暖和柔情。第二天清晨，他向北走，左轉過山去溫哥華島的西岸。山區荒涼，愈走愈高，竟遇到一場猛烈的風雪，他在溫哥華島中央山脈的一個小角落停車、休息、車窗外是大雪，他遺世而獨立。雪住了，他從松蔭下轉回公路，公路潔淨乾燥，他加速向阿爾柏尼港駛去。

這次實際的旅行，其實充滿了象徵的意義。作者透過這次旅行，探索生命與時間的真諦。旅程的開始雖然不順，時機雖然不對，但作者以為既已出發，就沒有理由回頭了，我們因此清楚地掌握到作者搜索的積極意識以及他果斷無悔的態度——而這何嘗不是面對生命旅程必需的一種態度呢？

作者是在一種神祕的召喚下出發的，他彷彿沒有目標，但「尋覓」的本身便是價值與意義之所在，人間旅程永遠是「有限卻又無限的」——在此，作者逐漸透露了時間與生命的真諦。

旅程當中曾經經過洶湧激盪的海峽，風雲變色；曾經遇到山間的大雪，天地靜默——這些都是生命中的險阻挫折，都是考驗。但通過考驗可以獲得嶄新的生命享受，所以上岸之後是夕陽華麗、海鷗頡頏的那奈摩港，祥和、美麗；所以下山之後，天色明朗，幾乎變成透明的藍。作者終於在最危險的境遇裡，得到最激越的啟示，寧靜、悠然、澄明，掌握關於生命、關於時間的真理，掌握天地沉默的福祉、靜的奧義。作者最後說：「彷彿是沒有目的的流浪之旅，其實那是我永遠肯定的一莊嚴的搜索。」

除了生命與時間真諦的搜尋之旅外，這次旅行還象徵著作者本身在創作上不斷求新求變的搜索歷程。作者一旦投入文學的創作，就沒有理由回頭了。他不斷探索作品的新面貌，過程辛苦，但每次蛻變都帶來一次全新的喜悅和滿足。獻身藝術的靈魂永遠是孤獨的、寂寞的，可是正在這種孤獨寂寞中方可得到完全的自由、完全的獨立。《搜索者》〈前記〉說道：

> 搜索是象徵的說法，……我想我們無時無刻不在搜索著，試探著，雖然對象目的可能不同，但於宇宙人生的好奇和關懷總是大致相當的；不斷地想撥開雲霾，找到光明的蹤跡，想從愁城困境裡突圍，去追求自然的啓示，文明的面貌。……

又說：

> 我曾經追求，也曾徬徨外望；或在有些情況下，試圖結合這內外的搜索、通過文學的藝術整理，構成一種交替的旨意……。現代散文務求文體模式的突破，這是我的信念；當然理論不難，實踐維艱，則於文學藝術本身而言，我也在搜索著，而且終將不停地搜索下去。

可見在楊牧心目中，〈搜索者〉一文的象徵意義確實包括生命與文學創作二者，則以上的詮釋可以成立，殆無疑問。

〈出發〉一文亦可作如是觀。一方面是真實的從塗瓦森海灣出發；一方面又是生命情調與文學創作的一種新的出發。生命需要不斷地尋找意義，文學也需要不停地創新格調；至少，二者都需要揚棄舊有，重新「出發」。棄舊尋新當然會有割捨的痛苦，但也唯有在不停滴流傷心的淚水中才能獲得甘美的快感。

再從形式上說，透過以上旨意的探討，二文通篇象徵，為一則寓言，殆極顯然，這種手法是難得的。〈搜索者〉中所有放眼所見的景物、季節的輪替，都分別成為生命中種種情調、種種遭遇的象徵，自然貼切而無痕跡，遠遠超越了《年輪》時期的晦澀以及非詩非文、亦詩亦文所呈現的刻意斧鑿。而〈出發〉一文，摘取《伊豆的踊子》的片段，一方面負有起承轉合的功能；一方面做為自身的另一種投射，曲盡心情，則尤為新穎可喜，在現代散文名家中，可與比擬者，唯林文月〈步過天城隧道〉一文而已。

除掉象徵以外，二文還值得讚美者，為低沉之抒情語調的掌握。這種悠長的、靜靜的語調，對表達孤寂的旅程、寧靜的體會是極恰當的，確有細膩柔和深沉之致，令人讀後有一種「甘美的快感」。

我們最後要強調的是，就作品風格言，〈搜索者〉及〈出發〉二文與《年輪》是同類的。二者都以象徵的表現為主，創造一則寓言；二者都有用二條線索交錯進行，相互投射的手法。但我們亦應可以看出，楊牧到了〈搜索者〉與〈出發〉時，已不必故意求奇。《年輪》雖然精采可觀，但不免讓人覺得艱難，負擔沉重，而〈搜索者〉與〈出發〉只讓我們覺得甜美，毫無阻隔地進入作者描繪的世界。

〈科學與夜鶯〉一文的主題在表達作者對文字的肯定，楊牧是堅持「文學有用」的，但無論如何也沒有思想過，一位研究尖端科學的朋友會透過一隻啼唱的夜鶯、透過濟慈的一首詩，發現了時間和自己的生命。文學絕非短暫的體認，乃是永恆的知識——這是作者最後的結論。

對於這樣一個嚴肅思辨的主題，作者卻處處摻入感性的成分；換言之，以抒情筆調述理，格外溫婉錯落，讀來令人欽佩；也從而可以斷定，楊牧散文的基調仍是抒情的。

〈普林斯頓的秋天〉、〈普林斯頓的冬天〉、〈普林斯頓的春天〉，是一系列的作品，作者從秋寫到春，心情也從寂寞到寫意。秋冬的時候，他是冷漠的，自外於所處的普林斯頓，到了春天，終於覺得還是有些值得感激，所以對於普大的瓊思樓原本認定是永遠沉悶靜寂的，後來終於認定是安寧鎮靜的。

在形式上，這三篇作品只用最樸素的記敘方式，堆積許多瑣碎的材料，作者似乎漫不經心，卻處處注入感懷；少年時的激情是沒有了，也不想急切的告訴別人心裡所想的，一覽無遺，取而代之的是累積了經驗與智慧的平和心情，喜怒哀樂如歲月的流轉，無聲無息。在這裡我們看到《柏克萊精神》一書中如〈山谷記載〉那樣平淡風格的繼續拓殖，只是更多了一層沉鬱的味道。除了才華以外，這種轉變實在應歸功於歲月的恩賜。

〈紐約以北〉及〈西雅圖誌〉二文皆旨在傳達作者對台灣、對中國的感情。前者是屬於土地的感情，後者是屬於文學的感情。表達屬於土地的感情，多透過氣候、景物之描摹，故新英格蘭雖美，卻「更惦念台灣冬季的潮濕冷雨，小巷子裡偶爾揚起沉落的人聲」（〈紐約以北〉）；表達屬於文學的感情，則或透過植物之種植，或透過作品之比較，故種菊種竹皆勝於剪草（〈西雅圖誌〉）；故梭羅之隱逸文學以近似晚明性靈小品，乃為美國少數的永恆作品之一（〈紐約以北〉）。

這些或許都是主觀的，但正以其主觀，乃反映了作者真切的懷鄉情緒[27]。

在形式上，〈紐約以北〉是單線敘述，〈西雅圖誌〉則以雙線間隔方式進行。語言上，〈紐約以北〉較素樸；〈西雅圖誌〉較琢鍊。〈紐約以北〉有一優點——頗能運用節奏變換、高低起伏的句子配合行車旅程的上下蜿蜒，如下面一段：

> 終於離開了紐約，快車北上。這路頗不陌生，多拱橋的林蔭路，蜿蜒指向新英格蘭。秋天走過，冬天走過，春天也走過；而好不容易，如今已是繁茂蒼翠的初夏了，拱橋上爬滿了藤蔓，巨樹安寧地展開手掌大的闊葉，和閃閃發光的針葉，雲朵鬆弛，忽然聚散；天色比海水更藍。

〈西雅圖誌〉有一特色：部分文字融合文言白話，兼有簡練疏宕之致，如下面這段：

> 此竹葉子甚小，惟脈絡分明；幹高可丈餘，但無筍可以掘食，算是美中不足之處。遷居以來，歷三季天氣。夏日微風，竹葉翻覆湧動，一如故鄉溫暖的海水；秋來小雨自葉間滾滾滴落，青翠不可逼視。

頗學周作人，但多了一層柔美，風格還是楊牧自己的。

---

27 應補充說明的是，〈西雅圖誌〉基本上藉政治事件（高雄美麗島事件）來表達作者對台灣的關懷，中間交錯有文學式的中國情結。

〈海岸七疊〉、〈山坡定位〉、〈冬來之小簡〉三篇皆寫結婚後之幸福感受，亦可稱一系列，為省篇幅，僅舉〈海岸七疊〉的片段為例做為說明：

我重新肯定了少年時代的信仰；幸福並非不可能，你要它，它就來了。聽見盈盈在樓上走路的腳步聲，洗菜淘米的水聲。我下筆往往是從容不迫的，所以我想像我又已經恢復我本來應該保有的安詳的面貌。我不能不覺得喜悅、感激。名名在三月間出生。那天春寒料峭，還下了一場冰雹。我對著窗外高聳的松柏古樹，更遠方的海水和層雲，感激於宇宙生命一件偉大的承諾之實現。瞬息之間，北西以北，黑潮洶湧的七疊海岸，對我產生了十年來未曾預示過的意義，愛情和生命本來就具有它最落實最確切不可動搖的面貌，在名名的啼聲中向我宣示。

幸福與快樂往往使人的心思更為靈慧，使人的心境更為祥和，也許是這個緣故，〈海岸七疊〉等三篇，乃為楊牧最溫馨甜美的作品。自然、瀟灑，卻極精緻，許多句子非常精采，象徵楊牧筆力已日趨成熟，試看這一段：

那一年果熟葉落，我隱約聽見宇宙間偉大的號角在調音試聲，海鷗在煙波蒼茫中鼓翼飛行，鯨魚泅水的喧譁，輪船出港的汽笛。（〈海岸七疊〉）

其中天籟的比喻與聲音的呼應多好！再看這一段：

> 夏天裡河心的石子露出水面，亂流可渡；秋天水勢漸漲，但也看得見散布的巨岩。此刻嚴冬，水位反而上升，逼近木屋下的堤防。河岸古木蒼苔，隱隱約約藏著幾幢形狀各異的小房子，間有一兩座煙囪在冒煙，除了水聲，周圍都寂靜如睡。這河盛產鱒魚，大可盈尺，夏秋之交，站在河心的巨岩上，可以俯視魚群嬉戲樹蔭下。釣者偶然來去，逝者如斯不捨晝夜。（〈山坡定位〉）

藉深幽沉靜的景致托出生命的流轉，無聲無息，水的比喻源自古典，描寫卻更為華麗，筆力何等驚人！至於〈冬來之小簡〉，則狀似平淡無奇，實則句法的融鑄鍛鍊仍極精嚴：

> 我把靠窗的書桌整理擦拭乾淨，靜坐喝茶在這個位子。我又把一些常用的參考書搬到旁邊另一張大方桌上，那是寫作英文稿的位子。坐在寫作英文的大方桌前，抬頭也可以看到窗外的鳥群，若是牠們倏忽來止。

全段以歐化的句子與文法結構貫串，配合白話語言，間雜文言句，流中兼澀又兼雅，確有寧靜安詳之趣，「子」「子」「止」的同音，尤使聲韻飽滿，具有頓挫如詩的韻致，彷彿神來之筆。要之，楊牧此時的遣辭造句，描情寫景功夫，已漸能左右逢源，舉重若輕；絢爛中有平淡，平淡中有奇崛，妙手常得，令人屢讀不厭矣。

此外，象徵的使用也愈無痕跡——「從書桌前立起，走到後窗，看櫺前的盆花，非洲蘭和螃蟹蘭盛開，外面則下著微微小雨，打在枯萎的菊叢上。冬天慢慢深了。」(〈冬來之小簡〉)正以季節與花卉暗示生命之不再年輕；甚至〈山坡定位〉裡「河有兩個源頭」的標題與描寫，何嘗不象徵生命的澎湃、生命的力量亦有兩個源頭——毋忝所生，毋忝己立。總之，三文所以能在優美寫實的筆觸之外，充滿了可堪品味的內涵，正由於象徵筆法之漸入化境之故。

我們由是確實肯定，一九七九年第二次結婚以後的楊牧，對人生有著更平和、更溫暖、不喜亦不慍的觀悟。時正入四十歲。

〈三代以前農家子〉寫種菜經驗，〈六朝之後酒中仙〉寫飲酒經驗，〈風雨簷下〉寫品茗經驗，都非常生活化，似乎再度反映楊牧婚後對日常生活恬淡平實有更深的體會，就楊牧作品的內涵與精神而言，也似乎有著由唐詩境界進入宋詩境界的味道。

至於三篇的文字風格，都較前此更多一層老成疏放，但由於精麗與感性不失，風華仍與前輩周作人、梁實秋不同。其中〈六朝之後酒中仙〉信手拈詩拈人拈事化入而寫，特具博雅之趣；〈風雨簷下〉隨意下筆，似不經營，卻別有行雲流水之悠然，能承周作人一派小品之長。此中神采，非擷取一二片段可知，讀者請自閱讀原文，必可自見。要之，楊牧之作至〈三代以前農家子〉諸作，確乎呈現另一番風貌——成熟、老練、博雅，興會淋漓，無施不可，典型的中國散文，承周作人而下，更多一層甜美精麗與感性。

最後值得一提的是，《搜索者》中大部分的作品，都以一種旅程的線索——亦即透過對自然、對地域的觀察，描摹出感情思想的軌跡；換言之，以空間所得去探討時間的意義。這種若有系統的作法，是新穎可喜的。

我們綜覽《搜索者》，可以發現它是楊牧前此各時期的集大成作品。葉珊時期的感性與年輪時期的思維色彩在這裡被完美結合（如〈搜索者〉、〈出發〉）；鄉土的感情與介入社會的關懷，乃至對文學的信念與肯定，也在這裡更含蓄、更深入、更動人地被宣示（如〈紐約以北〉、〈西雅圖誌〉、〈科學與夜鶯〉）；而柏克萊精神時期素樸的表現方式更在這裡被昇華，得到徹底的發揚（如〈普林斯頓的秋天〉等三篇）；除此之外，他又能巧妙轉化周作人之老成與自身之精緻，別創典雅浪漫之風（如〈三代以前農家子〉等），要言之，感性與知性，精麗與疏放兼而有之，融合無跡。就整體表現言，各種技巧無不擅用，各種技巧又似乎都不重要，隨心所欲；楊牧終於達到了他散文的成熟階段。

### （五）搜索者以後時期

《搜索者》以後，楊牧又出版《交流道》（一九八五年七月）、《飛過山水》（一九八七年一月）、《山風海雨》（一九八七年五月）三本散文集。前二者實為一九七四年四月至一九七五年十一月為聯合副刊所寫「交流道」專欄的集結，它們與《柏克萊精神》大致面貌相同，主題之表達以文學以外之關注為中心，代表楊牧那個時期積極介入之意識。這些作品由於都有其特定事件，嚴格受到時間性的限制，採雜文的作法，我們很難客觀地藉此討論楊牧散文內在風貌之變遷，故討論從略，不過仍有二點值得說明：

首先，這些作品原非楊牧所擅長（《柏克萊精神》一書可見），但在客觀因素的逼迫下，加上楊牧原本就是具有介入社會的意識，適予發揮，一年多下來，成績亦多可觀，已堪做為楊牧散文的另一種面貌。

其次，楊牧以本性浪漫、氣質詩人、長期創作美文之基礎轉作雜文，遣辭造句不免仍多講究，常見典雅之風，而批判中尤愛說理，故無一般雜文的潑辣、銳利，卻多一層含蓄的文人學士氣；所以楊牧說：「文體和風格還是我自己的。」[28]

我們願意再次強調，這兩本作品仍是楊牧文學應有服務社會功能之理念的實踐；也是要求自我介入現實態度之實踐。在「文質炳煥」的追求下，即使批評、議論、傳知，也仍須講究藝術性。其間成績已超過《柏克萊精神》時期，未加討論，絕無輕視之意。

現在我們討論《山風海雨》。

《山風海雨》是楊牧一九八四—一九八六年間刻意創作的一本書；刻意為自己童年以及一段台灣歷史創作的一本書。

顯然的，在形式上它也如《年輪》般，要寫一篇長長的、長長的散文，而非許多篇短短的、短短的散文，打破散文體式的窠臼。〈戰火在天外燃燒〉敘述著童年的祥和寧靜，日本人並沒有帶來什麼干擾，在那小小的山城，颱風也只是新奇的經驗，帶來奇異的夜。〈接近了秀姑巒〉敘述為了躲避美機的轟炸，舉家遷居山谷，體會阿眉族特有的粗獷、勇敢、純潔、樂天，卻帶著一種宿命的

28 同註10。

欠缺的氣味，決心去尋覓；日子仍然大致安逸和平，但牛的被屠殺，使他初次聞到人間暴虐的氣息，幼稚愚騃的心靈開始培養一分抑鬱和懷疑。〈他們的世界〉精細描繪進入阿眉族部落的經驗，也精細描繪阿眉人的狩獵、耕種、祭典、禁忌，以及永不變的信仰，表現出作者對阿眉族特殊氣質的強烈認同與愛。到了〈水蚊〉裡，恐懼、詭異的經驗漸漸累積，生命並不快樂、也不永恆的意識在熱情朋友所織成的歡愉中漸漸滋長；而後在最初的愛忽然失落後，終於告別童年，體會到生命的脆弱與美，正如一隻長腳的水蚊。〈愚騃之冬〉、〈一些假的和真的禁忌〉描述小學生涯結束的情景，對「性」有了感覺，不免為之焦慮、緊張、心跳；另一方面也含蓄地寫著對那個時代的不滿。幻想與英雄崇拜都絕對沒有了，除了精神上的反抗，內體上正放縱地承受著夢魘的壓迫。

最後，〈詩的端倪〉描寫一次大地震的經驗，搖醒了他蟄伏內心的神異之獸，開始更接近詩和藝術的世界。童年正在快速地逝去——「那淡綠、棕黃，和深藍交錯的歲月，一長串蟬聲和蘆花和簷滴和蜻蜓啣尾的日子，都在快速地逝去」，作者終於選擇一個藝術的世界，獻身其中，做永不悔恨的探索、追求。

綜觀全書，確乎以極有次序的組合方式呈現一個幼稚心靈的成長歷程，具體、真實的故事，較《年輪》之寓言抽象表現更為動人。

至於語言方面，《山風海雨》較前此特殊的是，更多了一層波瀾壯闊的表現，例如寫颱風：

> 來了來了，從遙遠的海面正有一團墨黑的氣體向花蓮這個方向滾來，以一定的速度，夾萬頃雨水，撕裂廣大的天幕，正向這個方面滾來，空中的雲煙激越如沸水，在宇宙間褘繣離

合，海水翻騰搖擺，憤怒地向陸地投射。（〈戰火在天外燃燒〉，頁一七）

又如寫山洪：

當山洪從原始森林飛騰來到，有一種鉅大的聲響指示著它的方向，如兵馬前哨的號角，卻又更沉重更龐大；如雷霆，卻又比雷霆更持久更漫長，也許就是連續的雷霆的聲響，沒有閃電警告，夾帶無邊豪放的雨水，擊打這深陷在山坳裡的小村。我們在屋裡避雨，好像並不是恐懼。我扒在窗前往外看，踮起腳尖，滾滾的大水在山坡下呼吼，浩浩蕩蕩向野煙和雨霧裡消逝。（〈他們的世界〉，頁五〇）

除此之外，在描寫的精采上也似乎有更驚人的表現，試看寫阿眉族的氣味：

我感覺到一股強烈的氣味，很陌生、很吸引人。起先我以爲那是樹葉或者野草，或者是一種我未曾遭遇的花卉，或者甚至是飛禽掠過空中留下的痕跡，是兔子跳躍草地激起的塵埃。我想，這是什麼氣味呢？莫非就是檳榔樹長高的歡悅，是芭蕉葉尖隔宵沉積的露水，是新筍抽動破土的辛苦，是牛犢低喚母親的聲音。那是一種樂天的，勇敢而缺少謀慮的氣味，那麼純樸、耿直、簡單、開放、縱情的狂笑和痛苦……那氣味裡帶著一分亙古的信仰，絕對的勇氣，近乎狂暴的憤怒，無窮的溫柔，愛，同情，帶著一分宿命的色彩，又如音樂，如嬰兒初生之啼，如浪子的歌聲，如新嫁娘的讚美詩，如武士帶傷垂亡的呻吟。那氣味是宿命的，悲涼，堅毅，沒有反顧的餘地……（〈他們的世界〉，頁五四、五五）

雖然自《葉珊散文集》時期已有這種連串譬喻的排比，到搜索者時期更為擴張，但都遠不如此段的用力、新奇。全段式的連串譬喻、動態靜態、抽象具體，無不用盡，令人讀來應接不暇，無法喘息，卻有一種極度充塞、極度疲憊後的舒暢感。再看寫舞蹈：

當月亮升上來的時候，我們聽見笛聲和鼓點，舞者赤足蹈走在堅實的土地上，在澄清如水色的月光裡舞成一個圓圈、兩個圓圈、三個圓圈，然後像漩渦一樣地散開、濺起晶瑩的水花，向四周發射出去，激越的精神充塞在重疊明滅的林木間，飛禽拍翅驚起，昆蟲噤聲，耕牛站起來又趴下，甩甩尾巴，慢慢閉上牠們的眼睛又睡了，河岸上掠過一點又一點的飛螢。（〈他們的世界〉，頁七一、七二）

以水色形容月亮而後巧妙貼合上舞蹈，精采地將舞的美與激越描摹而出，末尾藉飛禽、昆蟲、耕牛、流螢加強氣氛，筆力相較於白居易〈琵琶行〉更有過之。

我們認為，經過《搜索者》的自然疏放，楊牧回復他慣有的凝鍊、精鑄，而且更推上一層，無非證明他成熟以後無施不可的功力。一次又一次的突破，讓我們永遠感受新的體驗，得到驚愕的收穫。

## 四、餘論

楊牧散文不斷求變求新的歷程略如上述，這種求變求新的企圖，基本上是來自文學理念的實踐，但另一方面也是由於自身角色思索的調整。楊牧原本大概只想做一個詩人，一個文學家，在他的藝術王國裡精心雕塑他的作品。但柏克萊生活的經驗，使他接受了積極介入的生活態度，認為文學固不可成為其他東西的附庸，卻也絕不可以自絕於一般的人文精神和廣大的社會關懷[29]，他漸漸體會一個學院派的創作者不應守在象牙塔裡，還要時常窺戶牖以知天下。於是他對自己的要求漸漸轉變成中國傳統對讀書人的最高要求——一個健全的知識分子。就在這種要求下，他作品的題材內容才有較明顯的現實關懷；他作品的精神風格才有更深沉的思維與感性。《交流道》自述有云：「我是學文學的，並且堅決熱衷地以時代新文學之創作為此生重要之目標。」但他深知，要做一個健全的知識分子，不能忽視學術和創作以外的現實環境。東坡和但丁永遠是偉大的詩人，但他們也寫干預朝政和批評教會的小冊子。在專制制度、神權體系裡奮勇屹立，雖侘傺憔悴，卻能以文學化解生命橫逆，留下永遠進取的性格，他們面對現實表達的睥睨深思，使他們的文學更具有一層入化的道德肌理；楊牧希望能做到和他們一樣。他不斷地說：「我希望有一天能於晚年追懷的火爐前，因為發現學術研究對實際的文學創作並無傷害，甚至還具有精神上和方法上的啟發，而感到安慰、

29 參見《柏克萊精神》，〈自序〉。

滿足，感到無愧於古來中國健全的知識分子，和歐洲文藝復興人(Renaissance Man)傳下的典型。」「我只希望在晚年追懷的火爐前，還能肯定我的學術研究和文學創作曾經因為我對一多事的社會之關懷介入，因為這種愛的參與和筆的磨難，而證明一些自我完成的意義。」[30] 我們必須對楊牧這種胸懷，這種自我期許的信念充分掌握，才能深入楊牧作品的內在肌理，單純的以一個文藝工作者，一個現代散文作家來為楊牧定位，是片面的、不公平的。

不僅如此，我們亦唯有在對楊牧這種自我角色認定，這種自我意義完成的充分掌握下，才能了然楊牧何以對周作人有那樣的讚美。〈周作人論〉(收入《文學的源流》)有云：

> 周作人是近代中國散文藝術最偉大的塑造者之一，他繼承古典傳統精華，吸收外國文化的神髓，兼容並包，體驗現實，以文言的雅約以及外語的新奇，和白話語體相結合，創造生動有效的新字彙和新語法，重視文理的結構，文氣的均勻，和文采的彬蔚，爲二十世紀的新散文刻畫出再生的風貌。

這是就周作人在散文藝術上的成就而言，用楊牧自己的話來說，正是「散文文體模式的突破」[31]。

---

30 引文及全段意思俱見前揭書〈自序〉。

31 〈散文的創作與欣賞〉一文(收入《文學的源流》)有云：「周作人不斷地看古典，也看閒書、雜書，他小說也看，希臘東西也看，日本文學、英國文學，甚至翻譯小說也都看，無所不看，把所有文章的體裁和風格結合在一起，創出他很獨特的小品隨筆面貌。」意同「散文文體模式的突破」，可以並參。

〈周作人論〉又云：

> 我重閱周作人浩瀚的著作，以誠意對之，覺得他通過不朽的文字技巧，所竭力提倡闡揚的文章主題，幾乎都是開明向上的；他的思想朗亮進步，尊重傳統而不爲迷信所拘泥，他追求中國民族社會的現代化，心思敏銳但極少暴躁的痕跡，他更有一種敦厚沉靜的哲學思想，透過簡潔的文字閃爍光輝。我的結論是，周作人之塑造近代散文，初不僅止於他的文字風格和章法結構，更見於他對於健康題材之追求和闡發，劍及履及，證明現代文字的無限功能。所謂文質炳煥，豈不就是這個意思？

楊牧心目中的理想散文（見本文第二節），周作人是做到了。〈周作人論〉最後說道：

> 除了闡釋新文學的理想和方法以外，他爲文反對暴力、抨擊迷信，卻極力爲神話辯護，他介紹「新村」的構想，強調醫藥和科學的重要性；他提倡自由與民主、男女平等的觀念，讚美誠實寬容和天真，維護知識的權利；他厭惡口口聲聲談讀經之必要的遺老心態，鄙視「王學家」和「桐城派古文」，也嘲弄八股文和試帖詩；他注意民俗掌故的文化價值，鼓吹國人學習外語，又推薦弱小民族的文學作品，並加以翻譯；最後，他還是一個處處可以爲家卻十分念舊懷鄉的人；紹興的意象在他文中非常昭晰動人，然而他絕不濫情歌詠。周作人是一個相當完整的新時代的知識分子，一個博大精深的「文藝復興人」（Renaissance

Man）。

無論就文就人的立場言，楊牧所追求的理想在周作人身上都看到了實現，則楊牧對周氏的景從服膺便不言可喻了。

正因為這種景從服膺的心理，楊牧作品中乃有明顯學周氏者，例如《年輪》中〈北西北〉，頁一五六以下寫菊、寫山茱萸，全仿周作人筆，讀者取與周氏〈兩株樹〉一文並讀，了然可見；而《搜索者》中，凡〈西雅圖誌〉、〈六朝之後酒中仙〉、〈風雨簷下〉諸文，也多有與周氏神情相似之處，相對於《葉珊散文集》時期，以及以降仍然時時可見而略加變化的徐志摩風(見前述)，顯示了詩人散文之外的學者散文風範。事實上楊牧散文之格調所以超越精麗與疏淡，並兼二者之長，正受周、徐二派典型之啟導，佐以個人才性加以轉化之故。

現在我們可以對前述種種做扼要的總結：

在楊牧近三十年的散文創作生涯當中，他從一個單純的浪漫青年成為一個關懷生命、關懷文學、關懷現實的藝術工作者以及知識分子，因此他的作品在個人感情的抒發外，漸漸添入思維的成分，也漸漸加入批評與議論，就對生命的要求，對自我角色的期許言，他是不斷向上探索的。在文學藝術的境界裡，他撫今追昔，深知作品不可受文體的限制、語言的束縛以及技巧的牢籠，所以不斷試驗，務求散文文體模式的突破，以達成文質炳煥的理想，我們從簡單的排比、對稱看到複雜的象徵、寓言；我們從穠麗精整看到疏放平淡乃至壯闊雄偉；我們更看到歐化句與文言白話的結合以及詩歌、小說乃至戲劇的表達方式不斷出現；我們確實清楚看到，在散文的推陳出新上，楊牧也是不斷向前搜索的。〈科學與夜鶯〉一文有云：

生長是責任，我們對宇宙系統的參與，只要一息尚存，我們不能停止生長，不能不繼續搜索。

這是楊牧其人其文的精神所在，是故，綜其成就與意義，我們以「永遠的搜索者」一名稱楊牧，誰曰不宜？

# 「詩人」散文的典範

## ——論楊牧散文的特殊格調與地位

### 一

六〇年代以降，台灣散文自有「詩人散文」一系，其先驅人物殆非余光中、楊牧莫屬；其下續有承者，如：陳克華、許悔之、林燿德等皆是。影響所及，八〇年代以下文體出位乃成常態，散文體式遂紛乘變化，目不暇給。而一般所謂「詩人散文」，其義大抵不出二端：一則謂其以詩人兼作散文；一則謂其以詩筆化入散文。前者以身分論；後者以形式論——惟一般則多綜合二者名之——詩人兼作散文且以詩筆為之，即是「詩人散文」。這種界義，已成當然，固不可謂為誤，而衡諸前列諸家，亦莫不符合。但以個人近年體會，深覺亦有鳳毛麟角卓犖之士所作有超軼此義者，——此即楊牧。本文希望透過以經解經之方式，析理楊氏文本，呈現其迥異眾人之特殊「詩人散文」格調，從而凸顯其於台灣散文史上之特殊地位；而此一特殊格調與地位之探討，首須再辨「詩人」之義。

## 二

何謂「詩人」？寫詩之人，即稱「詩人」？抑或寫好詩之人，即稱「詩人」？對深知中國古典文學精神與標準的學者而言，此一說法，斷難成立。

中國古代詩人之典型為誰？曰：為屈原、為淵明、為杜甫、為東坡。蓋中國詩有一「言志」、「詠懷」傳統，詩所以明詩人之志，所以見詩人之懷，非徒求音聲辭采之美，詩人之所「志」即其所「懷」，其所「懷」其即所「志」——固非一般抒「情」；而此一傳統之濫觴即屈原，故屈原遂為二千年來至高無上之「詩人」典範。

所謂「詩人」絕非徒以一種文學形式美的創造者即可當之。他需要有理想的性格、堅強的意志、高尚的情操、卓美的人格；他明辨是非善惡、嚴別趨捨去就；他反叛權威、關懷生命、追求真理。所謂「詩人」，無非在這樣的「本質」下，以一種特殊的文學形式表現他的「志」與「懷」，表現他的「本質」而已。屈原如此，淵明、杜甫、東坡亦莫不如此。

換言之，傳統中國真正的「詩人」，是絕然具備儒家所謂「士」——知識分子的性格的；他們其實就是知識分子中的一支。失掉了這種本質，就不能當「詩人」之稱而無愧——此所以南朝梁、陳作者，歷來評價皆低之故。

## 三

中國傳統「詩人」此一高義，現代作手中，楊枚體會獨多，〈抱負〉有云：

> 詩人應該有所秉持。他秉持什麼呢？他超越功利，睥睨權勢以肯定人性的尊嚴，崇尚自由和民主；他關懷群眾但不爲群眾口號所指引，認識私我情感之可貴而不爲自己的愛憎帶向濫情；他的秉持乃是一獨立威嚴之心靈，其渥如赭，其寒如冰；那是深藏雪原下的一團熊熊烈火，不斷以知識的權力、想像的光芒試探著疲憊的現實結構，向一切恐怖欺凌的伎倆挑戰，指出草之所以枯，肉之所以腐，魍魎魑魅之所以必死，不能長久在光天化日下現形。他指出愛和同情是永恆的，在任何艱苦的年代；自由和民主是不可修正刪改的，在任何艱苦的年代。……他和其他崇尚知識的人一樣，相信眞理可以長存，敦厚善良乃是人類賴以延續生命的唯一的憑藉，而弱肉強食固然是野獸的行徑，黨同伐異，以不公平的方式驅使社會走向黑暗的道路，一定是邪淫醜陋的。詩人必須認識這些，並且設法去揭發它，攻擊它。它通過間接的甚至寓言的方式來面對人類社會和山川自然，他不躁進也不慵懶，不咒罵也不必呻吟，通過象徵比喻，構架完整的音響和畫幅。當他作品完成的時候，他獲取藝術之美；而即使作品的內容是譴責控訴，他所展開的是人性之善；即使作品的技巧迂

> 迴於隱喻和炫耀的意象之中，他所鼓吹的是眞。[1]

〈閒適〉又云：

> 我們知道詩人正是廣義的知識分子之一，具有確切的使命感，聲聲入耳，事事關心。[2]

可見楊牧所謂「詩人」，固與中國傳統「詩人」標準一致，故楊牧於屈原乃出此動人之言：

> 我通過歷史和傳統所塑造的詩人形象，才對文學的古典意義有了新認識。這樣的生命，理想和挫折，奮鬥和幻滅；這樣跌宕的聲韻，華美的意象，譎詭的比喻，錯綜的思維，組合起一張交疊編結的大畫，一首抑揚頓挫生動轉折的長歌。……一個人以生命的心血灌注他的詩歌，不但形式粲然昭彰，就是那詩歌所鼓吹的信仰，標舉的理念，也是千年萬載不可磨滅的。[3]

楊牧甚至因此而改變他對李義山的看法，他說：

---

1 見《一首詩的完成》（台北：洪範書店，一九八九，初版），頁五—六。
2 見前揭書，頁一二七。
3 見前揭書，〈古典〉，頁七一—七二。

> 我讀李商隱的生平資料，覺得此人種種行徑並不可愛。詩好，品格不特別吸引人的古人，何嘗值得努力尚友？[4]

除了屈原，楊牧也推崇東坡，他推崇東坡能免於知識分子慣有的倥傯憔悴；他推崇東坡能面對自我超然的靈魂，靠近它，觸動它，鞭策它，珍惜那磨難的過程，蕭散悠然，無見無聞[5]。楊牧曾說：「屈原的作品和人格所能啟發於我們的，莫非堅實準確如雪霽後的山川，同時又是那麼抽象，普遍，恆常。」[6]但楊牧似益欣欣然嚮往東坡之寧靜、悠然、曠達。我們從他對屈原的景仰，可以斷定他對杜甫必然推崇；我們亦從他對東坡的嚮往，可以斷定他對淵明必然虔敬——雖然他從未明確說過。

楊牧心目中的「詩人」形象略如上述，照然若揭，故楊牧認為「詩不是吟詠助興的小調，詩是心血精力的凝聚；詩不是風流自賞的花箋，詩是干預氣象的洪鐘；詩不是個人起居的流水帳，詩是我們用以詮釋宇宙的一分主觀的、真實的紀錄。」[7]「詩是文學和藝術所賴以無限擴充其真與美的那鉅大，不平凡的力。」[8]所以詩是一種泛稱；當所有心志堅持勤奮托付終於找到正確歸屬的時

---

4 同前註。
5 文意見前揭書，〈閒適〉，頁一二八。
6 見前揭書，〈古典〉，頁七六。
7 同前註，頁七二。
8 見《疑神》（台北：洪範書店，一九九三，初版），〈前記〉，頁二。

候，詩是在嚴格的藝術臻極條件下所應用於一般的泛稱[9]！

楊牧的此一理念與詮釋，初不僅得於中國古典的體會，也得於西方典型之啟示。〈右外野的浪漫主義者〉一文[10]勤勤懇懇細說浪漫主義的四層意義，最能見此中消息。他對柯律治、拜倫、雪萊、濟慈、華茨華斯，以及葉慈諸家莫不推重，而尤服膺雪萊與葉慈[11]。他認為雪萊所彰顯的是「向權威挑戰，反抗苛政和暴力的精神。」而葉慈則「得十九世紀初葉所有浪漫詩人的神髓，承其衣缽，終生鍥而不捨」，「能於中年後擴充深入，提升他的浪漫精神，進入神人關係的探討，並且批判現實社會的是非。」[12]所謂向權威挑戰，反抗苛政和暴力的精神；所謂進入神人關係的探討以及批判現實社會的是非，二者事實相通，也都符合中國傳統「詩人」之高義。

---

9 見《亭午之鷹》（台北：洪範書店，一九九六，初版），〈後記〉，頁二〇六。

10 即洪範版《葉珊散文集》（台北：洪範書店，一九八二，十版），〈自序〉。

11 讀〈右外野的浪漫主義者〉一文，也許以爲楊牧對柯律治語多保留。然則不然。那只是在各層進境上比較，則柯律治易爲後起者超越而已。事實上《葉珊散文集》多見柯氏格調；而《一首詩的完成》中〈抱負〉一文讚美柯律治：「英國浪漫時代最敏銳的詩人」「他亟於規畫建置的理想世界……他虛實往返於自我的內心，衝突著，日以繼夜的交戰著」「終其一生，他是一個敏感博學的，卻又絕對孤獨的理想主義者，不能見容於凡夫俗子。」

12 引文俱見前揭〈右外野的浪漫主義者〉一文。

# 四

至目前為止，楊牧散文結集出版者十二：《葉珊散文集》、《年輪》、《柏克萊精神》、《搜索者》、《交流道》、《飛過火山》、《山風海雨》、《一首詩的完成》、《方向歸零》、《疑神》、《星圖》、《亭午之鷹》。其中《交流道》、《飛過火山》體近雜文，《山風海雨》、《方向歸零》則類屬於自傳。各書藝術表現及內涵表現及內涵性質雖各有異，但亦皆深淺曲直流露前揭所謂「詩人」襟懷；除《一首詩的完成》前文引述已多，茲不贅外，其餘依次略論如下：

## （一）

《葉珊散文集》雖為早歲之作，但非唯已隱含楊牧所謂浪漫主義的四層意義——古代世界的探索、質樸文明的擁抱、山海浪跡上下求索的精神、向權威挑戰，反抗苛政和暴力的精神；甚且隱含對生命、對歷史、對家國濃厚的關懷。換言之，楊牧兼具「知識分子」的「詩人」氣質，自始即已隱然成形，只是當年尚不清晰自覺，而後則愈見昭晰動人而已。

〈自剖〉一文有云：「我寧可在白眼中求生，也不願在笑容下死去。……你活著，只為了把握一點真理，只為了體識一點奧祕。」「多少期待，多少希冀，還不是為了使善良顯露，使邪惡退隱。」「我就有這麼一種信心，進一步，退一步，自有我獨立生存的憑藉。」充分顯示其對理想的勇敢追求。〈爐邊〉論方思云：「他能透視時間的奧祕，也能糅合空間的神奇。」「他是深思的哲學性的。他的詩中沒有誘人的紅花綠葉，只有生長掙扎的樹，是的，是一棵向上仰望、祈禱的樹。……方思創造了另外一種古典——那是希臘羅馬的榮光加上英德文學的執著，糅合了中國二十世紀知識分子的沉痛和悲哀，以及漠然。」也無非反映他視文學作品的內容應為生長掙扎的痕跡；而詩人理當是深思的、執著的，對周遭環境的虛假、邪惡、詭譎有一分真誠、狂狷的情懷。〈金山灣的夏天〉、〈山窗下〉、〈在黑峽谷露宿〉、〈八月的濃霜〉等，則除夾纏家國與文化的意識外尤多關於宇宙、關於生命的思考，姑舉二例：〈山窗下〉有云：

> 生命的充實和虛空原是不容易說清楚的。冬天的時候，假期裡，愛荷華城靜極了。有一天中午，我在門口等一位教授接我去他家參加耶誕餐會。那時是十一點半，雪已經下了三個鐘頭，我推開門時，雪仍在下，街上靜得沒有一絲聲音，路上鋪著一條厚棉絮，沒有汽車，沒有行人。雪無聲地落，覆蓋在一切的物體上，小學校的體育場，河岸的樹枒，都靜默得像死亡。我那時就說不出那種死寂的剎那到底是自然萬物的充實抑是自然萬物的空虛。我甚至不知道那種死寂到底應該是一種靜謐抑是另一種嘈雜——這正和小時候看海一樣。

〈在黑峽谷露宿〉則云：

> 第二天凌晨起身，地上彷彿結著寒霜，到懸崖上張望谷前的縱壁，拔地千尺，細流蜿蜒而

帶，一葦不可以航。孤鳥在深谷裡啼叫，忽高忽低，失去了速度的感覺。石岩上刻畫了許多年代的皺紋，誰也不信一條小小的堅尼遜河能夠切開這矍然的黑峽谷。

前者叩問生命的意義、天地的本質，以及二者之間的互通，從而指向終極價值的探索；後者透過切開矍然黑峽谷的小小堅尼遜河體認「堅持」的偉大力量，莫不隱含與「詩人」精神的接點，若單純以美文視之，不免淺視。

(二)

《年輪》始作於一九七〇年春天而終於一九七四年。全書分三部：〈柏克萊〉、〈一九七一至一九七二〉、〈北西北〉。相對於《葉珊散文集》之懵懂，《年輪》為楊牧有意識地、積極求變之首曲，其後之《疑神》、《星圖》允為其系列格調之作。

〈柏克萊〉分量最重，幾占全書一半。以越戰為經，以其相關事件為緯，偶然夾纏自然、生態、弱勢族群等現象之批判，見證一個社會意識逐漸成型的中國留學生的心情[13]。文章主題，確切來說，藉越戰思索生命價值以及人性真實等問題，疑惑、同情、矛盾、憤懣之情緒固不能免，美、和平、寧靜則成其希冀；而愛、慾、死亡、恨，往往為其不斷叩問之對象，如這樣的文字：

13 見《年輪》(台北：洪範書店，一九八二，初版)，〈後記〉，頁一七八。

假定死亡不過是一種抗議而已。例如自殺。我看到一個女子走過紅磚的方場，把一面旗子降下，我看不見她的臉，但設想她面具裡的眼是好看的，流著屈辱的淚。（頁七）

死亡前夕的愛慾是什麼樣子的呢？如果你是一個能預見絕滅的人，這一刻已經預見了喧譁的死在歸途上爭論，伸著千萬隻臂膀歡迎你，而你並不願離開這美好的世界（假定這是一個美好的世界），這時你只能想到愛罷，把對方的蒼白和絕望摟進胸懷。渾身的汗油膩地交融，互相摧毀如海獸，愛就是抗議，向逼近的死亡抗議。（頁四三）

文中明顯控訴人類蔑視生命的種種事件，而楊牧就在這種紛雜的、矛盾的心情與思索下踽踽獨行，他說：

**我走到荒野的中心**，開始是一片寒冷；不久我也感覺到雨從四面八方向我飄來。這時，市區的燈火還沒有燃開，屋頂屋簷招牌走廊的意象都非常黯淡。**我已經走到荒野的中心**。（頁四）

你不必問我什麼叫做困惑，在這破碎的時間的網狀地帶。我匍匐，細雨灑在我的頭顱和四肢上。索性解衣覆向冰涼的砂土。這是遠離人群的荒野，**我來到，因為我必須來到**。（頁三）

這是一幀「詩人」果敢又落寞的身影。

〈一九七一至一九七二〉則往往藉著季節的更迭、植物的榮枯、自然與時空的變換，探索生存的本質、生命的奮鬥以及終極價值的肯定，試看這樣的文字：

> 其實，野草莓正奮力地攀爬，爬向多汁的晚夏，那時知了和河水將喧譁起來，又是另外一種季節。葉子都幾乎成了我們僅有的天空了！綠色的天空有時漏進一些藍意。則什麼是天空呢？樹林又似乎是沒有止境的，這是晚春的錯覺而已。秋天終於還是要來的。（頁一一二）

> 就有一種不服的情緒，戰爭著自己，奮鬥著自己。朋友們不知道在做什麼，有的在流浪，有的在流血，有的在流淚。（頁一二八）

> 和自己過去十年的生命，也這樣決絕的分開了。一如決心涉水，讓四野的草木霎時失去了應有的芬芳；一如熄燈，讓斗室漆黑，在恐懼的寒涼和孤獨裡，那麼無聊的追問自己，**或許絕望的盡頭就是新生**。（頁一二九）

> 那山太龐大峻偉，起初我竟以爲是假的。深怕那只是冬晚的蜃樓海市，因寒氣和夕陽而反射於西雅圖之南。我把車靠在路邊，下車細看它，**它竟是真的，那麼碩壯而高峻，峰頂平穩秀美，向兩邊柔和地伸展**，半路以下都在金色的晚雲裡。這時太陽幾乎已經下去了。（頁一三五）

奮力攀爬的野草莓、喧譁的河水、無止境的樹林，乃至必來的秋天，都隱喻生命的過程，而其中，奮鬥以及實踐自我是必要的。「詩人」永遠是熱腸不平的，戰爭著自己、奮鬥著自己，並且關心同志。挫折如何能沒有呢？但理想永不放棄，絕望的盡頭也許就是新生；碩壯高峻、平穩秀美的山，何嘗不類李白敬亭山，或柳宗元之西山的象徵！

〈北西北〉透過幻化為鮭魚，設想自產卵至死亡的過程，繼續呈現種種對生命、對理想、對價值的思考，其中有如下動人的描敘：

> 新生也許只是一種說辭，也許只是自己的一種鞭策……做人本來就是一種受罪的經驗。（頁一六六—一六七）。

> 我曾經迷失於著火的草原，再遠處是多蘭芷的沼澤地，其上有楓，我聽到一微弱的聲音對我說：「邅吾道夫崑崙兮，路脩遠以周流。」（頁一六六）

逕引屈子之辭，旨意不言可喻，而楊牧畢竟寫下這樣的句子：

> 精神浪遊以追求另外一個生命，想在另外一個方式另外一個地方延續生命，這種描寫常可在古代中國文學裡看到。在這些描寫裡，可以看到一種凌越現實世界的意志，超然獨立，翱翔於理念的世界。（頁一五五—一五六）

見證楊牧早在《年輪》時期，已深感於屈原，並且體會積極，有更進取的毅力與觀照——而這一點實已含攝淵明與東坡的襟懷，殆無可疑。

## (三)

《柏克萊精神》收楊牧隨筆散文約二十篇，內容、風格俱與前此不同，但精神是一致的——唯化思索感懷為積極介入之態度，具體清晰。其後《交流道》、《飛過火山》殆屬相近體類，亦別成一系。此書可分五個部分：第一，藉由鄉土情結批評汙染、公害以及思考原住民的問題，〈歸航之二〉、〈台灣的鄉下〉等可為代表；第二，基於文化素養，強調古蹟保存、傳統文化的重要，間亦批評觀光的庸俗化，〈又見台南〉、〈聞彰化縣政府想拆孔廟〉等可為代表；第三，探討學院教育的精神與意義，〈柏克萊精神〉、〈人文教育及大學教育〉等可為代表；第四，描繪高尚人格，〈卜弼德先生〉、〈徐道鄰先生〉等可為代表；第五，純粹表達鄉土或家國之愛，〈瑞穗舊稱水尾〉、〈山谷記載〉等可為代表：這些內涵莫不符合一介知識分子的關懷[14]，此書〈自序〉有云：

> 文學固然不能變成其他東西的附庸，但文學也不可以自絕於一般的人文精神和廣大的社會關懷。古人說，狂者進取，狷者有所不為。……也許狂狷是可以結合的，那毋寧是最理想的安身立命的哲學，孟子不是說過「禹稷顏回同道」嗎？我很想把這本書題獻給一個什麼

---

14 引自拙作〈永遠的搜索者論：楊牧散文的求變與求新〉，《台大中文學報》第四期，頁一五九—一六〇，一九九一。

人，可是不知道應該貢獻給誰；然則，獻給所有狂狷的讀書人吧，你們是我最欽羨的典型。

清晰地流現楊牧自我生命形象凝塑的標的。由是，〈人文教育及大學教育〉乃有這樣的「理念」：

文學是人生內斂外放的牽引動力，窮則獨善其身，達則兼善天下，能邇能遠，開明狂狷，莫非文學教育的意義。……中國傳統的「文學」正是西方傳統的「人文」。……人文的思維和傳授直指人心，肯定人性超越現實物質的力量，探索人的光明與黑暗；爲一種更其廣大的眞善美下定義，提倡進度開明的智慧，譴責陰暗暴戾的心態。

楊牧確乎愈來愈彰顯其具知識分子的「詩人」情懷。

## （四）

《搜索者》收一九七七至一九八二年間的作品二十篇，為楊牧散文的成熟高峰，內涵形式莫非集前此大成而圓滿高華。〈科學與夜鷹〉有云：

生長一定是困難的事，但生長是責任，我們對宇宙系統的參與，只要一息尚存，我們不能停止生長，不能不繼續搜索。（頁二〇）

這是怎樣果敢、堅定的聲音！

〈普林斯頓的春天〉則云：

我了解，上帝是狡黠的，所以眞理的追求並不容易，你必須付出血汗和無窮的時光；然而上帝並不是乖張險惡的，他不會騙你，更不會害你，當你付出該付出的血汗和時光之後，說不定你就會尋找到你日夜追求的眞理，科學的眞理，文學的眞理，你的理性和人格所界定的世界，說不定正是永恆宇宙的眞理。愛因斯坦只說了一句簡單的話：「眞理並非不可能。」（頁五六）

也透露出「詩人」恆常具有的信心，故〈搜索者〉一文乃藉一單獨的旅行，委曲精細地寓托種種關於生命、關於文學、關於信念的追求、尋覓，以及決斷。

楊牧是在一種神祕的召喚下出發的，他彷彿沒有目標，但「尋覓」的本身便是價值與意義之所在，人間旅程永遠是「有限卻又無限的」。

旅程當中曾經經過洶湧激盪的海峽，風雲變色；曾經遇到山間的大雪，天地靜默——這些都是生命中的險阻挫折，都是考驗。但通過考驗可以獲得嶄新的生命享受，所以上岸之後是夕陽華麗、海鷗頡頏的那奈摩港，祥和、美麗；所以下山之後，天色明朗，幾乎變成透明的藍。作者終於在最危險的境遇裡，得到激越的啟示，寧靜、悠然、澄明，掌握關於生命、關於時間的真理，掌握天地沉默的福祉、靜的奧義，楊牧最後說：「彷彿是沒有目的的流浪之旅，其實那是我永遠肯定的一莊嚴的搜索。」[15]

（五）

《交流道》、《飛過火山》大體即自一九八四年四月至一九八五年十一月於《聯合報》撰「交流道」專欄之結集，而實可歸入《柏克萊精神》一系，蓋強調知識分子對現實社會之介入與參與，楊牧對三者歸屬同類，是有自覺的，《交流道》〈自序〉即云：「一九七五至七六年我第一次回台任教時，因為朋友的鼓勵寫了一系列感觸的文章，後收入《柏克萊精神》書中。一九八三年又在台大，始寫『交流道』。生命的感遇和因緣，無非造化所賜。」

楊牧對文學創作絕不能忽視學術和創作以外的現實環境，體會愈來愈深，愈來愈要求自己成為一個健全的知識分子、一個中國文學傳統中的「詩人」。他說：

> 我是學文學的，並堅決熱衷地以時代新文學之創作爲此生的重要目標。我希望有一天能於晚年追懷的火爐前，因爲發現學術研究對實際的文學創作並無傷害，甚至還具有精神上和方法上的啓發，而感到安慰、滿足，感到無愧於古來中國健全的知識分子，和歐洲文藝復

15 同前註，頁一六三。

興人(Renaissance Man)傳下的典型。[16]

我中年以後完全領悟到，自古以來，中國的讀書人又分知識分子和反知識集團兩種。前者以學術擴充良心，以良心支持理想，並且能大無畏地將他的理想攤給世人參觀，檢驗，批判，接受，排斥；而所謂學術則是沒有門戶或科學界限的——願意忍受寂寞關在象牙塔裡讀書，並勇於窺牖户知天下而介入社會的是知識分子，兩端缺一者都不是！[17]

由是《飛過火山》乃有此鮮明深刻的「火山」意象，做為其所追蹤嚮往的生命投入與人格昇華的象徵：

火山就是這樣的。當它爆發的時候，濃煙烈火強力噴起，灰硝塵土布滿蒼白顫抖的天空，比雷霆還大的聲響震破了穹窿，岩漿自峰頂湧出，滾下山坡，所過處草木燒成焦炭，禽獸和人類就地淹沒，層層埋起。然後火山休息了，岩漿冷卻，大地上新增了一層硬殼，略無聲息，誰知底下或站或坐，或仆或臥的，藏匿著無數男女以及他們的畜生和貓狗。這時表面上一片死寂，只見火山口羞澀的飄著一絲黑煙，裊裊然在青天裡左右婆娑。最後那黑煙也熄了，山坡上下再生的是多彩的花木，妖豔妍麗，奇異的飛禽和敏捷的走獸呼嘯其間，

16 見《交流道》(台北：洪範書店，一九八五，初版)，〈自序〉，頁一〇。

17 前揭書，〈路上一年〉，頁一九四。

涓滴泉水奔入寒湖，其中反影冷肅的正是那凜然平靜，美不可當的火山頂。那麼狂熱，那麼危險，那麼死寂，是的，終於是那麼美麗的。[18]

楊牧接著說：

少年的幻想變成中年以後的象徵。……我已經在那時日推移的過程中有所抉擇，有所信仰，有所犧牲地成長了。有一天當我發現兩鬢大半都是白髮的時候，我知道時間之神已經以祂偉大的關懷，對我提出絕對的警告：不要蹉跎——當然更無須恐懼，不要蹉跎，要知道成熟的年歲是神的賞賜，奮勇向前，毋忝天地對你們知識分子的付託。

## （六）

《山風海雨》、《方向歸零》為楊牧二部自傳體散文結構，前者之時空大抵止於作者之童年、少年，後者則已是青少年以後時期。在前作中無論太平洋戰爭的經驗，接近阿眉族的經驗、二二八的經驗，以及種種抑鬱、懷疑、焦慮、恐懼、認同或愛的情緒都是縹緲的、懵懂的，那畢竟只是一個比較早熟的幼稚心靈，無與前此所論之種種深微探索，故宜置而不論。《方向歸零》則漸脫離幼稚，進入較真實的懷疑、反抗，而以詩與美的追尋砥礪著自己、鞭策著自己，楊牧後來愈來愈鮮明

18 《飛過火山》（台北：洪範書店，一九八七，初版），〈跋〉，頁一九四。

的那種「詩人」精神，原在十五歲已露端倪。對於詩，他曾經有過這樣莊嚴虔敬的思考：「詩從那裡來？詩從一種激情那裡來。將無限湧動的激情壓抑到靈魂深處，在靈魂深處裡顛躓移位，有時躍起，仆落，匍匐，再無聲息；有時四處飛奔，快若雷霆。那就是藝術的動力，是真理。」[19]「完全屬於我，真實，純粹，不得移易，就如同我剛剛形成的精神性格，氣質，語調，面貌。」[20]而後，他透過對安那其——一個無政府主義者的詮釋，讓我們對他有更深刻的觀照，他說：

> 安那其不是天生就安那其的。……安那其之發展、養成、定型，皆有待外在許多政治現實因素來促進，有待整個文化社會和非文化社會之啓迪。他需要經歷一些有利的衝擊，精神和感情之衝擊，例如目睹一個或多個政府如何驕縱獨裁，司法者腐敗，立法者貪婪，目睹現有體制內再也沒有公理，沒有正義，……你與人之間沒有忠誠，沒有友愛，只知鑽營、鬥爭，唯利是圖，甚至整個教育理念都以私慾的滿足爲導向，諄諄誘使學生朝自我膨脹、自我彌補的方向邁進；於是學生對知識無敬意，對其他人乃至於大自然都漠不關心。他必須曾經爲這些現實痛心疾首，曾經介入對抗，然後廢然退出，才可能轉變爲一個眞正、完整、良好的安那其，一個無政府主義者。[21]

---

19 略引自《方向歸零》（台北：洪範書店，一九九一，初版），〈你決心懷疑〉，頁七四。

20 見前揭書，〈她說我的追尋是一種逃避〉，頁一三三。

21 見前揭書，〈大虛構時代〉，頁一七四。

我們反覆玩味這樣的文字，目睹他激厲地寫道驕縱獨裁的政府、腐敗的司法者、貪婪的立法者……以及以私欲滿足為導向的教育；並且堅決地寫道一個真正安那其乃必然痛心疾首、繼而介入對抗、終於廢然退出，我們便清晰地見識楊牧內在曾有的參與轉折以及終極立命，楊牧自己承認這其中還暗示了學術之尊嚴、操守以及惻然的家國之思，他繼續寫道：

> **這稿是中文原稿，用藍墨水一個字一個字書寫出來的原稿，Mont Blanc鋼筆的句畫點捺矍然成章，從來就是這樣的。**……以藍墨水筆寫時論分析和批評，並且更篤定，沉毅地創作思考性日甚一日的抒情和敘事詩，寫寓言劄記，以及我風格獨特的懺悔錄，一種追求結構，以光譜和音色爲修辭的黼黻，以之推動命意，一種有先後，上下，表裡，從容凸顯主題的文章。[22]

見證楊牧之創作在其修辭黼黻的音聲美之外，畢竟有他不變的「主題」。

## （七）

《疑神》一書探索真與美，並試圖為現代社會提出一不作偽不妥協的生命情調，具見於楊牧此書之〈前記〉及封面摺頁之說明，殆無疑義。而所謂「神」，無非是一可以廣泛地、深刻地檢驗的

---

22 同前註，頁一七八。

形而上的符號；而它亦即是「詩」——所謂文學和藝術所賴以無限擴充真與美的那鉅大、不平凡的力。生命中儘多缺少那無限擴充的力，缺少那真與美，卻僭取文學和藝術之名的各種詞藻與聲色之末流，則一如沒有「神」，缺少提升之力的宗教結構和體系——這些都是應該加以懷疑的。作為一個「詩人」，正應嘗試解說生命中不斷遭遇的一組又一組權威之所以大大可疑；為自己尋找一獨立、放心，超越時空限制之知識之指歸，充分發現自己，藉以和他人互通聲氣。《疑神》一書之旨意無非如此。

此書蒐羅之素材極豐，皆有可觀。姑舉其述孔子與蘇格拉底之死，以見其蘊。頁一四四有云：

> 子貢請見孔子。
>
> 這一日孔子早起，負手曳杖，逍遙門外。歌曰：「泰山其頹乎？梁木其壞乎？哲人其萎乎？」……歌罷進門，當户而坐。子貢聞歌大慟：「哲人其萎，則吾將安放？」遂趨而入。子曰：「賜，爾來何遲也！」……「予殆將死矣！」蓋寢疾七日而卒。

頁一四五則記錄蘇格拉底下獄將死，好友克利妥亟謀營救，買通獄卒。蘇格拉底非但不接受出亡之安排，反長篇大論與克利妥辯論，講公理和正義的真諦，講榮譽，以及如何維護真理，排斥邪惡，分辨精神和肉體的差異，講教育和社會倫理之傳承，並解釋為何不能選擇流亡，寧可溘死故鄉的緣故。楊牧說：「伏真理以就死，絕無反顧，絕無一點恐懼或僥倖之心。」

然則頁一四三有言：「人皆有死，則賢愚美醜者同之。」其然乎？豈其然乎？

楊牧曾在《方向歸零》中剖析其安那其式的情懷，已見前述，《疑神》於此則有更精細之探討，頁一五三以下至一六八全屬之，歷數戈登（William Godwin）、許得諾（Max Stirner）、托爾斯泰（Leo Tolstoy）、布魯東（Pierre Joseph Proudhon）、克魯泡特金（Peter Kropotkin）、巴枯寧（Michael Bakunin）、杜屋第（Buenarentura Durutti）以及雪萊（Percy Bysshe Shelley），讀之令人動容。他說：「無政府主義不是消極的哲學，不是為破壞而破壞的主義。它是積極的、建設的。」（頁一五七）「一個安那其所奮勇爭取的，毋寧就是簡單、純樸、和平的境界，則他所嚮往的又好像是天真未泯的古代，他所奮勇爭取的，是某種『回歸』吧。」（頁一六〇—一六一）「安那其心目中的人是自由、高尚的，不可驅使奴役，洞悉謊言伎倆，而且勇於無情地反擊任何欺凌侮辱。這樣的人智慧、果敢、有力，每個單獨都像古典神話裡的神祇，傳說的王冑，平等、獨立、堅持。」（頁一六六）他又說：「無政府主義者，我想，是帶著某種浪漫色彩的，因為他們是如此無私地將人生社會的一切是非都浸入濃郁的理想水液裡，加以顯影。」（頁一六一）最後他特別讚美雪萊「一個特立獨行的詩人」（頁一六七），讚美雪萊作〈普羅米修斯被釋〉（Prometheus Unbound），其叛逆疑神堪稱浪漫主意詩人之奇穎高絕。

從《葉珊散文集》之論「浪漫主義」至《疑神》之論安那其而結於雪萊，我們清晰目睹楊牧其生命意志與信念之一貫流轉相承。

## （八）

楊牧生命意志與信念之一貫流轉相承，既已熠然日漸清晰，則《星圖》一書集中見證，無非其志其懷之鮮明刻畫：

> 給我孤獨，於那孤獨的自覺中淨化觀察和想像；給我足夠的智慧，教我洞識善良並因爲那洞察而欣喜，教我拒絕邪惡。（頁一一）
>
> 我不願長期做一個旁觀者。……我知道生命裡構成著許多莊嚴，而我的能力或許足夠動手描寫它，論述它，解說它。（頁六二）
>
> 我想像我的精神曾經就應該是那麼投入的，如同伽利略追蹤星宿的意志，在你的文字當中探索宇宙遼闊的愛與眞理。（頁三）

從不斷的暗自砥礪到無悔的、自信的投入，探索愛與真理，絕不置身事外。而「即使未必能將這世界的危險和磨難化解、取消，當天使含淚對我微笑以示意的時候」（頁一五）楊牧也無遺憾，因為「我發覺我答應過的這些，這些，我都已經做到了。」（頁一六）

楊牧同時也體認到這樣的生命是需要「等待」的，而等待正是一種不懈的毅力，一種堅持。他說：「生命裡最美好的時刻就是等待的時刻，不容置疑。」（頁一九）「等待著，我想我是等待著，在日光和風和雨之後，在那沉著，不相干，更無從詮釋的感官現象之後，等待一更悠遠、深邃的清音對我傳來，一形象對我顯示，在蕩漾瀰漫的水勢，層疊綿密的漣漪上，清潔，純粹，完美，我等待一永恆靈異的啟迪，對我揭發，生命，時間，創造，以幼稚的嬰啼。」（頁五八—五九）

最後，我們看這一段文字：

> 所以我中夜獨坐在孤單的燈前，來回閱讀別人從不留意的書籍，或者其實是思考著別人不敢置信的問題。我探知知識的深度，直到最幽昧暗晦的地方，那裡，我見證了猶豫閃爍著的是一點強持不熄的光，前人爲我預留的，承諾的火苗。（頁一五三）

正是「古道照顏色」，「典型在夙昔」之意，楊牧畢竟以之為己任，義無反顧。

## （九）

《亭午之鷹》雖為楊牧最近出版之作，其實收一九八三至一九九二計十年間作品十五篇都為一集，文字風格似有「心靜神遠」[23]之致，但其一貫「詩人」之志懷仍有時而見，〈在借來的空間裡〉直言「這是一個缺少希望的時代」，並質問：「人間為什麼充滿欺凌和謊言？」在〈野櫻〉裡痛批列寧「以意識型態判斷人情和藝術的理論還有這樣一個乖戾的根據。」在〈天涼〉裡則是這樣寫道：

> 我們到底必須和屈原一樣才好，因爲我們總是這樣發憤以抒情。……古代典型獨多，擇其一二已值得我們終生受用不盡，何累之有？

---

23 語見《亭午之鷹》，〈後記：瑤光星散爲鷹〉。

然後在〈那盲目而執迷的心〉中更引葉慈的詩：

因爲我追尋的是一個典型，不是書
在作品裡顯得最充滿智慧的，不爲
別的，是因爲他們那盲目而執迷的心
我呼喚那神祕一人，那人仍將
沿著河岸的濕沙行走
其神色如我，或確實就是我的替身，
可是轉而又證明於一切不可思議之中
最不像我，正是我的反面，
並且堅持這一切形象性格，展示著
我追尋的一切；並且細語叮嚀
彷彿對群鳥有所恐懼，在破曉以前
那樣大聲啁啾著瞬息之音的鳥
怕它們將如此喧噪以訴求那些褻瀆的人。

並且一再地說：「我想起這些認真要將文學拿來寄託理念的——或許是將理念拿來重塑文學靈魂的，想起這些人在此後這逐漸衰敝黯淡的日子裡，在這樣一個流離失落的年代，認真去創作一本書，追尋著，然而追尋的又不是書，是一些典型，『在作品裡顯得最充滿智慧的，不為別的，是因為他們那盲目執迷的心。』」清楚見證楊牧所追尋的是超越於書之上的「典型」。

最後，可以一提的是，《亭午之鷹》猶有可見證楊牧所志所懷者，即各篇前之序詩——此種充滿象徵之表現形式，不見於他書，允為特色，信手引數則以見一斑：

比宇宙還大的可能說不定
是我一顆心吧（頁一七）

大江流日夜
不要撩撥我久久頹廢的書和劍
我向左向右巡視，只見蘆荻在野煙裡
無端搖曳點頭，剎那間聲色
滅絕而宇宙感動地以帶淚的眼光閃爍
看我（頁五三）

這時我們都是老人了——
失去了乾燥的彩衣，只有甦醒的靈魂
在書頁裡擁抱，緊靠著文字並且
活在我們追求的同情和智慧裡（頁三）

## 五

綜結上文，楊牧在其近四十年之散文創作世界中，作品之主題、旨意、精神、關懷是一貫的，惟其形式、技巧、語言、風格屢遷而已。楊牧一生自我追求之典範為西方文藝復興人、中國古代知識分子、西方浪漫主義者、中國文學傳統中真正的「詩人」，這在現代散文各家中絕無僅有。我個人目其為現代文學中「詩人」散文之典範，固不僅在其技法形式，更在其內涵、肌理、人格、精神。其文即其人，其人即其文，以跌宕的聲韻、華美的意象、譎詭的比喻、錯綜的思維，詮釋生命、詮釋理想和挫折、奮鬥和幻滅，並且不斷砥礪自我，提升自我；透過文字的描摹轉化生命的真誠，有血有肉，這才是楊牧「詩人散文」之精義；明乎此，則楊牧所以於現代散文諸家中獨超眾類，具特殊格調與地位者，亦不言可喻矣。

# 一半壯士一半地母

## ——小論簡媜《女兒紅》

一個優秀的作者，當有一種堅持，堅持以真誠的心、眼端詳人世、端詳生命，並且不斷突破，絕不受縛於固定的格局，也絕不僅展示單調的姿影，而務求自我筆下的藝術世界圓熟美滿。往昔我曾以此標準論楊牧，而今以之視簡媜，亦略同然。簡媜筆耕十餘年，成果十餘本，殆亦如其所言：每部散文集皆是「斷代史」——舉凡題材、結構、語言、表現形式皆不斷推陳出新，展現新貌，為後起者標示可資學習之楷模。

或許緣於其自身之性別，或許緣於其敏銳之觀悟與洞察，或許緣於其亦柔亦俠之人格特質，晚近十年來，簡媜累積其了解與同情，漸次梳理出其對世間女子之興懷感悟，建構其系統，乃有今日所見、允為當代台灣散文中別具一格、不可忽視之女性文本。就文學史之意義言，為一時代之經典殆可無疑。

本文暫就《女兒紅》一書略述己見。

## 一、由疼惜出發

簡媜女性文本之創作，莫非緣於其對世間女子之疼惜。這些簡媜視同姊妹般的世間女子，她們沒有人疼惜，也不懂得疼惜自己。書序〈紅色的疼痛〉有云：

> 「女兒紅」歷來指的是酒。舊時民間習俗，若生女兒，即釀酒貯藏，待出嫁時再取出宴客，因此也稱「女酒」或「女兒酒」。這大紅喜宴上的一罈佳釀，固然歡了賓客，但從晃漾的酒液中浮影而出的那副景象卻令人驚心：一個天生地養的女兒就這麼隨著鑼鼓隊伍走過曠野去領取她的未知；那罈酒飲盡了，表示她從此是無父無母、無兄無弟的孤獨者，要一片天，得靠自己去掙。從這個角度體會，「女兒紅」這酒，頗有風蕭蕭兮易水寒的況味，是送別壯士的。（頁七）

每一個世間女子都是無父無母、無兄無弟的孤獨者，都是要一片天得靠自己去掙的壯士，都是「天生地養」的珍貴女兒啊！簡媜透過她的修辭傳遞出疼惜的心情。於是〈在密室看海〉有云：「再平凡的女人都需要人疼，要不然糟蹋了」（頁四四）；而在〈秋夜敘述〉裡也看到她說：「每當我踏上回憶之旅，渴望以母性的溫柔去解凍，將她們贖回……」（頁八二）；「想要試試宛若孤嶼的漂流生涯裡和諧是否可能？在自體之內、群體之中、生死兩岸的。試著在難以剷除的宿罪荒原裡清出一塊

『雅量』，把在外頭哆嗦的人喊進來暖一暖。……我只確定一件事：我們只有一次機會活著。把外頭哆嗦的人喊進來取暖，因為總有一天，一切永遠消逝。」「因『消逝』故，湧生不忍。不忍周遭之人無罪而觳觫，於無盡滄海之間宛如泡沫與我邂逅一場，卻不曾從我處聽得半句愛語，獲贈一兩件貴重記憶。……不忍見其貧。」（頁八七）我們更在〈哭泣的罈〉裡看到她說：

親愛的，不知是誰要我告訴妳這些，也許是妳，或是十九歲時的我自己……我的話能一起裝入妳的骨灰罈，安慰還在啜泣的妳嗎？如果妳聽得進去，請妳張開小翅膀，選一個眾人皆睡的月夜，飛離哭泣的人間。

但願，妳去的地方是個寵愛女兒的國度，青青草原與雪白的綿羊，因著女兒的敘述更翠綠、更碩壯。妳可以快快樂樂地蹓躂那條營養不良的瘦影子，不高興的時候，把它掛在無人看管的大樹上。（頁九五）

顯然，簡媜將每一個「天生地養」的女兒都看做孤獨的壯士，自己則以地母的角色呵護著、安慰著。

## 二、把我化入妳的淚中

如果把「疼惜」視為簡媜創作女性文本的動機，則其書寫策略便是將己身化做一縷幽魂，潛入各個世間女子的內在，細細體會她們隱晦幽微的世界，〈雪夜，無盡的閱讀〉有云：

> 我想我一定潛入那位年輕女子的意識纖維，跟隨她浮沉於那一筆千瘡百孔的情債裡，浮的時候以爲快熱出頭了，沉的時候如在煉獄。或者，換個角度看，也可以說那位陌生女子將她的痛苦植入我的腦裡；當餐廳內的客人以觀看免費工地透明秀的亢奮表情睥睨她，而她所付託的男子無法爲她解圍時，我不忍逃避地承接她當下的羞辱與痛楚。雖然，表面上看起來，坐在她附近的我，怎麼看都是一臉懦弱相的。（頁一二一）

整本《女兒紅》，簡媜基本上用的是這種「把我化入妳的淚中」的寫作方式，所以特別纖細動人，並且有一種詭魅的感覺。畢竟潛入了女身，幻化成她，彷彿看著另一個自己，有時覺得切身逼迫，分外貼近；有時又覺得疏離恍惚，渺渺遠遠。這是因為作者的魂游入女角的體，以為那是對方的感覺，可是一回頭，驀然發現不知何時已回轉到自己身上，前引〈哭泣的鐔〉有云：「不知道是誰要我告訴妳這些，也許是妳，**或是十九歲時的我自己……**」〈秋夜敘述，尋俑之旅〉亦云：「我此時回顧，將看到數十個容貌雷同、神情迴異的自己分置在已逝的時光中相互推衍而生卻又肅然獨立。……然而大部分的自己依舊陷在時間刻度中無法動彈，如列隊的兵馬俑。……她們的傷口比我口袋裡廉價的歡樂更真實。」(頁八二)簡媜一方面以化入的方式深掘女身祕笈，彷彿審視自我，無比切近；一方面又分離自我為二，讓「現實的自己遺棄於大街」(〈女鬼〉，頁九六)而另一個自我如隱形的女鬼「盤坐在高樓的玻璃窗前，帶著奢侈的悠哉，看那具瘦小的軀體像一條花稍的肉蛆在街頭蠕動，暫時跟她斷絕關係。」（同上）斷絕自我，彼此敻隔，故織就一似虛似實、似遠似近之文本。

## 三、隱形的女身／聲

《女兒紅》中的世間女子似乎清一色是無聲的，她們的身影陰暗模糊，直如鬼魅，踽踽獨行在不見天日的冷巷，尋她們的歸宿，辨自己的身分。她們有的是乖巧溫順的女孩，有的是被棄的婦人，有的是溺沉於情愛牽絆的游女，有的是……，她們共同的標記是：孤獨。

### 1

〈哭泣的鐔〉裡十九歲的妳「從小不曾為自己的存活與抉擇曝曬於烈日之下，啼哭於黑暗的曠野」「活在別人為妳選定的路上保持緘默」（頁九二）；當受到屈辱，「也缺乏解剖自己內心的膽量」「不敢面對恐懼」「只會哭，鎖在房間裡哭！」（頁九四）〈貼身暗影〉裡的中年單身女子猶須守護中風癱瘓的父親，她「第一次目睹男性身軀，伸手觸摸象徵猛烈的慾泉與生命火光的器官，竟是在自己父親身上。」（頁七〇）而她的生命早已由「可以祕密地聞到宛如從春天的山坡飄來的花香味」流轉至「習慣整晚揮趕周遭的暗影，縮在自己的睡榻上，聽青春一片片剝落的聲音。」（頁七〇）〈口紅咒〉裡獨伴老母輾轉於兄弟家中年逾四十出閣無望的女子，更在母親的喪禮之後索性自我了斷。看著兄弟二人的使虞使詐，她始終一副事不關己的外人神色，其實是一種強烈不屑！〈口〉

文的結尾固然寫道：「兩隻顫微微的白手臂上畫著兩百多條顏色，好像數不清的軟濕舌頭喧譁地誦念它們對世間的嘲諷，不帶一絲感情。」（頁二二二）

2

〈在密室看海〉裡的母女是遭船長爸爸遺棄的她們。白天的媽媽是個喜歡穿時髦洋裝、愛吃蜜餞的老闆娘；夜晚的她是跌坐沙灘的失意婦人，或者藉情慾航程「再現其蛇妖般的身影與想要撞崖的孤獨心境。」（頁五三）而姊妹二人的命運似也未脫媽媽跋涉的路途。不斷蒐集記憶把媽媽攝成永恆依皈的是姊姊，「遂使一生無法出脫暗海，注定獨自仰望永夜的星空。」（頁四七）而不斷斬除記憶，「恣意在各個記憶符碼間跳躍、串聯、形塑」（頁五四）的是妹妹，可是她依舊深深迷戀起媽媽來。於是媽媽的情慾航程遂在妹妹身上清晰地再現：

驟雨中一陣高過一陣的劇烈呻吟，……一隻婀娜腳丫承受滂沱大雨的舔吻，……隨著車身震動而前後游移，……嬌酣的女聲漸次放縱，彷彿穿越綺麗的生死邊界……（頁五八）

〈密〉文裡的媽媽畢竟是個無所不在、從未離開的魅影，標記著生生世世尋覓疼惜的女子。

3

魅影幻化，那些溺沉於情愛牽絆的游女紛紛躍上舞台，姿采各異：〈憂鬱獵人〉裡的她等不到相約的人，轉身問邂逅的他：「你……會來嗎？」得到的是不置可否的笑(頁一九一)。〈記憶房間〉裡酒保眼中一對很黏的情人，然則「她」卻進不去「他」的記憶房間，即使用力拍窗，也只拍打虛空而已，最後「她」決定成為「他」的另一間記憶，但「她」是習慣撲殺記憶的(頁一九五)。〈拖鞋誌〉裡歷經七任情人的女子，每次都由她收拾最後的一刻以成全「他們」的無辜(頁二一四)，她為每一任情人準備一雙專屬拖鞋，保留它的主人腳形與走路的樣子，然後珍藏；梳妝鏡裡映出的自己是腐敗的青春，她是她自己最後一任情人(頁二一六、二一二)。〈雪夜，無盡的閱讀〉裡的女子，愛非所愛；有的是卞之琳筆下「從秋街的敗葉裡／清道夫掃出了／一張少女的小影」，無依無靠，只有黑夜肯擁抱她，拍拍她的肩膀(頁一一二)，在她心裡，世間並「無所謂不朽的誓言，無所謂完整的愛，也無所謂三世一生」(頁一一三)；而有的還是未經大雨大浪的尋常女兒，身上仍閃耀著青春，仍「可以睜著水靈靈的眼睛鑽入愛情國度宣讀自己一字一句珍藏的海誓山盟」(頁一一九)，卻不小心一腳踩入別人家的庭園，於是原本純潔如早春百合的愛，被粗暴的世間力量斲斷，棄置於汙穢的陰溝；她只能沉默，無處容身。(頁一二一)

世間有多少這種隱身隱聲而遍體鱗傷的女子？我們似乎從不曾問，也從不曾覺。是簡媜一一揣想，一一將她們記錄。她們所要的無非是愛的聖壇上被供奉起來的尊嚴，無非是一個可以回家的家。可是她們遺失了尊嚴，她們無家可回。但有了簡媜為她們顯形發聲，也許她們可以這樣期待，這樣祇礪：

> 我知道穿過這座墳塋山巒就能看見回家的路，閃閃爍爍的不管是春天的草螢還是冥域鬼

眼，至少回家之路不是漆黑。我也知道冰雪已在我體內積累，封鎖原本百合盛放的原野，囚禁了季節。

我知道離日出的時間還很遙遠，但這世間總有一次日出是爲我而躍昇的吧？爲了不願錯過，這雪夜再怎麼冷，我也必須現在就起程。

（〈雪夜，無盡的閱讀〉，頁一二五）

## 四、分裂的女身

〈在密室看海〉裡的媽媽，白天／黑夜是不同的女身，遮斷了世俗的認知，也操縱著世俗的認知。事實上，《女兒紅》中另有一項重要的意涵：女人是不斷分裂的，所有簡單的認定都會失效。〈親吻地板〉裡八面玲瓏的公關經理，強迫植入自己腦中的記憶是：善談、外向、活躍、積極，而且經由他人認定、折射回來後，這套記憶更為完整牢固；卻沒有人知道：她寧願在夜深人靜時獨自親吻地板，也不願開口講一句話。（頁一六五）〈賓館〉裡日日單獨外宿賓館的女子，服務台的小姐以為她是要找地方自殺的人，其實她只是喜歡不隸屬於任何存有——包括她獨居的有門牌號碼的家，以及她自己這具裸裎的軀殼。（頁一七三）〈紅鈕釦〉裡三十歲猶未婚的打字女子，旁人擔心她嫁不出去，她自己卻覺得日子挺順，怪姊姊幹麼揉皺它；姊夫拐她介紹男友，她卻早洞悉那些無聊與虛偽，於是當遊戲結束時男子留下的紅鈕釦最後又轉縫在姊夫身上，她覺得滿好。（頁一九七）而〈密探〉裡離了婚的婦人，開間茶亭，自己挺著，讓前夫派來的密探啞巴似地走出茶亭；她外表溫和沉靜，不爭不吵，可卻一旦死了心，魂也叫不回來。(頁二〇九)簡媜一針挑破男性社會對女子一廂情願的、簡單的認定，她告訴我們：所有一般大眾對女性的「以為」，都是荒謬的想像。

不過，分裂的女身，有時游移輕盈，來去自如，例如〈戲票〉裡情人失約獨自落淚淋雨的她，何其纖細多感，隨著夜雨嚶嚶，她欲於淋漓的跳躍與旋轉中，消溶肉體，留下輕盈的幻影，一如女鬼之淒然；但當次日，她一面撕著為他買的戲票，一面嬌嗔地說：「我也要抱歉，我們太有默契了，我也忘了這事呢！」(頁一八七)已然轉身跨回人界，不再浪費痴情。有時則是兩界凜然分別，符咒鎮鎖，記憶版本全部更新，徹底活在美麗新世界，偏偏某個無心機緣掀起封條一角，刻意撲殺遺忘的過去如〈口紅咒〉裡的口紅紛紛滾出，新舊對質的時刻，簡直不堪想像，〈水牢〉、〈腐橘〉都是好例。

《女兒紅》中這種探索女身分裂的篇章，集中見於〈輯三．火鶴紅〉，用簡媜的話來說，這些女身都如火鶴：

> 浴於烈燄，振翅高飛，一路拍散星星點點的火屑。那純粹的紅色裡藏有不爲人知的灼痛。
>
> （〈序：紅色的疼痛〉，頁八）

當我們閱讀這一枚枚火燎的印記，想像她們每一次撕裂的痛苦，我們是否當與她們攜手共尋「甘美的處所，可以靠岸，可以讓負軛者卸下沉重之軛」而毋需「在火宅中乞求甘霖，也毋需在漫飛的雪夜趕路，懇求太陽施捨一點溫熱！」(〈母者〉，頁一五一)讓女性的壯麗與高貴成為人人體認的鮮明彩繪；讓簡媜筆下的母者如日如月，成為永恆普遍的存在。

## 五、一襲新衣

雖然簡媜的語言原就雕琢鍛鍊，但各書風格仍有差異。早期的「女音」宛轉雅麗，《女兒紅》則晦魅詭豔。(同期的《胭脂盆地》則又辛辣俗俚，一種尖新的女音變調)試看這樣的文字：

> 門牆邊，老樹濃蔭，曳著天風；草色釉青，三三兩兩的粉蝶梭遊。
>
> (〈四月裂帛——寫給幻滅〉，頁二二)
>
> 秋陽綿綿密密地散裝，輪轉空空，偶爾絞盡磚岸的莽草。
>
> (同上，頁二八)
>
> 從欄杆縫往下看，她看見那兩棵假樹被推倒在地，媽媽正用大力砍成大段，背部起伏宛如豹奔。……突然天地俱寂，鉛礦似的肅靜壓在媽媽背上，她輕輕放下刀，慢慢站起攏一攏頭髮，轉身，在昏黃光暈中綻出一朵淺笑。
>
> (〈在密室看海〉，頁四五)
>
> 從彼夜起程回到今夜，帶著她以及因她而形變的她們，讓種種事件與瘀傷拆解成纖維，如一縷縷黑絲棄於汪洋。
>
> (〈秋夜敘述〉，頁八四)

我卻相信女鬼還未走遠，學會在空氣中漫遊，竊聽月光下少女的心跳；她對大紅囍餅仍然過敏，遂悄悄在餅面灑巫粉。她橫了心穿一襲濕衣服，可是得讓人知道濕的難受，彷彿多一個女人霉了，她的衣服就乾一寸。

（〈女鬼〉，頁一〇四）

黃昏，西天一抹殘霞，黑暗如蝙蝠出穴嚙咬剩餘的光，被尖齒斷頸的天空噴出黑血顏色，枯乾的夏季總有一股腥。

（〈母者〉，頁一四二）

除去少數明亮的（如〈母者〉，頁一四五）、激切的（如〈哭泣的鐔〉）語言風格外，《女兒紅》基本上是這種如瑩間燐火、如雨夜幽笛的語言格調。此外全書意象豐繁，俯拾皆是，如：以逆風而飛的蝴蝶描摹「母者」（〈母者〉，頁一五一）；以終我們一生也只是在其兩節脊骨間繞行的雨夜獸摹狀「時間」（〈秋夜敘述〉，頁七六）；以蛤蟆象徵一場「虛妄／真實」的幸福的爭辯（同前，頁七四、八七）；以一頭撞上褐色玻璃牆的濕漉漉白文鳥隱喻青春剝落的女子（〈貼身暗影〉，頁六二）；以包上各色顏彩的迴紋針代表叢林似的辦公室生態裡到處可見的卑微女身（〈在密室看海〉，頁四二）。這些意象的深刻新奇，見證了簡媜的靈慧與蛻變。

至於文體，簡媜自己說：「多篇已是散文與小說的混血體。」（〈序：紅色的疼痛〉，頁七）其實不僅如此。前述無論風格與意象之特別，已使《女兒紅》有詩之氣質；〈輯三〉裡更見寓言體，如〈咖啡小館裡的狼〉、〈空籃子〉、〈自畫像〉等皆是；而〈在密室看海〉、〈貼身暗影〉、

〈女鬼〉、〈母者〉等則不僅近乎小說，更充滿視覺藝術的效果，姑舉二例：

那一夜，她聽到夜間的海彷彿千萬頭獅吼，恫嚇、蔑視，露出尖齒嘲弄渺小的獵物。媽媽抱著半路上睡著的妹妹，一手牽她往海灘走。她囁嚅，低聲叫媽媽——媽媽——好像牽她的是另個不相干的女人，她受不住手腕被握得太緊試圖掙脫，媽媽卻愈走愈急。整座夜海似巨大的磁場，正向四面八方喚回迷失的礦沙，雲依然流動，悄然遮住空空的月牙，潮浪亙古不變地翻騰著，不過問人間世事。

（〈在密室看海〉，頁四六）

她全身埋入激流，赤裸裸，彎腰行走，兩手張開如長耙，捏抓軟泥，一路揮走慵懶的鱷魚，驅趕成群渡河的長鼻猴。她發怒著，尋找她的狩獵刀與琉璃珠串，這兩樣被聖靈祝福過、帶有神力的寶物不知何故竟落入急湍。

她從水底竄升，破水而起，嘴角帶笑，兩手各執番刀與珠串；熱帶陽光伸出火舌，吮吸她身上的水珠。她如一頭銀閃閃的靈獸，躍入莽林。

埋伏在藤本植物梭織的叢林迷宮深處，她的眼睛如夜梟望穿整座莽林，她那靈敏的嗅覺與鋒利之眼，分別偵測到不遠處一條蟒蛇沿著粗壯的樹身向上攀爬，一隻犀鳥即將飛掠長滿巨型附生植物的密林，而一個披散長髮、高舉吹箭武器的壯碩獵人正瞄準鳥腹。她推測他捕獵犀鳥之後會在河邊生火，串燒獵物。而她將盪過大蟒攀爬的那棵巨樹，以矯健的身手從粗藤縫隙躍下，直接騎落在他的肩頭上。那是叢林之夜，枯枝在火焰中暴跳，火舌劇烈扭舞，照亮她與他交纏起伏的裸體。遙遠的高空，繁星熠熠。她聽到刺耳的聲音，醒來，是個夢。那本厚厚的探險雜誌掉到地上。她爬起來接電話。（〈貼身暗影〉，頁七一、七二）

這樣的書寫使人如覺觀看一幕幕劇影，而夢境的運用，又宛如迷離的神話世界；在此，〈母者〉一文多線進展，剪接、跳躍、拼貼的技法，更使文體界限不斷變形，全文遂如中古教堂壁上扇扇彩繪的窗子。

## 六、行到水窮處

簡媜由疼惜出發，化入那些遍體鱗傷的女子的淚中，細細雕鏤她們的孤獨、她們的壯麗與高貴，從而振發我們的聾聵、顛覆我們對女性膚淺偏執的認知。她不用知性的論述、理性的批判，含淚含血含著溫熱的心書寫，樹立台灣女性文本感性陰柔風格的典型，睥睨當代。她刻意使用晦魅詭豔的語言，雖然增添了文本閱讀的苦澀顛躓，可是也唯有這樣的語言才能迫使我們在驚心動魄之中認真辨識我們周遭女身幽微的呼吸。如果不是簡媜，世間芸芸隱身／聲的女子，勢必無聲無息的汩沒，如水流上片片落花。而我們每一個人又都可以藉著簡媜鉤起的絲縷，編織自己的心情故事，於是《女兒紅》是不斷可以重新閱讀的。

古典文學傳統中有一種「文如其人」的書寫形式，它始創於太史公。這篇小論乃依此原則仿

《女兒紅》風格而作，於我個人而言，是一種嘗試、一種顛覆——就算是對簡媜的一種禮讚吧。而簡媜自《月娘照眠床》以降，漸次建構的女性文本系統，已然預示其成熟完美（《紅嬰仔：一個女人和她的育嬰史》），他日正應細細為文梳理；至於《女兒紅》中屬於簡媜自我的記憶與辨證——〈秋夜敘述〉、〈四月裂帛——寫給幻滅〉，本文幾無論述，也一併留待將來；行到水窮處，其實不窮，正可回首前塵，坐看雲起。

# 孤寂與愛的美學

## ——綜論簡媜散文及其文學史意義

### 前言

做為一個文學研究者，面對作家與作品，我恆常關心著二個層面的問題：一是作家是否對文學的創作有一種生死以之的信念，並且願意在藝術的國度裡不斷淬煉自我、磨難自我、超越自我；一是他所經營的作品是否在文學發展的長流裡，繼往開來，推陳出新，具有鮮明的獨特面貌；換言之，無論在「人格」與「風格」兩方面，他都具備文學史的「典型」意義，足以昭示後起之秀、榮耀文學園囿。十餘年來，我以這樣的心情斟酌品第台灣當代散文，曾經二論楊牧、小論林文月、簡媜，差可做為見證[1]，今則願再以簡媜為題，標準不殊、理念仍同，擬著意於揭示其散文神貌及在

---

1 二論楊牧乃指：〈永遠的搜索者：論楊牧散文的求變與求新〉（《台大中文學報》，第四期，一九九一年六

台灣當代散文史上的意義，分主題內涵及語言聲調二部分，專就其「獨特」處論之，從而凸顯其獨樹一幟的美學風格；至其餘枝枝節節，悉從略。

## 一、主題內涵

簡媜散文十餘本，曾自云：《水問》為對情愛的探問，《只緣身在此山中》為對道性的觀照，《月娘照眠牀》為對鄉音的捕捉[2]。我們以此類推，《胭脂盆地》自可謂台北都會之浮世繪，《女兒紅》則為世間隱身／聲之女子顯形發聲，至《紅嬰仔》固如作者所題——「一個女人和她的育嬰史」。然而這樣的分類，對簡媜而言，有二處困窘：一則無法含括、也無從建構簡媜作品的思感體系；一則無能彰顯這種思感體系滲透於作品後，所賦予作品內涵的新異面貌。事實上，倘若吾人細理簡媜作品之內在肌理骨肉，當知其作品的主題殆可以「孤寂」與「愛」二者貫串，它們雖未盡呈現於每一個篇章，卻是掌握簡媜作品精神與特質的基本綱領。

（續）

月）、〈「詩人」散文的典範——論楊牧散文之特殊格調與地位〉（《台大中文學報》，第十期，一九九八年五月）；小論林文月、簡媜乃指：〈眞幻之際、物我之間：林文月散文中的生命觀照與胞與情懷〉（《國文天地》，一九八九年六月、七月）、〈一半壯士一半地母——小論簡媜《女兒紅》〉，《台灣文學經典研討會論文集》（台北：聯經出版公司，一九九九，初版）。

2 見《月娘照眠牀》序〈一定有一條路通往古厝？〉，頁三。

（一）

「孤寂」顯然自始即是簡媜的內心「世界」。《水問》雖多少女銀鈴般的笑語與憧憬，但〈風裳〉有云：

生命那麼艱難，人生孤獨。沒有人知道你、關懷你，沒有人了解你、扶持你。（頁一九一）

《春之積雪》有云：

何嘗不是我自己。春流的澎湃，淹沒不了岸邊的我，步步單音。坐在石頭上，默默凝著，它的露眼中，有我清瘦的單人照；我駐水的眸裡，印著它朵朵的雪白。彷彿天地間，唯一不屬於春天的，一棵是流蘇，一個是我。（頁一九一）

《野蔓之誓》有云：

這些熱鬧愈沸騰，傅園的孤寂愈深，時間空間都鹽蝕成一種我所喜愛的遺忘感覺。因而，我時常在園子裡閒走，一個人探索。經過男歡女愛的地界時不聞不問，錯身於童嬉婦斥的聲浪時也不涉足，我把時間與空間遺棄。（頁四五—四六）

流露的無非都是孤寂，乃至孤芳自賞的情懷。由是，簡媜深切體認創作是一無限孤寂的事業。《私房書》有云：

> 原創，必須先設想文明未萌的原始洪荒，一個野人從叢林走出，面對浩瀚的天地，發出第一聲嘆息。（頁一一）

> 從事創作可能有三階石梯，第一階是對自然之流動與鄉園初情的禮讚，從中窺得一介生命如何醒轉；第二階，不得不放眼當代，體會歷史、省思社會民生，與民族之脈搏互動；第三階，覺悟到終究必須沉埋於時間，成為歷史塵土，此時心境不免微冷，若還能寫下去，除非恆在夜空，仰望遙遠不可及的一顆星。（頁四一）[3]

由是，《私房書》裡才不斷唱著生命寂寥的詠歎調：

> 黃昏來了，星月近了。午眠輾轉的夢片遠了。

> 但，我要出門了。帶著一點不回來的想像。（頁四八）

---

3　這一段文字顯然是簡媜早期的創作觀。以今視之，其所謂第一階殆可以《水問》、《月娘照眠牀》二書概之；第二階則《私房書》、《夢遊書》、《胭脂盆地》等略涉一、二，而仍待開拓。證諸作品，簡媜顯然有所岔出，女性文本為其近年關注之焦點；至於大河式、史詩式之散文猶未完成，近年努力耕耘「福爾摩沙抒情誌」，頗可注目，值得期待；即或不然，亦仍可能植下其無限開展之種子。

> 在街道留佇了十二個小時，夜襲的車輛不絕，霓虹招牌扭腰擺肢，人很多，又好像沒什麼人。不知道這個城市要往何處去？不知道我在城市做什麼？（頁一一七）
>
> 嘆息之後要不要將燈吹熄？還是不吹吧？明早起來，才有跡可尋。到明早，今晚及今晚所見的風景連同那個寫字的人，都會永遠消逝。（頁一六一）

也因此，《夢遊書》的寫作被簡媜詮釋為：

> 稍微看到一個都會的邊緣人、記誦歌詞卻找不到鄉曲的人、走入群體無法交談的人、終於回歸內在作繭的人，多年來在四處盪鞦韆的姿態。我不忌諱承認，自己是個住世卻無法入世，身在鬧紛之現實世界心在獨活寂地的人。[4]

也因此，《女兒紅》中所有世間的女子，清一色是無聲的，她們的身影陰暗模糊，直如鬼魅，踽踽獨行在不見天日的冷巷，尋她們的歸宿、辨自己的身分。無論她們是乖巧溫順的女孩，或被棄的婦人，或溺沉於情愛牽絆的游女，或……，她們共同的標記：孤獨[5]；而即使在《紅嬰仔》中，簡媜亦不忘告訴她的兒子：「寂寞，是你一輩子的課業。」[6]

---

4 見《夢遊書》，自序〈雨夜賦〉，頁七。
5 關於《女兒紅》濃厚之孤寂感，可參前揭拙作〈一半壯士一半地母——小論簡媜《女兒紅》〉。
6 見《紅嬰仔》，〈密語之十七〉，頁二三三。

不過，如果我們因此而以為簡媜的散文充滿棄絕幻滅的旨意，則又不然。事實上，正因對生命的「孤寂」有深刻的品嘗、體認、超悟，乃漸次孕育出「堅忍」、「追尋」、「無悔」的意志以及如碧血般的摯愛——用簡媜自己的譬況來說，那正是「壯士」與「地母」渾融的胸懷。

（二）

所以當我們回頭看〈風裳〉，又有這樣的文字：

> 縱然你已聲嘶力竭，倒在人世炎涼的塵土上，請你也要匍匐，匍匐去生命的泉水；請你不要停止地尋找，找到天之涯、地之角，找到天黑，到黎明，找到生命的盡頭，找到所有的尋找不再可能。（頁一九一）

而〈野蔓之誓〉亦細細描述蔓藤：

> 以三跪九叩的步子向蒲葵樹爬去，……從樹根而樹腹而樹幹，不曾在時光中反悔，也不曾在雨季裡佇足，像節哀的婦者一路去尋魂。（頁四七）

且更明白的自我昭告：

這野蔓激勵給我的，不是情緒，而是情操。（頁四八）

至於創作，雖然是孤寂的事業，但畢竟：

海浪研洗過的沙灘，應該有人去走字；雪花覆蓋的野地，應該有鴻爪鈐印；漠漠水田，應該有鷺鷥照鏡；一疋平鋪的苔萱，應該有人去點墨。這樣，天地才不會寂寞。（《私房書》，頁一〇七）

而《夢遊書》雖已然自定身分為「心在獨活寂地的人」，卻分明又說道：

從寂地往外看，似乎只剩下去確認做爲一個人，對現實世界必須負起哪些責任。我願意在回到現實世界時，不斷表達對於「生」的敬重，實踐對「美」的嚮往。[7]

同樣的，《女兒紅》描摹勾繪的固是世間孤寂的女身，但簡媜之所以將之盡納筆下，正緣於對她們的疼惜與愛，她「渴望以母性的溫柔去解凍，將她們贖回」[8]；她「想要試試宛若孤嶼的漂流

7 同註4，頁八。

8 《女兒紅》，〈秋夜敘述〉，頁八二。

生涯裡和諧是否可能？在自體之內、群體之中、生死兩岸的。試著在難以剷除的宿罪荒原裡清出一塊『雅量』，把在外頭哆嗦的人喊進來暖一暖。我只確定一件事：我們只有一次機會活著。把外頭哆嗦的人喊進來取暖，因為總有一天，一切永遠消逝。」「因『消逝』故，湧生不忍。不忍周遭之人無罪而觳觫，於無盡滄海之間宛如泡沫與我邂逅一場，卻不曾從我處聽得半句愛語、獲贈一兩件貴重記憶。不忍見其貧。」[9]——好一句「因『消逝』故，湧生不忍。」讓我們更清晰地看到簡媜因「孤寂」而湧生的高貴情操，同時也充分詮釋了前文所揭示的旨意[10]。

由是，我們不難理解，簡媜作品中與「孤寂」恆伴相生的總是那些見證「愛」、見證「壯士」、見證「地母」的人、事、語言、風景[11]。《私房書》自序〈沿階草〉有云：「我只承認一種責任，除此無他，那就是愛。」（頁三）《水問》〈兩朵童稚〉寫的是肢殘姊姊對妹妹溫柔的呵護；《夢遊書》〈白雪茶樹〉寫的是老圃和潤潤的溫情；〈鹿回頭〉寫的是簡媜宛如母親般對表弟的愛；《胭脂盆地》〈計程車包廂〉寫的是「運匠」的義行與慷慨；〈暗道之歌〉寫的是對流浪狗——亦即對一切生命——的悲憫；而《頑童小番茄》、《紅嬰仔》則更完全是二首愛的頌歌[12]。

---

9 同前註，頁八七。有關簡媜寫作《女兒紅》之心情與動機，請參前揭拙作。

10 《夢遊書》〈鹿回頭〉有云：「孤寂總是伴隨著愛，也壯大了愛。」（頁二〇四），亦可補充做爲註腳。

11 其實，所謂「愛」、「壯士」、「地母」，此種種襟懷，往往不能切割區隔。因「愛」而能成「壯士」、成「地母」，甚且兼之；而壯士之「烈」，地母之「仁」，何嘗不緣於眞愛、大愛？至於文中又有所謂「堅忍」、「追尋」、「無悔」，亦均與此相融相攝，不可斤斤刻舟求劍也。

12 按，《胭脂盆地》有〈麥芽糖記錄〉一篇，當爲《頑童小番茄》之雛形；簡媜積累其對兒童之「愛」，自外返內，當其身藹然爲人母時，遂有《紅嬰仔》之作。

（三）

這種「愛的責任」，在前引《私房書》頁一〇七、《夢遊書》自序、〈鹿回頭〉、〈暗道之歌〉、《頑童小番茄》以及《女兒紅》裡，都同時透顯出「地母」的格——那是一種庇護、包容、一肩挑起、推己及人的襟懷——《水問》裡的簡媜固已如此祈求上帝：

> 把微笑還給曾經哭泣的人，把健康還給受苦的人，把生命，還給熱愛生命的人。讓陽光，回到陽光不到的國度。[13]

其餘如：《只緣身在此山中》〈凱風〉裡照顧智障兒的女子，《夢遊書》〈野地的雪茄花〉裡默默栽種花木的山莊警衛，《胭脂盆地》〈春日偶發事件〉裡為垂暮孤寂老人、痛哭流涕的友人，〈遲來的名字〉裡眷眷於社區而竟奔波猝死的切石工人——他們都是悄然付出，實踐愛的真諦的芸芸眾生。

相對於如此清晰抉發「愛的責任」與「地母襟懷」的篇章，《月亮照眠牀》一書裡的男男女女——包括阿母、阿爸、阿嬤、阿歹伯公、麗花等等，乃以質樸率直的方式耕耘他們對生活的敬謹、對生命的責任，無須言說、理所當然。無疑的，簡媜在這裡為她作品「愛」的主題點出了源

13 見〈陽光不到的國度〉，《水問》，頁一四七—一四八。

頭。

至於「壯士」性格，則更鮮明映目：《水問》時期的簡媜，也曾自傷，「不再是愛聽故事的少年。沒有人能懂我望雲的眼神。」「而無處可訴的苦、日積月累地便在內心形成陰沉的氣候，形成沒有陽光的一方天空。」可是當她目睹「平疇綠野之上，太陽在一堆潑墨也似的烏雲之中掙扎。時滅時顯的光線，在天空中掙脫著要出來。」驚訝感動之餘，她想起夸父，覺得彼此如此親近。她聆聽到那血液在體內竄流的聲音，並感受到有一股蠻不講理的生命力在心裡呼嘯著，說要霸占整個天空。於是她，「昂首，問候天空，伸指彈去滿天塵埃，扯雲朵拭亮太陽。」告訴自己，「從今起，這萬里長空，將是我鑲著太陽的湛藍掛冠。」[14]

這種少年時期單純的豪壯，在歲月的淘洗下，漸漸沉鬱，茲生決絕壯烈的氣質，《私房書》裡多的是這樣的心境：

> 爲自己留下年譜、傳記的人，看來都不是放得開的人，徒留一些自娛娛人的而已。我不打算這麼做，等我逝去，我將完完全全令自己消失。(頁一七)
>
> 以此檢視自己的作品，不免驚出冷汗。自己尚未做到，無顏苟求別人，理論與實踐不能同步，不如刎頸自棄。(頁二四)
>
> 人，不管身處何等動盪或盛平的年代，必須窮其一生確定，個我的定義、民族的動脈，而

---

14 段中引文俱見〈問候天空〉一文，頁六七—六八。

後才能在蜉蝣朝夕的生命裡，獻身於歷史的參與。我們的生命享著百千萬億人的耕耘結果，也必須盡情播種，留給百千萬億人。（頁六一）

總必須跋涉過黃沙，才覓得著汩汩綠流，雖然，這清淺可能是極度疲憊之時，幻生的海市蜃樓。我從這個角度看人，看神話故事。夸父逐日、誓鳥填東海、愚公移山。都是尋覓寸土之下的寸心。我也從這個角度看我。（頁七三）

我說人生哪，如果當過一回痛哭淋漓的風景，寫一篇杜鵑啼血的文章，與一個賞心悅目的人錯肩，也就夠了。不要收藏美、鈐印美，讓美隨風而逝，生命最清醉的時候，是將萬里長江視爲一匹白絹，裂帛。（頁八五）

美，是絕望的時候仍要臨水照鏡。（頁一四二）

冬茶烹水也是香，枯枝竄火一樣溫熱，也許在照見生命的本質之後，一陣風光陰之後，能給後人留一碗熱茶，一截火光，也就不辜負淒清。（頁一七九）

因著這樣的心境，簡媜乃再敲出這樣的洪音：

回到肉體頂著自己的名姓走路，我願意不斷學習祝福與布施。我們的人身因著眾人的守護（災厄是更大的疼愛）而茁壯，必須粉身碎骨報答。雖然繁花曲徑的終點是幻滅之湖，可我願意堅強，在湖畔種三兩棵綠樹，感謝湖泊儲蓄清冽的雪水，讓我聽到自己的生命可以發出墜石的一聲。[15]

雖然破滅故事的碎片不斷在血管流竄，盡人的禮數淌一回淚就了，破滅無法倒戈生命意義。雖然幽黑的隧道令人目盲，仍看得到黑暗裡像燈一般閃爍的花盞。活在已抉擇的意義內，享有強韌的幸福，千軍萬馬踏蹄，江月何曾皺眉。當終站來臨，可以痛快下車；或自覺人生一趟，仁盡義至了，不想往下景，求死得死，也是壯麗的完成。[16]

顯然，一種決絕、壯烈的美已成為簡媜人格、生命內在的本質，不僅在現實世界的生活裡追尋、驗證，也用她的作品彰顯其英旨、煥發其神采，由是，我們終能了悟，《只緣身在此山中》那些翻越紅塵、皈依佛門的女子，無一不是完成自我磨難，飄然來去的「大丈夫」。她們尋尋覓覓，雖每一個方向都山窮水盡，雖萬籟俱寂，但她們生命的海潮音卻隨著堅毅的步伐澎湃著；也許行到山窮水盡處行興自消，遂再不記得那些碎為微塵的雲煙過往，她們平平安安向禪房走去，像走回家一樣地如履平地[17]。而我們亦終能心領神會那《夢遊書》裡賣粉圓的女人（〈粉圓女人〉），騎著機車風裡來雨裡去飆送早報、晚報的女人（〈一枚煮熟的蛋〉）；《胭脂盆地》裡掙扎著不要女兒看到她嚥下最後一口氣的女人（〈子夜鈴〉），丈夫沾染惡習、拋卻為夫為父責任，自己一肩擔起家計的女人（〈阿美跟她的牙刷〉、〈計程車包廂〉）以及《女兒紅》裡那所有無父無母、無兄無弟的女

15 見《夢遊書》，〈半夜聽經〉。

16 前揭書，〈破滅與完成〉。

17 此段文字鎔鑄〈人在行雲裡〉、〈天階月色涼如水〉及〈卻忘所來徑〉三文部分文字而成。

子，在簡媜心目中，都是世間珍貴的女兒、孤獨的壯士；她們忍負遍體鱗傷，以各種身影見證人間世的荒謬與無情。

## （四）

簡媜由「孤寂」到「愛」（壯士與地母的襟懷）的歷程，略如上述——其表現於作品，從而建構筆下世界的主題線索、內涵體系；其終，則賦予其散文特殊的美學精神，標誌當代抒情美文之新貌，殆無可疑；以下試再申說。

按，簡媜之作，就其內容題材觀之，實兼少女純情（《水問》）、道性關照（《只緣身在此山中》）、鄉音捕捉（《月娘照眠牀》）、都會記錄（《夢遊書》、《胭脂盆地》）、社會批判（《胭脂盆地》、〈我有惑〉）、女性探勘（《女兒紅》、《紅嬰仔》）等，已然躍出當代女性散文作者之格局矣！而無論就所謂佛理散文、鄉土散文、都市散文，或女性散文而言，均著成績——蓋以佛理而言，林清玄十百萬字反不若簡媜數萬字真切動人，更得佛旨；以鄉土而言，較吳晟為闊遠、較阿盛為雅麗，深具一己姿采；以都市散文言，迥不同於林燿德之蒼茫冰冷，亦超軼於晚近作者拼貼之流調；以女性而言，自少女行至中歲，時時內省、時時外視，時時回顧、時時前瞻，誠誠懇懇，為自我、亦為世間眾女身，尋回一條可能屬於最根本的安身立命之道——做一個母親[18]。其絕不激情、

18 「母親」的形象與意義，在簡媜心目中，絕不只是某一個人的母親而已。《胭脂盆地》〈麥芽糖記錄〉有云：「關愛幼小的孩子是大人對生命的敬重與回報。」（頁一七八）《頑童小番茄》〈颱風警報〉有云：「自己生養的孩子與別人生養的孩子，都是必須同等善待的孩子。」「我們是透過對孩子的愛來拓展愛的能力，能普

不譁寵、不猶疑，偉然建構當代散文中最步履清晰、意想堅定、圓滿靜好的女性文本，睥睨群彥。換言之，準此以觀，簡媜於台灣當代散文業已樹立多種典型，並於女性作者一族中頡頏七○年代之張曉風，先後輝映，絕無愧色[19]。

然而簡媜散文所形塑的這種種典型意義，如果不能融以「孤寂」與「愛」這既二分又一貫的美學精神觀之，便不免僅成「外在」「形式」之呈現，殊乏「內在」「神理」之掌握。事實上，正因為「孤寂」與「愛」深刻沉厚的力量，乃使簡媜觀悟道性時能覷見真實生命的顛簸轉折，成就既親切平實，又光燦圓滿的文本。同理，鄉音的捕捉，遣去悲苦、遣去俚俗，讀來只覺寬闊和平、溫暖明亮；都會與現實文明的省思，難免有嘲諷、難免有批判，更多的卻是，以悲憫的心眼將關注投注於基層小市民，原屬議論的文本翻添抒情氣質；而《女兒紅》、《紅嬰仔》等女性文本，精心布置「極冷」與「極暖」二種對照，強力震撼出對女性命運、身分、本質，乃至生命價值與意義的叩問、探索、同情、禮讚、信仰，極波瀾壯闊，復極高明中庸，四者共同成就簡媜散文的新異面貌；然則追根究柢，無非「孤寂」與「愛」相激相生、融匯而成的滂沛力量有以致之。

---

（續）沐無數孩子，即驗證了這份愛的壯闊吧！」「如果一個大人只能愛自己的孩子而無法愛他人之子，也許表示他離眞諦之處還有一段遠路。」（頁一九○）而《只緣身在此山中》〈恆河沙等恆河〉則云：「伊的生命，原本只是一粒恆河沙，現在，卻等量與恆河沙一般多的恆河。」（頁九一）「恆河沙等量的恆河奔馳著，爲的是把瘠地墾成淨土。」（頁一○○）俱可見證。

19 以台灣當代散文而言，張曉風是女性作者中勇悍躍出閨閣樊籬的第一人。她一方面寫婉約纏綿的抒情散文，一方面寫銳利如刀的雜文，同時又寫作詠史散文及舞台劇，表現多面，可謂一代作手，並於揭女性作者之帷幕，引導後進，啓發甚遠。

## 二、語言聲調

簡媜作品的語言聲調可大別為二種：一是具有濃厚女性陰柔氣質的美麗之音，一是逸出閨閣氣息，時或簡而遠、時或質而暢、時或黠而慧，變幻多姿而悉歸於寬厚莊嚴的溫煦之音。二者於當代散文之書寫表現上，亦各具典型意義，值得申論。

### （一）

這兩種聲調都是簡媜的本色，其第一本散文集《水問》可資見證，《水問》之序〈如水合水〉有云：

像每一滴酒回不了最初的葡萄，我回不了年少。

那樣好問，要問清楚生命的緣由、存有的理則、宇宙的奧論；又倔強，在心裡傲骨嶙峋以掩飾內在的貧乏與弱小，在舉止起落間拗格以隱藏言語的笨拙，卻又狂熱，爲著知識的進行曲那麼嘹亮雄壯，便希望成爲坎坎擊鼓的人；爲著筆墨的用是那樣深厚柔美，便凝迷著要荷鋤。而更多的時候憂傷，眼見著季節無止的嬗變，大自然不息的榮枯，而憂於花之未落、月之未沉、鳥之未瘖音、戀之未折先殘。（頁一—二）

除了比喻新巧動人外，情感的纏繞掙扎，透過用力刻削修飾的語言以及長調式的不規則排比慢慢壓擠而出，極穠稠婉麗——就現代散文風格之傳統言，簡媜此調，殆淵源變化自徐志摩。

另，〈夏之絕句〉有云：

> 晨間聽蟬，想其高潔。蟬該是有翅族中的隱士吧！高據樹梢，餐風飲露，不食人間煙火。那禪聲在晨光朦朧之中分外輕逸、似遠似近，又似有似無。一段禪唱之後，自己的心靈也跟著透明澄淨起來，有一種「何處惹塵埃」的了悟。蟬亦是禪。（頁七三）

較於前例，相對呈現出淡遠、疏暢、平和之韻。一部《水問》大抵不出此二種語言相貌[20]；緣

---

20 姑可再各舉一例：穠麗者，如〈水問〉：

> 那年的杜鵑已化成次年的春泥，為何，為何妳的湖水碧綠依然如今？
> 那年的人事已散成凡間的風塵，為何，為何妳的春閨依舊年年年輕？
> 是不是柳煙太濃密，妳尋不著春日的門扉？
> 是不是欄杆太縱橫，妳潛不出涕泣的沼澤？
> 是不是湖中無堤無橋，妳泅不到芳香的草岸？

朗拓者，如〈木棉樹〉：

> 真英雄者，寧為雞口不為牛後，寧狂醉泣血，不掉眼淚。
> 熾紅的木棉花，是否就是英雄血？
> 真好漢者，既不能得天下，則不予天下。寧是困危於巉巖深山的隱士，也不願是奔波於市井的小民。
> 於是，春日舞台上，繁花群樹爭妍鬥豔，盡吐芬芳，唯木棉花，披一件風塵僕僕的粗綠布衣，獨立道旁，入定如僧。

《水問》一書殆可謂簡媜「天真未鑿」之音，故知其內心深處原即潛伏有此二種幽微之聲；一穠稠沉鬱，一平實朗拓；二種或分歧而行，或相糅而生，且漸次變易，或成其獨特，或成其豐繁，一如「孤寂」與「愛」之相異相生、相成相續。

(二)

《水問》裡的巧喻巧句到了《私房書》裡，可謂俯拾皆是，試看這樣的文字：

> 如果問我思念多重，不重的，像一座秋山的落葉。(頁七)
>
> 想起以前愛過的人，像從別人的皮箱裡瞥見自己贈了去的衣服，很喜的一件，可惜不能穿。(頁一一)
>
> 軟枝黃蟬霸住半爿牆，眞驚人，像七月半黃昏裡，河面上飄著的一盞盞喚魂燈，忽隱忽滅。(頁二九)
>
> 如果有一天，我寄出的信函都回到我眼前，會是什麼心情？像半夜夢中驚醒，還是風雨夜裡點燭，忽然找到遺失許久的一根髮夾？(頁五八)
>
> 昏黃的案頭燈穿過紫水晶石，紫芒流竄於石身，深紫、淡紫、冰白的顏色紛紛復活。(頁一〇一)

(續)

---

餘例甚多，不贅舉。

> 一封很遙遠的信，陌生的屬名。太長了所以摺得很厚。閱畢，心生恍惚。好像剛剛上樓時曾錯肩、微笑過的一個人。不知道住幾樓而已。（頁一一八）

然而不同的是，巧妙之外，漸漸塗染上一層奇詭的氣質；至於《水問》的穠稠豔麗，則或因《私房書》之體製、內涵（皆如手札），故少見其例，唯至《夢遊書》裡遂有這樣的書寫——〈空屋〉有云：

> 就算吶喊，不會有人聽到。奇怪的是，並不感到恐懼，我靜著，看遠處半坡的五節芒花，似動非動；三、兩聲狗吠，七、八隻秋雀。坐在地上，摸摸口袋：一串自家的鑰匙，而已。那麼，眞是一個神不知鬼不覺的人了，被遺忘在杳無人跡的角落，死了又活，活了又死，漫長地等待著。
>
> 我陷溺在蜘蛛網般的想像中，尋思身在何處。黃昏風輕輕吹拂，對面山坡有一棵瘦高的木瓜樹，招搖地露出豐碩的乳瓜，像竊笑的鄰家媳婦。
>
> 深秋與初冬在五節芒的儀隊中交接，簽署今年的第一個寒流，也移交一方幽冥的白玉璽。我必定誤入祂們的鈐印之處，才提早經歷我今生的迷宮。（頁一一七—一一九）

摹狀的是生命奇異的迷途錯置；而〈背起一隻黑貓〉則如此描繪自我碰觸死亡的悲恐：

我聞到燠熱的屋子裡，女眷們夾雜汗臭淚鹹而散出的一股餿味；聽到愈來愈淒厲的哭喊，看到燭火搖曳、紙煙瀰漫，及那張過度放大的黑白照片——她抿嘴瞪眼坐著，大塊黑褂上露出一截白手爪擒著一條白手絹。我被嚇哭了，以沾著糖汁的舌頭舐死神的手背。死亡的困惑已成功地借助伯婆之喪在我身上結巢，我尚未玩耍生命遊戲，已被強背起一隻黑色貓咪。

牠開始利用我的想像驚嚇我，把我囚禁在黑暗的牢獄裡，當經過一座剛下過雨散發潮濕草腥的墓域；當熟睡中的親人搖晃不醒；當踏上一堆燒成黑灰的稻穀在陽光下悶出浮煙，像一頭曝日黑貓的呼吸。我彷彿可以摸到牢獄的四周牆壁，一夕之間長出厚厚的貓毛。貓使我孤獨，遠遠站在亮麗人生邊際的一塊孤崖上，看塵沙滾滾，看我親愛的人在人群中遊走，而我過早地爲他們即將被利爪穿心的悲劇而哭。（頁一六二——一六四）

顯然的，《夢遊書》裡這樣的文字，較諸前引，儼然又是鬼魅遊魂的幽淒之調了。於是，至《女兒紅》乃竟重鑄音符節奏，譜成支支穠豔詭麗的歌曲，試看三則這樣的文字：

黃昏時刻，有人回家，有人離家；有人手刃故事，有人正要開始。她慢慢抬頭，看到一輪完美夕陽映在灰濛濛的玻璃上，鮮血般色澤閃耀強光，如沸騰的銀液澆在紅日上。玻璃布滿塵埃，使紅日染上一層曖昧的汙影，彷彿來自夕陽內部的黑暗力量，企圖咬破紅日之核，瞬間吞沒一切，不吐骨頭。

光影一綹綹地吹進室內，停在泛潮的白色地磚上，她看見綣曲的枯髮沾黏地板，日子也曾粉身碎骨罷。梳妝鏡蒙了一層薄塵，不客氣地數落她的病容，一只印花玻璃杯剩幾口鮮奶，恨恨地站在梳妝台上乾成蠟黃。她的手拂過鏡面，看清自己了，腐敗的青春，她竟然笑了起來。

她不免陷入癡迷，旋出口紅，在手背上試顏色：粉橘的、蜜李的、酒紅的……每一種顏色像一種言說，激情如大雨中野地姬百合的舞影，貞靜似月光下舟子的酣眠。她的臉上露出狂喜，擒著一管桃紅的，對著鏡子細細地搽起來。她身嫵媚地看著丈夫，嘴角似笑不笑。兩隻顫微微的白手臂上畫著兩百多條顏色，好像數不清的軟濕舌頭喧譁地誦念它們對世間的嘲諷，不帶一絲感情。[21]

透過第一則這種對詭譎夕陽的描寫，讓我們感覺文中女子彷彿跟隨夕陽前來世間作客的孤鬼；透過第二則這種對寥落深閨的描寫，讓我們明白，文中的女子是她自己最後的情人；透過第三則這種對口紅試妝的描寫，讓我們驚悟，嫂子成了女鬼小姑的回魂。整部《女兒紅》基本上是這種如塋間燐火、如雨夜幽笛的語言聲調，這種聲調，即使在寬和溫厚的文本——《紅嬰仔》中，也仍舊偶

---

21 三則引文分別見〈玻璃夕陽〉（頁二〇四）、〈拖鞋誌〉（頁二一二、二一三）、〈口紅咒〉（頁二二一、二二二）：皆屬《女兒紅》輯三〈火鶴紅〉。筆者所以如此採擇，蓋爲與昔日所撰〈一半壯士一半地母——小論簡媜《女兒紅》〉（見前揭）所舉之例互補（前揭文所舉之例均出自輯一〈暗紅〉、輯二〈磚頭紅〉），讀者可參看。

然蒸騰出它的幽韻，密語五、七、十二、十三、十四、十五等皆可為例，只是卻更像跋涉過千山萬水後終抵一塊淨土的、長長的，一聲感激喟嘆。

我個人願意相信，這種語言是簡媜戀戀不已的「女聲」，因之，如《夢遊書》、《胭脂盆地》這種多記錄描繪都會、現實的文本，概括其旨趣、象徵其意義的「自序」，也依然沿用此調[22]。簡媜的這種文學語言，以古典況之，殆如李賀；以當代視之，則盡得張愛玲之菁華矣。從徐志摩式的穠麗，演變至張愛玲式的詭豔，簡媜已然於現代散文之抒情美文傳統中新發一種特殊的「女音」，標記一種異色的語言風華。無論好惡，其具一代之典型，殆無可疑。其一面敻絕前行作者，一面見證台灣散文世紀末之華麗，至其轉益後起，為正為邪，猶待觀察，然或難以之歸論簡媜之功過矣[23]。

最後，我也願意相信簡媜的這種「女音」，依然源自她那幽幽遠遠、窈窈冥冥的生命「孤寂」之境。

## (三)

《水問》的平遠疏暢，到了《只緣身在此山中》更染一層颯爽簡潔，〈行經紅塵〉有云：

---

22 除序中文字可見外，二序分別題稱〈雨夜賦〉、〈殘脂與餿墨〉，亦充滿相同聲色矣。

23 台灣散文行至世紀末，眾聲喧譁，頗有奇詭之調，如鍾怡雯、吳菀菱、唐捐等，或不無簡媜影響在。然後起作者是否潛入簡媜語境深處，得其奇而不怪、豔而不浮，則不得而知，是彼等創作之得失，恐怕仍須自行負責。

一樣的日月，卻異般心情，我心願是一個無面目的人，來此問清自己的面目。（頁五）

〈球之傳奇〉有云：

只是場子裡衫影翩翩，點步無聲，落履無痕。球亦有羽，自在高空遨飛。（頁四八）

〈已飲閻浮提一切水〉有云：

三月的風，燕剪裁了。

何妨，單衣試春去。（頁五七）

〈紅塵親切〉有云：

她是穿百衲衣的大丈夫，行住坐臥之中，掌風習習，妙藏物色；提足成步之時，如礦出金，如鉛出銀，十分洗練。（頁一〇一）

類此聲調，莫不時時耀閃於篇章文叢之中；即連《水問》中覆沓、排比式的穠稠也演化成清空悠綿之音，如〈蓮眾〉有云：

早晨，閒步寶橋過，有晨霧渺渺，有竹風徐徐，有蓮韻隱隱，有水聲潺潺！（頁一三）

〈人在行雲裡〉有云：

多少山巖河川、森林曲徑行腳過，松與柏或女蘿，無言；多少海洋天濤擺渡過，波與浪，無言；多少陰或晴的天空航行過，風或雲默默；多少條紛歧的路向陌生的行人質疑，而每一個方向都山窮水盡。（頁七二）

都是好例。

而後至《月娘照眠牀》，則再添質實寬闊之貌，如〈竈〉之文：

我無法描述阿母手拿三炷清香，對著大竈膜拜時那一臉虔誠與滿足的神情。她深深地鞠躬一拜、再拜，裊裊的煙在竈前繚繞，然後緩緩地從窗口散去，也許是將阿母的謝意與祝禱騎入天聽——感謝竈爺公一年來的熱烈照顧，讓孩子們一年一年地長大，讓全家都健康、平安。我總是暗暗在想，竈是什麼？是阿母的希望？是阿母溢著微笑的眼？是的，是的，是累積的一方母者的愛，我相信。（頁六四）

光彩動人地寫出母親祭竈的虔敬、喜悅，以及自我對母愛、對生活溫馨的體認。再如〈醉臥稻浪〉：

> 天空是不必令人擔心的藍，陽光，總是不需任何吩咐地照耀著。田頭田尾間，戴著斗笠的農夫、紮著大花頭巾，包得只剩下兩顆炯炯有神的眼睛的農婦，手裡握著剛從五金行採購的新鐮刀，吆喝一聲，便「刷！刷！刷！」地一整挑從這邊田埂殺到那邊田埂。那種雷霆萬鈞、勢如破竹的氣勢，讓人相信，這將是一個豐富季節。（頁九二—九三）

則以爽朗奕然的語言，揮灑農人收割的畫面，俐落有致；二者皆足以顯示簡媜努力拓殖其語言聲調之工夫。

誠如《月娘照眠牀》自序所云：「這本書有什麼意義？對二十六歲的我而言，重新去經驗童稚時代的生命活動，是一種『儀式』，通過儀式的完成，才能脫去與生老病死的人世相連著的三千臍帶，到文學的國裡做一個沿街托缽人。」（頁四）進入九〇年代，簡媜放其心眼於現實的俗世，檢視種種可悲、可嘆、可諷、可憤的人與事，腔調再變，終則鎔鑄一種別具一格之機鋒，伶俐而慧黠，試看《夢遊書》〈發燒夜〉：

> 兩岸還沒談攏，蘇州竹筷老早跟咱們的大同瓷碗在老百姓家吃統一飯了。如果你在群眾運動中頭破血流，就用雲南白藥；若是爲民喉舌或宣導政策以至於協商太久壞了嗓門兒，噴

點西瓜霜吧！雖是匪貨，它只認喉嚨不管黨派的；要是扭打過於纏綿，傷了筋骨，推推正骨水再貼片麝香虎骨膏（但不能撩給記者們照相，免得爲匪宣傳！）反正，中國人就是這些病嘛，國民黨、民進黨、共產黨，還不都是這兒酸那兒疼的，統不統一讓他們看著辦吧，咱們老百姓早就在夜市裡「哥倆好啊一對寶」了！（頁二一一—二一二）

以及〈砌牆派〉：

台灣建築最出色的鐵窗之美，在他家擴張得淋漓盡致，凡有窗口之處必有鐵架，充分顯示「自閉傾向」及渴望管訓的被虐待狂。至於白色二丁掛及瓷磚，充滿「補白」癖而非「留白」意境，彷彿不貼得滿滿地，無法彰顯物阜民豐的太平盛況。（頁四二）

其傳神生動，俱令觀者發噱稱快；餘例尚多，不贅舉。而此種聲調至《胭脂盆地》中又翻為滑稽中帶悲憫；至〈我有惑〉中則衍為諧謔中帶犀利，試再各舉一例：

《胭脂盆地》〈賴活宣言〉：

有個朋友，如我們所知的悲慘通俗劇的男主角，他不小心住在台北，不小心結了婚又不小心生了兩個嗷嗷待哺的可愛兒子又不小心貸款買了車子、房子（什麼子都有，就是沒有銀子），最要命的是，他不小心是個詩人。他在飛機上寫詩，詩愈寫愈短（接近俳句），人愈來

愈胖。而且由於飛機坐太多了，每當他想運動時，就不小心做出空中小姐示範穿救生衣的動作。（頁九）

巧妙運用疊詞及長句，營構氛圍，極為精采：〈給孔子的一封信〉：

我知道「有教無類」就是「有給他教，沒有給他分類」，「束脩」就是肉乾（我有去查字典）；我覺得你實在有夠厲害，心腸這麼好觀世音菩薩會保佑你們全家的！你可不可以出面去跟那個教育部長講一下，不要給小孩分類，又不是環保署，要分玻璃罐、鋁罐對不對！（頁二九）

以尋常愚婦口吻狀其卑微願望，亦足羞愧行政當局。〈我有惑〉〈1惑：肥軟工程〉：

當女人成爲身體的奴才時，男人也忙得不得了，「頭頭是道」差可比擬。管得了上頭，管不了下頭；治好了禿頭，卻治不好……。因此，我英勇的三軍弟兄不得不爲「軍事重地」打一場「硬戰」，大勢所逼之下，威而鋼統治了我數百萬後備軍人的下半身。（台北：九歌出版社，《八十八年散文選》，頁三二二）

充分運用中文雙關、多義、轉化之祕，嘲諷威而鋼之熱：

〈8惑：無知慾〉：

> 譬如，報載「免出國、拿學位」的「普士頓大學」經查乃是一場騙局。上當者大約把「普士頓」當成「普林斯頓大學」分校或姊妹校之類，遂不曾聯想其音仿似bullshit damn，再怎麼說都——不太吉利的。
>
> 又譬如，刮刮樂大騙術，電話通知你中了六十萬，須先繳九萬，他們再奉上獎金。被騙的人便傻傻地匯錢，再癡癡地坐在家裡等六十萬掉下來，準備辦桌請厝邊頭尾。我熟識的一位數學家搖搖頭，說這些受騙的人怎麼連加減法都不會，只要跟對方說：「你們自行從六十萬扣除九萬，寄五十一萬給我就行了。」此法確實高明。刮刮樂應用題應納入小學一年級數學課本，當作範例。（頁三三三—三三四）

則除善用語言音義轉化之妙外，並能就近取譬以譏刺人心之貪婪。

簡媜的這第二種語言聲調，其音變之貌大抵如上，宜再說明的是，簡媜內心潛藏而不時湧動的母性[24]，在體現於文本時，畢竟促使其自《水問》以降平遠疏暢的語言聲調，一路流變——經颯爽

24 《只緣身在此山中》自序已云：「也許，在某一處尚未探測的心域，我期待『母者』力量的重新蒞臨，引導生者亦安慰死者，呈現平安的秩序。」（頁三）前引《胭脂盆地》〈麥芽糖記錄〉亦云：「關愛幼小的孩子是大人對生命的敬重與回報。」（頁一七八）《頑童小番茄》〈娘娘變身〉則云：「女人的心裡是否有一個祕密按

簡潔、質實寬闊、伶俐慧黠、滑稽悲憫、諧謔犀利，而終於完成《頑童小番茄》那種「愛的幽默」之音，以及《紅嬰仔》那種「愛的虔誠與歡愉」之調；二書規模宏整，體系詳密，味之自見，茲不煩舉細例，讀者請自參閱。

## （四）

除去前文已然揭示簡媜「詭豔」語言所具的文學史意義外，簡媜的兩種語言聲調仍有二點意義可再闡述：

首先，就長期以來女性散文作者慣見的大同小異的語言風格而言，簡媜亦復呼應七〇年代之張曉風，已然「變聲」，躍出此中窠臼矣。甚且，張曉風之變聲，猶多以「變身」方式為之，其仿五四以來雜文聲調，難逾男性作者所立之典型。簡媜則不然。其流轉多姿，早在雜文系統之外，雖「變聲」而不「變身」，時露女性特有之細膩經營，故《胭脂盆地》記錄台北盆地乃獨多抒情文字，藉濃厚故事性的敘述以及近乎隱喻的方式[25]，無論諷刺、無論議論，均已非魯迅、林語堂以下聲腔可以牢籠，推其為現代散文之語言創新調，殆非過譽。

其次，簡媜這種隨題材而變換語言、隨體悟而鍛鍊聲調，且俱未失其正格的表現，一方面使其

---

（續）鈕，只有小孩的手才能啟動？」（頁四三）都可見證簡媜強烈的母性意識，故自《夢遊書》〈鹿回頭〉以下，至〈麥芽糖記錄〉、《頑童小番茄》、《紅嬰仔》乃自成其系列「母性文本」。

25 《胭脂盆地》自序有云：「我樂於用抒情的文字保留他們的容顏與情感，他們的艱難與慈愛。」（頁三）而《胭》書中，輯一、輯二諸篇多富故事性及隱喻性，請自參。

自身成為現代散文傳統中最富語言姿采的作者；一方面見證只要創作者願意砥礪磨難自我，則現代散文語言之體貌身段自有無限之可塑性在；當然，簡媜同時也為後起之秀樹立了學習的榜樣，自不待言。

而最後，我仍願意相信簡媜的這種「變聲」係源自她那綿長深厚的「愛」之襟懷——對鄉土、對親人、對孩童、對生命、對識與不識的芸芸眾生、對可敬可仰的天地神祇，一種誠摯莊重的愛。

簡媜不斷說：「在湯裡放鹽，在愛裡放責任。」[26]

因之，遂有種種書寫。

因之，遂有種種變聲。

## 結語

簡媜散文之中心主題及其因此而體現之內涵與語言神貌，乃至終能完成自身於現代散文史的意義，略如上述。我個人閱其書、想其人，分明體會這是一個寬厚慷慨的心靈，張其眼、敞其胸、凝注其熱血、堅忍其意志，勤勤懇懇，以筆為鋤，為自身、為人世，耕耘一片豐疇沃野——既無愧於文學的莊嚴，亦無愧於藝術的崇高。簡媜十三歲喪父；十五歲負笈台北；大學以後，在文學的國度裡尋尋覓覓、在人生的波濤裡跌跌撞撞；莫非踽踽獨行，卻終能修成「壯士」與「地母」之正果，為「孤

26 《紅嬰仔》兩見此語，分載扉頁及後誌。

寂」與「愛」之宏旨做最深刻的詮釋，令人動容[27]。質言之，簡媜為人格與風格之合一，再次做了最好的證明。簡媜尚年輕，其長年漂泊之生涯亦已靠岸，生命正進入一全新的風景。他日，穠豔詭麗的語言是否該脫去其淒涼？伶俐慧黠的聲調是否該褪去其機鋒？「壯士」也好，「母者」也好，其境界是否應有更寬廣、更厚實、更具體的拓展？庶幾為現代散文建構湧然如江海、崇然如日月、廓然如大地、偉然如史詩的文本。古人云：「豪華落盡見真淳」，這「真淳」二字，或還待簡媜細細去參。

## 附錄

# 「史詩」式的文本

### 我看《天涯海角：福爾摩沙抒情誌》

作為一個持續追蹤簡媜創作步履的讀者而言，我始終相信，簡媜永遠會以文字呈現不同美麗的風景，饜足我們枯窘龜裂的心靈。網集她所有作品，細尋其理路筋脈，分明可見她細細刻鏤其內在

---

27 此中波折回轉，殆與其觀照道性、親睹「大丈夫」之養成，以及重新經歷體驗童稚之鄉土有關；蓋二者使其潛藏的慈、壯兩種性格悠悠醒轉。我個人一直相信，在簡媜的內心深處有兩座山：一座是冰山，一座是火山。冰山使其恆覺孤寂，自賞隻影；火山又使其念念不忘人間、不忘責任。或者，我們也可以說，她的內心，一邊是幽冷的月，一邊是熾熱的日；一邊是夜，一邊是晝；一邊是碧藍如洗的晴空，一邊是陰鬱淋漓的雨季；而簡媜終能淬煉融鑄二者矣。

的幽微，漸次辨認自我真正的面目。當然，這其中除了與生俱來的堅強與敏慧有以致之，亦實賴歲月流轉、人事變遷所恩賜的啟示。經由角色、身分的更迭，簡媜不僅自渡，抑且渡人——試問哪一個少女、哪一個女身、哪一個母親，不曾在《水問》、《女兒紅》、《紅嬰仔》等書寫中瞥見自我的身影心境，從而涕泣、從而安慰喜悅的呢？簡媜這種女性文本系統的建構，是動人的，也具有一定典範的意義。然則系統既成、典範既立，理當重新起碇，航向新程，爰是，宜有《天涯海角：福爾摩沙抒情誌》之新頁[28]。

此書分三輯，每輯三篇[29]，各有宗旨，茲依序略論。

首輯分別獻給先祖、母靈，以及一八九五年抗日英魂。先祖、母靈（題稱〈浪子〉、〈浮雲〉）是簡媜身世的追索與想像。那勢必是簡氏「入台開基祖」冥冥的召喚與驅使，簡媜乃一步步走向廓清渾沌的尋根旅程。她訪查遺老、排比史料，曲曲折折，終於解開「簡、南靖、范陽、二十二世」這九字密碼的身世之謎，並且繪出自西元前二二一至西元一九〇〇年血淚莊嚴的「簡姓遷徙主幹圖」。她定睛凝視漢移民與平埔族群「噶瑪蘭族」斷續起伏的械鬥與和平，明白身上所流的血是種族融合的血；乃以極優美溫馨的文字描寫「母靈」——這噶瑪蘭族的女子，並且附上全書最多的噶

28 本書頁二八五〈二〇〇二年小札（兼後記）〉有云：「爲了尋找一種高度，足以放眼八荒九垓，又能審視自己卑微的存在，遂有此書。」乃是作者眞情「感性」的表白，與鄙說自「理性」角度覘之，不相衝突，理可並存。

29 第二輯二篇，加附錄〈秋殤〉，仍爲三篇。

瑪蘭族器物圖繪，藉以傳達她的眷戀與讚頌[30]。由是，這二篇固不僅是簡媜身世的追索與想像而已，同時也是所有福爾摩沙子民身世、血統與族群的揭示；簡媜說得好：「土地因擁有多種語言而肥沃，語言因土地不同而抽長新芽」、「歷史不過是滿山遍野之白骨，若有人注視且不忍離去，那堆枯骨才會恢復血肉，悠悠地說出它自己的故事」、「這島之所以雄偉，在於她以海域般的雅量匯合每一支氏族顛沛流離的故事而撰成一部大傳奇」[31]。

至於獻給一八九五年抗日英魂，題為〈朝露〉，意象沉痛，令人欲泣。文長約八十頁，逾全書四分之一，可見簡媜之用心用力。簡媜自云「等於沿路為吳湯興、姜紹祖、徐驤、吳彭年、林崑岡、簡大獅……等無數先人收了一遍屍」[32]。我卻覺得，不僅此也，簡媜其實讓他們重新活了一遍，並且永垂不朽。在此，簡媜大有史遷情懷，她還原歷史真相，彰顯這些閭巷之人的精神價值，她說「這篇四萬字文章是我寫過最悲愴的一篇」[33]，我想，「悲憤」也許比「悲愴」更為貼切。

二輯除〈秋殤〉為九二一震災而作外，餘兩篇分別給福爾摩沙、給河流，皆拓殖於舊作。〈天涯海角〉組合五個段落，無非痛惜這美麗之島的瘡痍與破碎，簡媜的心情竟是如此悲哀：「我多情的母親沉海自盡，尋找人間赤子前來撈屍的拾荒婦遲遲未歸。我是被棄的遊魂，在父與母的決裂之後找不到誕生的洞口。……我要偕著母親的靈魂越過海洋而去，母親啊！切勿頻頻回頭。我已吩

30 此說也許將遭穿鑿之譏，但我個人體會如此，並且自信不誣。
31 三則引文分別見頁二三（〈浪子〉）、頁四九（〈浮雲〉）序言）、頁五（〈浪子〉序）。
32 〈作品小註〉，頁二七九。
33 同前注。

咐，閃電不必追趕，天空的雷無需等待，因為，春與夏永遠不會回來！」（5.夏之獨白）〈水證據〉則傷悼河的死亡，簡媜只能夢想：「如果可以漂浮於空中，你希望找到一條最像童年河的溪流，先至源頭處，像祝福嬰兒一般願她一生平安、燦爛，然後重溫輕輕地坐在岸邊聆聽河水的幸福。你希望那是個清晨，因為微風與細膩的陽光最能讓河與人相互留下深愛的證據。這證據會長成一株小草，不斷地在河面及你的心頭招搖。」（頁一九五）

三輯分別給童年、給少女與夢、給愛情及一切人間美好（題稱〈初雨〉、〈煙波藍〉、〈渡〉）。前二文歸返小我，承續簡媜前此慣有的穠麗語言風格，在另一個簡單純真的「自己」以及一個「半似」自己的友人的引領下，怯怯然翻開塵封的記憶，重新找回本然的生命，體認真實的自我，然後欣欣然全新出發。由是〈初雨〉序有云：「人從既定軌道剝離，徒步往回走，復身為青年、少年、童年，走回隸屬的根源世界，浸潤其中，被第二度洗禮與祝福。」而〈煙波藍〉序亦云：「我們已各自就位，在自己的天涯種植幸福；曾經失去的被找回，殘破的獲得補償。時間，會一吋吋地把凡人的身軀烘成枯草色，但我們望向遠方的眼睛內，那抹因夢想的力量而持續蕩漾的煙波藍將永遠存在。」

至於〈渡〉，則描繪悱惻動人之愛情，既為故實，亦為一昭昭然之寓言：提示眾生，愛情這歷程艱辛，但亦因艱辛而始能終成其美好；提示眾生，真正的愛情沒有時空之隔、沒有族群之別，亦沒有年歲之差距；提示眾生，在愛情裡，我們找到的不是他者，是雌雄同體的另一個自己，是啟示我們有一個更高的人生值得追求的使徒；而愛情不只是單獨存在，還能攜帶種種人間美好一起實踐。

綜觀三輯各篇，寫作時序不一，但宛然亦成體系——由一己而家族而國族的「史詩」文本，莫不鮮明見證簡媜對這土地及其歷史與人民的深厚之愛與珍惜。可見一個真正持續用心筆耕的「作者」，其心緒、懷想、思辨的點滴，終將相召相喚、相呼相應，匯為滔滔之河。我個人閱讀此書，最愛者為首輯三篇，蓋無論題材、筆調、內涵、性情，就簡媜個人創作史以及台灣當代散文史而言，均具重要「轉折」意義，亦最具「史詩」氣格；其次則〈渡〉一文，雖題材似少新意，然亦大異簡媜往昔相類之作，境界固不可同日而語。最後，還有二點想說：一則簡媜驅字遣詞的功力甚高，在自我書寫面向已然日漸開擴的今日，似應著力褪去華而不免帶巧的語言風格，切勿耽溺、切勿猶豫；二則《天涯海角：福爾摩沙抒情誌》深入先祖與這島嶼的身世，綰合二者的性靈，固將不僅慰藉那些身世殘缺，焦慮、脆弱的人；抑且將映照那些意識專斷者的偏執與無知，然則彼或不無幡然省悟的可能。我衷心之期願正一如簡媜所願：「希望每個人重新回到浪子狀態、漂流、發現、呼喊，再一次歡喜上岸。」「願這島養得出巨大的心靈，願這土地得眾靈庇佑／願島上的人不辜負『福爾摩沙』之名」[34]。

《聯合文學》，二〇〇三年七月號

34 引文分見頁二八六、二八七。

# 張秀亞留給了我們什麼？

今天很榮幸，能在研討會之前表達我個人對於張秀亞作品的一些看法。但首先要說明的是，我要改一下題目，因為大家目前看到的是主辦單位於籌備階段詢問我、我當時所給的演講題目。由於我長期以來著重於觀察作家在文學史的意義和地位，於是那時很自然的便給了「張秀亞散文在文學史上的意義」這個題目。但是當研討會的籌備進入到尾聲，我看見發表的論述幾乎都是從不同的文類去掘發張秀亞於文學史上的意義，所以我以為如果我仍講述原本的題目，一方面將和稍後要發表的論文不免有所重複，且短時間的演講的深度也無法與論文相提並論，因此我決定換個講題。而必然的是，無論怎麼換角度，其實都非常難跳脫出所謂文學史價值、意義這樣的重要課題，但我還是決定稍微換個角度，而我想誠懇的為各位說明的是：張秀亞留給了我們什麼？

首先我要跟大家談談我們古典文學傳統中的核心價值，它主要有三點：第一點，我認為最核心的價值是追求個性的文學，而「個性的文學」可以借司馬遷的一句話來說明——司馬遷說他的著作是「成一家之言」，我年輕時不太能理解何謂「一家之言」，但現在我的詮釋是——那即是「個性的文學」。就司馬遷的《史記》來講，那是他的史學而非官方史書；事實上，「成一家之言」的理念，在我們的文學傳統中，是每一個時代的作者都致力追求的，而一些重要作家他們之所以被我們重視，正是因為他們建構出屬於自己的有個性的文學。

第二點，我想若我們能掌握我們的文學傳統，其實便無須跟其他的國家來比較。因為我們的文學傳統是古人說的「言志」、「詠懷」，也近於今日說的「抒情」。所謂的「言志」、「詠懷」或者「抒情」，即是作者個人真我的探索、呈現以及堅持，我們可以用這個標準來理解何以在多如繁星的作家當中，我們能清楚辨識出哪些作家是重要的。

至於第三點，則與我們的文字有關。漢字乃圖像、單音節的文字，至於西方文字則無法展現出漢字的那種平仄韻律和線條的表現。所以當我們閱讀先秦時代的作品，哪怕是最樸素、口語的《論語》，我們仍然可以感受它的形式美；另外像《老子》，它更是先秦典籍中最具音色美的文字了。這些都是源於漢字的本質而自然造成的，所以中國文學必然會走上「美文」的路。於是「美文」這個傳統便不斷的被建構以及深化，它非常注重意象、韻律、格調……。以上是我個人體會裡，我們的文學大傳統中的三點核心價值。

談了大傳統後，接下來我想要談的是五四以來的小傳統。從作者的角度來看，五四以來新文學運動中的重要人物，無論是胡適、魯迅、周作人、徐志摩……等等，他們都是在各領域有傑出表現的作者，例如被楊牧稱為「現代散文中說理散文典型」的胡適之先生，他同時是詩人、學者，又有深厚的哲學專長；魯迅則兼小說家、散文家、學者三能；周作人、徐志摩亦皆多能。我的意思是，五四以來的典型人物，他們不是只有單一種面向，他們既舊學根柢深厚，也對西學、東學(日本)的吸收不遺餘力，他們的才情也不只在文學上有所展現。綜觀「大傳統」與「小傳統」後，我們回頭來看張秀亞，便能清楚的知道張秀亞到底給了我們什麼？她究竟展現了什麼？這些東西在今天這個時代有多麼可貴？

我想說的是，每個讀者都不能否認，我們閱讀張秀亞的文學作品，不論是詩、散文……，她一貫用她最細膩、善良以及柔美的心去捕捉生活或生命當中最深刻的美的片段，並且都能達到我們非常嚮往的那種興情悟理、情景交融的境界，而其中猶有哲學的成分可予人啟發。她的作品非常幽雅沉靜、雋永含藏，她極講究修辭、意象、韻律和氣氛，於是乎我們可以說張秀亞是完全承繼了那悠久的「美文傳統」，並且以她獨特的女性氣質，拓展出一種特殊溫婉雅麗的格調——如鄭愁予筆下青石的小鎮，如唐人詩中空山的幽人。她完全繼承了古典文學詠懷抒情，乃至個性化的本質與傳統，而她自有其美學信念與堅持。她長期在輔仁大學任教，輔仁大學的校訓是「聖美善真」，我以為那恰好可以拿來形容張秀亞作品的意境，我覺得她真的是達到了「聖美善真」那種近乎「詩」的純粹境界。

如果再看她的小說作品，我們也可以發現，她寫小說自有一種意志、理念，她絕不盲從「五四」以來寫實的主流路線，也從不在乎此刻流行的是什麼。根據《張秀亞全集》，她寫詩、寫小說、翻譯、撰西洋藝術史，並且終身是個學者、教育者……，事實上她就像五四以來的典型作者，她不那麼狹隘，她是博覽古今、淹通中西的作者。我在張秀亞的身上看到了五四人物的身影與姿采；也有點彷彿是古代、尤其是中古唐宋時期蘇東坡、王安石之流的優秀人物；也像楊牧所謂的文藝復興時期人；要言之，她展現了一種大師的風範。

在談過文學的大、小傳統後，我想再談一個部分，那就是我們知道張秀亞自十五歲初試啼聲，至八十耄耋之年、臨終之前，都不曾稍減她對於文學藝術的熱愛，她畢生以文學為職志，從不懈怠。這種精神、毅力，完全印證了古典文學傳統中所謂的「作者」的典型，那是真正的「作者」的形象，這在今天已日杳而不可見矣。我想起了朱子，朱子臨終時案頭擺放了兩本書：《大學》和《楚辭集注》。如果說，《大學》的注釋展現了朱子作為一個學術人物的關懷，那麼《楚辭集注》則是朱子希望人家讀了他的學術之後，能進入到他生命中另一種真實的境地——而這種堅定、努力、自信的精神，我們可以在張秀亞的身上清晰看到。

美文、多能、對文學藝術生死以之——這三者都是我們大傳統、小傳統中最核心的價值與最深刻崇高的本質。我們這個時代，精緻、優雅、聖美善真的文字漸不可得；淵深通博、多元寫作而堅持信念的作者亦漸不可見！這就顯示了張秀亞多麼難能可貴。近百年來，受到西方觀念影響以及時代、政治因素使然，主流的創作與批評準則乃在輕「小我」重「大我」、輕「抒情」重「寫實」。坦白說，這毋寧是另一種僵化不可取的「載道主義」。我們因之忘卻我們文學固有的本質與傳統；因之蔑視個性、抒情、美麗的作品，尤其當這個傳統為女性作者如張秀亞者所保留時，我們更以「閨閣之作」鄙夷帶過。事實上，「閨秀」有什麼可鄙視的？做那樣的批評，率皆緣於不清楚自身傳統最重要的特質在哪裡。張秀亞曾經這麼說：「描寫生活中的瑣碎，那不是避重就輕，而是希望從生活的最細微處反映出那顛撲不破的堅實真理。」試看張秀亞這樣的文字：

美的回音將睫毛濡濕／記否那清秋／葡萄葉下那清涼的雨（篇）那個戴土布頭巾的小姑娘在向我笑呢／她為我捧來一杯熱茶／茶杯口映照出對面石坡上山花隱約的紅影（紅葉——憶山城）

我感到疲憊而無力，一日日的坐在門檻上，看著日光鋪展開它華麗如孔雀尾的肩巾，又看到摺了起來，手提著金縷鞋匆匆的走了。而我仍坐在門檻上，鎮定、沉靜，如一座石像。我知道前面還有好長的路等待我去跋涉，而我竟何以如此的倦怠？別笑我，斑鳩鳴唱的春天，呆坐到濃綠的夏初。

我是在小憩身心。為了走更長的路。

別笑我，自斑鳩鳴唱的春天，在門檻上呆坐到濃綠的夏。（小憩）

這些精練、優雅、美麗、耐尋味的文字，溫暖了上一世紀五、六〇年代那些身經艱困、戰亂的傷感而疲憊的心；而它們又何嘗不是今日枯索、冷漠、淺薄、不安的心靈所最需要的呢？

張秀亞說：「在生命的旅途中，我願自己以全部的心力唱一首歌。」她又說：「當晚歸的燕子啣來了暮色，我們要帶著一身花香歸去。」我想張秀亞的一生實踐了她的心願，也恬然自安的向我們告別遠行。張秀亞留下了什麼呢？她留下了豐美的文本、動人的典型，留下了她刻鏤的精緻、美麗、真摯的文學世界，她是從傳統中走來又創新了傳統的可敬作者。

二〇〇五年十月一日國立台灣文學館

「永不凋謝的三色堇——張秀亞文學研討會」專題演講

**附記**

1. 二〇〇五年十月一日上午演講前，妻來電告知父親辭世，仍強忍悲慟勉強講畢，惟內容不免倉促簡略、言不盡意矣！

2. 講稿據許劍橋先生之紀錄再加修訂，謹此致謝。

# 王鼎鈞散文的書寫主軸及其意義

今天很高興來參加「王鼎鈞學術研討會」，大會要我做個主題演講，內心其實很惶恐，但是基於我回台大教書之前，曾經在幼獅文化事業公司服務，跟王鼎鈞先生有一段共事的日子，再加上主辦大會的陳憲仁教授是老朋友，所以只能勉為其難答應。王鼎鈞先生的專門著作多達四十本左右，研究這些著作的博、碩士學位論文大概也有十多本，坦白說要用幾十分鐘的時間談他的散文、談他的文學，實在是一困難的事。

方才林副校長說，我們這一代的人(五、六十歲)都讀王鼎鈞的書。事實上，三十歲以上的人在中學階段，大概也都讀過他的書。換句話說，王鼎鈞的著作影響了我們老、中、青三代。今天陳義芝先生也在座，義芝先生在當《聯合報》副刊主任的時候，辦過「文學經典三十」的甄選，王鼎鈞的「人生三書」就被列在「文學經典三十」裡。不管從哪個角度來看，如果今天我們在台灣的作家群當中，不算被選入國文課本不得不讀的作品，僅談眾人自發性閱讀的，要找讀者最多、影響最大的，那麼王鼎鈞顯然是其中的佼佼者。

王鼎鈞的著作這麼多，能談的範圍太廣，所以關於此次的演講主題令我考慮了很久。我自己的專長偏向文學史，而我看一位作者一向也喜歡衡量他在文學史上的地位，所以反覆思量之後，我決定從文學史的角度為各位分享一點我的心得——純粹只是心得而已。

王鼎鈞的這四十本專著，去掉教我們寫作文的不算，只純粹看文學書寫這部分。我必須先聲明，我的觀點也許卑之無甚高論，或許都是大家會談到的，但是我還是想由王鼎鈞作品的文學史地位切入；而此一討論，略可有兩個主軸：一個主軸是以剛才提到的「人生三書」為代表，所謂闡述、開釋有關人生哲理的作品；另一個主軸，其實就是來自於整個時代變動，而在書寫中一直呈現出來的非常強烈的漂流意識。我認為這兩個主軸始終是王鼎鈞最關注的主題，也是他書寫的主要內涵；前者表現他所謂的理性部分，後者其實恰如其分地表現了他的感性。

在人生哲理這個主軸裡，我們可以看到一種特殊的體製，就是所謂的「寓言體」。整體來說，我個人覺得「象徵」與「寓言」一直是王鼎鈞所有著作常常出現的特質，並不僅限於所謂的人生哲理部分，一如當我們看《千手捕蝶》這本書，我們可以說它就是在人生哲理這個主軸下發展出來的一個支脈——所謂的寓言體著作。至於漂流意識這個主軸，自《碎琉璃》以下，包括二〇〇九年《中國時報》開卷版所選的十大好書的「回憶錄四部曲」，一貫見證了他濃厚的漂流意識。

順著這樣的兩個脈絡，我們一方面得以用一種最扼要的方式去掌握王鼎鈞書寫的內涵與特質；一方面如果我們將之置於古典散文書寫傳統當中去審視，也比較容易突出他特殊價值之所在。

我到現在還常常翻閱「人生三書」，這些文章給我的感覺就是非常親切、非常平易，而且雖然我年歲越來越長，可是還是覺得對我有無限的受用、無窮的開示。這種情形有一點類似我讀豐子愷作品的經驗，當然兩者所呈現的方式是不一樣的——豐子愷比較屬於娓娓道來型，王鼎鈞則非常扼要、非常簡明，但閱讀二者的感覺分明是相近的。

王鼎鈞的文章率皆精采，無法一一盡數，由於在座有許多年輕人，所以以下我將舉幾個值得各位當下深思的例子，比如說《開放的人生》裡有篇〈一日之計〉；〈一日之計〉下面有一個副標題說「得意事來處之以淡；失意事來處之以忍」。我想當我們看到這二句話時，當下便已經開始覺得受到了啟發。我尤其願跟年輕朋友強調，當你得意的時候當然要淡然處之，但是失意的時候你更要忍耐。我們再看王鼎鈞裡面的敘述，他並沒有完全針對前面的這兩句發展，他主要講的是「忍」。他說我們每天早上起來都要想一想，我們今天可能會犯什麼錯？因此可能有哪些人會打擊我們或陷害我們？他覺得犯錯與人家的打擊、陷害，其實是有因果關係的。接著再談我們犯錯不犯錯可以操之在我，但是人家打擊不打擊就不是操之在我，於是不是操之在我的事情最後就只好忍耐——他以此提醒我們不要將古人常談的關於忍耐之事視為空話，如果記住了，終究是有用的。

我這樣大略口述他的內容，各位當下可能尚不能充分理解，其實我想強調的重點是：王鼎鈞文章的內容與其標題之間是若即若離的。兩者一方面是相吻合的，一方面其實又似乎開展出另外一種見地。這樣的表現方式，我不認為是王鼎鈞的粗疏，反而覺得是他刻意而為，比如說「一日之計」是我們耳熟能詳的，先用「一日之計在於晨」這樣一句簡單的話，讓我們很容易進入；然後再說「得意事來處之以淡，失意事來處之以忍」，我們馬上就得到另一層開悟；若再看內文，我們又可以有更多更多的領悟。這種表現方式已經超過我們一般所看到的格言，或者一般所看到的單純說理的文字。

各位看他談我們要「忍」，可是繼續閱讀下去，馬上看到他告訴你要「爭」。他講「君子之爭」，乍看我們會以為是《論語》所謂的「君子之爭」，但其實不是，依舊回到現實的世界裡，他說一個人要忍，但有些時候你還是要爭的。這話無論對年輕人或對我們而言，都不難明白其中的深意。「爭」其實爭的還是某一個原則，你不能因為要忍，就放棄所有的東西，放棄該有的真理、該有的原則；既不能放棄，當然要爭。忍之後寫爭，爭之後又寫什麼呢？爭之後他又說合作。文章的標題叫〈合作〉，〈合作〉的下面說，「唱針放在槽溝裡，就奏出美妙的音樂」。各位看，這個意象多好！一個唱針放在唱盤的槽溝裡（現在年輕人可能不知道什麼是槽溝了），當然是某一種合作的關係，而合作是多麼有意思的智慧。我隨手拈舉這些篇章，主要想強調「人生三書」所談的人生哲理，我們不可以一則一則單獨看，因為它們彼此之間有一種若有若無的聯繫。我讀「人生三書」有時候覺得好像在讀《論語》。如果我們從頭開始讀《論語》，一則一則讀下去，會覺得每章似乎都是分開的，但誠如我的老師毛子水先生說的，他不認為《論語》是每一則獨立的，他認為哪一則在前哪一則在後，其實隱然都有內在的理路存在。各位可以細看，「人生三書」每篇之間也有其內在理路，所以說，王鼎鈞的文章除了形式上的特點之外，各篇彼此之間，我們還可以幫他詮釋、架構成一種有機的呈現。

面對這麼多年輕人，我順便再講講書中的一些道理。我們的中小學提倡要「快樂的學習」，但我始終認為學習哪有快樂的？如果是快樂的學習，你絕對不會有成就感，學當然是要苦學，也只有吃過苦，才會明白什麼是成就——這個道理「人生三書」裡面也談到，他說「學生必須『苦讀』，……做事的人必須『苦幹』，……宗教家必須『苦修』，音樂家必須『苦練』，『吃得苦中苦，方為人上人。』」（〈苦〉）各位看，這些話實在是非常的平常啊！但是，它們是不是很有用呢？當然有用。類似的例子非常多，我就不一一贅述。我記得有人說王鼎鈞的「六字箴言」讓她永遠受用，這「六字箴言」就是「不要怕、不要悔」。中年以前不要怕，中年以後不要悔。好，今天不是做開示，只是舉幾個例子，希望大家能夠不怕也不悔。

接下來我想跟大家談散文的傳統。古典散文基本上有三個主要的傳統：一是記敘、敘事的傳統，一是說理、議論的傳統，一是抒情的傳統。但是，我們回顧一下就會發現，說理的傳統雖然自古有之，但是從先秦到兩漢，其實一直說的是公領域的理，跟政治的關係非常密切，很少去觸及做為一個人，面對生命、面對周遭人物，該如何自處或該如何相處的道理。直到魏晉以下，才比較有所謂私領域的理，但也許自己太駑鈍，我總覺得那些理過於哲學化，又太艱澀。傳統散文當中，這種私領域的說理，要到唐代以後才開始慢慢變得比較平易。大家最熟悉蘇東坡的〈赤壁賦〉，他裡面談的，即使年齡未長的時候讀，仍然在朦朧之中會有一些受用；換言之，文章開始進入比較平易的地步。我們以這樣的傳統來做對照，就會發現，王鼎鈞所談人生哲理這部分，不論從私領域的角度看、從表現形式的平易近人看、從啟發深遠的角度看，面對整個古典此一深厚的說理傳統，他都有他的特殊性。平易的說理要到唐宋人才有，唐宋以前是沒有的；而古人呈現這些理也很少用王鼎鈞這種片言隻語的方式、象徵寓言的方式，就此而言，王鼎鈞顯然開創了他自己的一條路。我們無意追溯他如此寫作的來源，這個來源當然跟他長年做廣播人、做編輯人，尤其做為一個現代人，接觸非常多的西方格言，然後乳融轉化有關。不過至少我們已看出他在散文傳統說理一路中的特殊風貌。

我一開始時就提到，上述這一部分作品王鼎鈞在處理時常用比喻、象徵手法，甚至於就是一則寓言——事實上，「人生三書」有一部分根本就是寓言；而到《千手捕蝶》以後，我們就看到更多的寓言。在王鼎鈞眾多寓言故事中，我印象深刻的是一篇講四個國王的故事（收入《隨緣破滅》）。那個國王在王子生日的時候給他兩匹馬，王子問這兩匹馬的名字，國王說一匹的名字叫「天使」，一匹的名字叫「魔鬼」。隔了一年，王子再問父親說為什麼要叫天使或魔鬼呢？國王回答說，你要能用天使，你也要能用魔鬼。接下來王鼎鈞繼續講第二個國王的故事，王子看到一個國家滅亡，就問這個國家滅亡的原因，得到的答案是因為這個國王只會用好人，他不會用壞人。各位看，這兩則明明就是寓言，而我們也因此可以察覺王鼎鈞內心非常幽微的一面。他對事情看得非常清楚，一方面有智者的靈透，一方面他很明白現實的醜陋，所以他透過這樣的寓言說明現實。一般的說理文字，只是給你看光明的一面，而王鼎鈞不是——這是我們讀他作品時，非常需要注意的一點。事實上，在第二個主軸漂流意識裡面也有很多憤怒的地方，讀者細品，就能感知發現。

當然，王鼎鈞的寓言故事並非只有單一面相，例如我們看《千手捕蝶》中有一篇文章〈風跟蝴蝶〉。風其實從來沒有要傳播花粉，蝴蝶也從來沒有要傳播花粉，風就是這樣自由地吹，蝴蝶就是這樣飛舞。他說風跟花的關係，就像天跟人的關係；蝴蝶跟花的關係，是人跟人的關係。像這些寓言，不但意象優美，讀者還可以無限豐富地去詮釋，並落實到我們生命中來。

如果我們再對照古典散文傳統，其實整個先秦時代寓言是非常多的，大家也都知道莊子的寓言非常出色。但各位有沒有發現？在莊子的寓言之後，在離開了那個時代之後，我們的寓言就變得很少了。往下數，我們現在常常讀的就是柳宗元的寓言，不然就是劉基的寓言。可是各位再看一看，那些寓言都是政治寓言。莊子是純哲學，一種生命哲學的寓言，但是莊子以下我們能看到的其實都是政治寓言，很少再有生命哲學性的寓言。而就現代而言，五四以來的作者，也只有許地山可為代表。

我們若再細看王鼎鈞文章，就會發現某些東西頗像許地山的《空山靈雨》。《空山靈雨》的「雨」是一個雙關詞：它一方面是下雨的「雨」，一方面就是語言的「語」。在兩千多年的傳統中——包括現代，寓言體的創作其實是不夠發達的，由是王鼎鈞寫作這種寓言體，當然就有他特殊的、值得我們注目的地位。再者，私領域的或是公領域的、生命哲學的或是政治寓言的，王鼎鈞其實兩者兼具，雖然他大部分的寓言其實是屬於類似《空山靈雨》的主軸、類似莊子這樣的生命的寓言，但是他也有不少是實際人生當中，或者是處事當中可以應用的，也不是沒有他社會與政治背景的指射。

以上我跟大家談了第一個主軸。就我自己閱讀王鼎鈞先生書的體會，我認為接下來應該特別拈出「漂流意識」這個主題。在座諸位對於王鼎鈞《碎琉璃》一書應該印象都很深刻。《碎琉璃》裡面有些篇章我們大概很難忘懷，比如說〈失樓台〉、〈瞳孔裡的古城〉、〈一方陽光〉、〈紅頭繩兒〉等，這些也都是坊間的選本常常會選的。以〈失樓台〉來講，雖然也還帶有寓言的色彩，亦可包含在我們剛才談的寓言體中，但我不把它擺在那個主軸裡，因為我認為更該注意它的漂流意識。我相信每一個人讀這篇作品，感觸都非常強烈，因為他把那個時代，國家也好、個人也好，因為漂流帶來的悲哀、傷痛，或者堅忍，全都寫出來了。像這類的作品，一直到「回憶錄四部曲」，都是以漂流意識為主軸的。

我先說一點自己的感覺——其實大家也應該很容易發現，像《碎琉璃》這樣的作品，一方面似乎是紀實的，一方面卻也是象徵的，然而到了他的回憶錄，就完全變成紀實了。我的意思是說，這種虛實之間的交錯，對讀者而言，開拓了非常廣闊的天地。王鼎鈞不是讓我們只看見史料，他一方面有史料的真實性，另外一方面有他自己非常非常深厚的一種感懷，然後他用一種比較文學性的、寓言式的、象徵式的筆法去書寫。

坦白說，談這個部分，有時候真不知道該怎麼談，因為讀的時候自己內心的感情會跟著他起伏，我姑且順著時間軸講——從《碎琉璃》到《海水天涯中國人》，再到四本回憶錄；從少年一直寫到老年，從抗戰一直寫到來台，又流離海外。回憶錄的第四本《文學江湖》寫得很清楚，他替瘂弦在幼獅擔任了一年的總編輯，後來就去了美國，就這樣一去就不曾再回來——這些串成王鼎鈞一生的漂流。我常常覺得那是另外一種「百年孤寂」，是一種中國人百年來漂流意識的深刻呈現。

光從這點來看，王鼎鈞這部分作品的歷史意義就非常重大，他看起來是寫個人，其實是寫那一個時代。所有讀《碎琉璃》的人，應該都能感受王鼎鈞筆下祖先遷離家園的辛苦，然後我們看到在那個時代裡，包括王鼎鈞自己，年少被迫離開家鄉。那個時候他太年輕了，什麼都不太懂，但是我們從那樣的書寫裡可以看到無言的悲。比如〈失樓台〉裡，那個早晨默默離開的舅舅，從來沒有再回去過；王鼎鈞後來也離開了他的外祖母，他跟外祖母再也不曾見面。他說「我們就像蛋糕一樣被切開」，然後他寫到他永遠喜歡站在比較高的地方去望。各位，我們讀到這裡，一定都能感知這種情懷類似古人所謂的「登高望遠」，在那個地平線的盡頭，有一個他永恆的家園、永恆的故鄉，但是他再也不可能回去了。

我覺得像王鼎鈞那個時代的人，內心都有著我說的「百年孤寂」吧！這一百年來的中國人，他們的不斷流浪，基本上是因為他們心中有一個他自己真正的故鄉，而那個故鄉卻只能永遠停留在記憶當中。換句話說，就是因為有那麼一個唯一的故鄉，所以他不斷流浪、不斷流浪，而這裡面當然有極深的悲哀，主要是再也沒有一個像他的故鄉，或像他那一個故國那樣，為他認同。各位回去看看他的回憶錄就知道，他提到中國一直是分成兩半的，有人只看到一半，而他也只看到一半。抗戰的時候，一半是國民政府軍隊，一半是日本軍；現在，一半是藍的，一半是綠的。永遠是一個兩半。從這些文字，我們不難體會到王鼎鈞的孤寂、悲哀。

有一篇文章很值得大家思量，就是《海水天涯中國人》一書的序言——題目是〈牢籠・天井・蠶〉，這篇序其實也用了寓言的方式。王鼎鈞說小時候總愛看那如高牆般立著的遠山，心想有一天要越過那座山。結果有一天他終於越過那座山了，但山的外面還有山，如一堵牆般的一列山。又有一天，他經過一座深山，深山裡的人不解他們為什麼要走那麼多路呢？而他們則嘲笑這些深山裡的人根本不知道自己活在籠子裡面。但是，他後來才知道，沒有一個人是可以走出他的牢籠的，沒有一個人！我覺得王鼎鈞的「牢籠」指的其實不是空間，它應該是我剛才說的，你自以為你出去了，你脫離開了一個束縛，你卻不知道那(故鄉)是你永遠走不出的牢籠。

他是經過這樣不斷不斷的漂流之後，才知道人是沒有辦法跳出那個牢籠的。〈牢籠・天井・蠶〉這篇序文裡「天井」一則說：很小的時候，一個瞎子算命先生為他算命，說他不守祖業。果然，後來時代用擠牙膏的方式把他擠出來，從此無家，有走不完的路。有一天，頭頂上砲彈的砲片成傘，人人伏身貼地，一個通曉相法的老兵安慰他說：「你不會死，因為你的腿很長，注定還要走很多路，很遠很遠的路。」我們讀到這裡，真的會感覺到有一種無言的感傷在刺激我們，王鼎鈞用這樣的象徵筆法強調時代捉弄下生命的漂流，無止境的漂流。

我們再看序文中最後一則「海水和蠶」，他說「中國人最像海水了，一波一波離開海岸，退入一片蒼茫，一波一波衝上岸去，吮吸陌生的土地」。文中有一句話可謂畫龍點睛——「道路流離是我們傳統的一部分」。他又說：「為什麼命運偏要捉弄我呢？我為什麼既須遠行又不良於行呢？為什麼讓那洗衣板似的道路特別揉搓我？那熱鐵皮一樣的道路特別煎熬我？」我自己每次讀這一段的時候，都覺得它們好像是王鼎鈞的〈天問〉。讀過《楚辭》的人都知道，屈原心中充滿了懷疑、憤懣，所以他要寫〈天問〉質問天；司馬遷在〈伯夷列傳〉裡也問，不斷的質問天道；而王鼎鈞問的是自己為什麼一生這樣的漂泊！中國人為什麼一直在漂流？我自己讀這些篇章，讀這些濃厚的、強烈的、永遠書寫不完的漂流意識，並且還不斷地問，為什麼一直走、一直走？為什麼那條路永遠沒有盡頭來揉搓我、來煎熬我？我總覺得那是因為王鼎鈞的故鄉只有一個，王鼎鈞的故國也只有一個；而那一個故鄉、那一個故國，都不存在了，為什麼他們要背負這種命運？所以他要如此問天。而我相信，這是王鼎鈞那個時代中很多很多人的想法，只是大多數的人沒有辦法清楚分析，大多數的人沒有辦法說出心裡的苦，所以王鼎鈞把它寫下來，透過他自己的經驗、透過他自己的回憶，寫出整個時代的〈天問〉。

我們如果依照時序看王鼎鈞所有的作品，我們會發現在較早的階段，至少在《昨天的雲》（「回憶錄四部曲」之一，一九九二）以前，甚至於其實在《昨天的雲》那個階段，這些回憶錄式的作品，並非在王鼎鈞有意識下刻意寫作的，他只是很自然地把生命的漂流寫下來，於是有了《昨天的雲》。之後，一本一本，到二〇〇九年的《文學江湖》，呈現他整個這一生的漂流紀錄。這些漂流意識的作品有些用了很多象徵，比如《碎琉璃》，彷彿是「真實」的歷史，卻又非「寫實」，然而其「真實性」畢竟無可懷疑，這種作品很像史詩；而王鼎鈞後來的回憶錄作品，則是用記史的方式在寫，這就完全像是「實錄」了。

我們很難像前一個主軸一樣，用傳統古典文學的承續關係來為第二個主軸做對照。整個古典文學傳統，漂流意識其實一直是存在的。在每一個不同朝代更替時，我們會看到；在古代士人的仕宦輾轉流離中也會看到。但是，我們也很容易就可以分辨出來，因朝代更替而起的漂流意識，或者是文人生涯宦途羈旅的漂泊，完全跟王鼎鈞的漂流意識不可同日而語。換言之，王鼎鈞所呈現出來的漂流意識，其實是一個民族、一群同樣流著相同血液的人，共同橫跨了一個世紀這麼長的漂流——這是百年來因中國變動所造成的流離失所，所造成的羈旅漂泊。

各位有沒有發現？如果要說我們這一代的書寫對不起我們這個時代的話，那是因為我們其實從來沒有看到類似王鼎鈞這樣以這種主題書寫的作品；充其量，面向是小的、時間是短的，是限制在某一個時間或範圍之內的。從上個世紀伊始一直到現在的一百年間，我們有什麼作品呈現那個大時代的動盪漂流？沒有！雖然這幾年開始有，因為一個世紀過去了，大家開始檢索回憶。像我的老師齊邦媛教授寫的《巨流河》現在很紅，《巨流河》當然是齊老師寫自己，從東北一路追隨父親到南方，自己又獨自一人來台灣，直到全家於台灣團聚，她的書寫見證了一個時代的飄移。我們又看到龍應台的《大江大海一九四九》，見證了一九四九年來台灣的聚散。我的意思是說，一直到最近幾年我們才看到有人開始寫過去百年孤寂的漂流，寫那樣的一個血淚史，為那個時代做一個文學的見證，而王鼎鈞是在他一開始書寫的時候，就已經觸及到這個重大的主題了。從這個角度來看，王鼎鈞這第二個主軸的部分，其歷史意義，以及文學史上的意義，不是非常非常的突出嗎？

我真的沒有什麼東西可以貢獻給大家，純粹是就自己閱讀王鼎鈞作品的心得，提供一點淺見給大家參考。陳憲仁教授要我來跟各位野人獻曝，左思右想，看了很多先進或者是後進所寫的研究論文，也看了大陸學者所談的，他們都分析得很好，可是我覺得我不能那樣談，因為那樣談的話，一定是支離的，一定沒有辦法把我上述的想法講出來。我跟大家提供這兩個主軸，一方面是希望透過這兩個主軸呈現出王鼎鈞的書寫特質；一方面我非常非常希望藉這兩個主軸，讓我們能夠更具體的體認到，無論是寓言或說理的傳統，王鼎鈞都展現了一種新的面貌——它有點像語錄體跟《世說新語》體的結合，但是注入了現代元素的激發。語錄體就是類似《論語》那樣的記言體，《世說新語》則藉小故事雋永的敘述，王鼎鈞把這兩個特殊的文體融合了。最後，我還是要強調，漂流意識是王鼎鈞個人深刻感傷的情懷，卻同時也見證了他那個時代中國近百年來的一種孤寂——相較於古典文學作品中個人化的漂泊離散情調，自也展現了更大的格局。我想王鼎鈞的作品從這兩個角度來看，它的意義便非常顯豁，而它繼續存留下去的價值也更無可置疑。謹跟大家做以上這樣簡單的報告，謝謝大家。

二〇一〇年五月十五日明道大學「王鼎鈞學術研討會」主題演講

# 《雅舍小品》的趣味與格調

今天我們聚在這裡是為了懷念梁實秋先生。梁先生的《雅舍小品》，從抗戰勝利後出版，到現在超過四十年，快五十年了，中間的印刷狀況，據資料來看，有五、六十刷之多。一直到現在，《雅舍小品》，乃至續集裡的文章，選入高中課本做為範文的所在多有。從梁先生在世的時候，一直到晚近這一段時間，其實陸陸續續有不少學者(包含年輕的、資深的)討論《雅舍小品》。尤其是最近十幾年來，越來越多兩岸的學者談梁先生的作品。有關《雅舍小品》的趣味格調，其實已經是一個老課題，很多人都談，我當然不太可能有什麼特別的觀點。之所以再談這個題目，主要是因為我長期關心現代散文的發展；而當我關心這些現代散文作家有什麼特殊表現的時候，我便常有一種很由衷的感覺——什麼由衷的感覺呢？就是我覺得梁先生這樣的文章、這樣的小品文，似乎已經成為「廣陵散」了；換句話說，幾乎成為不可能再有的樂章。為什麼我會覺得越來越像是「廣陵散」？因為要寫這樣的作品，需要的條件實在非常多；要欣賞這樣的作品，讀者本身也要有相當的知識與素養。於是，無論是創作、閱讀或講授，梁先生這種作品，便逐漸軼出大家的注意範圍，成為「廣陵散」。對同屬文學教育一分子的我們而言，我心中這種複雜的感覺，大家大概可以體認——就是這樣的作品將來大概不太可能再有人寫了。我們現在的年輕朋友，他們喜歡的是像九把刀這樣的作家。在這種情形之下，我覺得今天來跟大家談梁先生的作品，雖未必有特殊的見解，但或許還是有意義的。

今天我將分三個部分來做報告。第一個部分，我針對報告的主題——《雅舍小品》的趣味與格調，談談我的體會。梁先生的《雅舍》系列，是由《雅舍小品》、《雅舍小品》續集、《雅舍小品》三集、《雅舍小品》四集組成的。我自己主觀認為，《雅舍小品》和《雅舍小品》續集，應該是讀者普遍同意最足以代表梁先生的作品。三、四兩集並不是不精采，但它們在梁先生晚年，約八十歲前後才出版。各位都知道，人慢慢老去的時候，心情、思想、情感和年輕時都不太一樣。就我自己粗淺的理解，《雅舍小品》三、四集相對《雅舍小品》跟續集來講，顯得說理的成分較多，風格也比較平正如實，我們最熟悉的諧趣，在《雅舍小品》的三、四集裡面淡去很多。故我今天舉的例子，主要還是集中在《雅舍小品》和《雅舍小品》續集內，因為這兩集的風格基本上是一致的。我的第一部分，會扣著題目，跟大家談一下《雅舍小品》的趣味與格調。第二部分，我要談自己對《雅舍小品》這樣的趣味與格調到底它的淵源來自何處的看法。最後，因為我一向是做文學史課題的研究，從碩士班開始一直到現在的教學，我關心的是文學的變化、作品的意義、作家的地位，所以當然最後一個部分，我想跟大家分享一下，梁先生的小品在整個文學史上究竟具有什麼特殊意義。

即便我只是用《雅舍小品》跟《雅舍小品》續集當作討論的材料，篇章也還是非常多，所以我想先以一、兩篇作品為例，提出我認為它裡面所呈顯的趣味與格調，再綜合闡述梁先生作品整體的趣味和格調。我想，沒有人能夠否認梁先生的《雅舍小品》最膾炙人口的作品就是〈雅舍〉那一篇，我相信這也是他自己非常滿意的一篇，所以整個系列的作品出版發行的時候，書名就叫《雅舍小品》。

在〈雅舍〉第一段，梁先生先寫他見到房子的情況：「瘦骨磷磷，單薄得可憐，但是頂上鋪了瓦，四面編了竹篦牆，牆上敷了泥灰。」可知非常簡陋，顯然是一幢很糟糕的屋子。這真的能夠住人嗎？隨後，梁先生寫了兩句很平常，可是很有趣味的話，他說：「遠遠的看過去，沒有人能說不像是座房子。」我要說的是，類似這樣的文字，其實就是《雅舍》最迷人的地方——在很不經意處，就巧妙的隱含一個幽默。梁先生曾說，蘭姆的幽默，有所謂含淚的微笑。看梁先生這種筆調，也許還沒有到含淚的微笑那樣，但是明明是一間不堪人居的屋子，他描寫了以後，竟帶出一句：「沒有人能說不像是座房子」。在我的感覺裡，這有類似蘭姆那種「深刻的幽默」的特質。這兩句，當我們細讀，停下來細細回味，便彷彿有一種能夠接受、能夠欣賞，又有點無奈的心情慢慢生出。

接下來，他說：「我不論住在那裡，只要住得稍久，對那房子便發生感情，非不得已我還捨不得搬。」周作人在〈故鄉的野菜〉裡曾說：「凡我住過的地方都是故鄉。故鄉對於我並沒有什麼特別的情分，只因釣於斯游於斯的關係，朝夕會面，遂成相識。」像這樣的表現，其實是一種特別的性情。什麼性情呢？就是一種通透豁達的心情。《雅舍》的字裡行間，會不時出現這樣的一種通透豁達的襟懷，讓我們讀了以後，日常生命的境界或生活的境界，也會跟著它一起開朗起來。不論住在哪裡，只要住得久一點，對其環境就會發生感情，其實這也是很合乎人性的。我曾經因為訪問研究的關係，在京都大學待了三個月，既然只是短短三個月，京都當然還是異鄉。剛到時，因為我的朋友沒有安排好住處，我就住在一個類似學生寮的地方。我這輩子如果要說住過「寒窯」，那就非此莫屬了。我每晚洗澡的時候，一定要把電暖器挪到浴室。這是很危險的事情，但是不拿進去不行，因為真的很冷。躺在床上，暖氣吹到的地方是十八度；翻了身，暖氣沒吹到的地方就是五度。最後我終於發現這麼冷，是因為窗戶都關不緊，所以就拿了些舊報紙把所有的窗縫都塞起來；果然，溫度馬上回升到二十度。這是滿慘的事情，但回憶總是好的。我在那邊住了三個月，所以我慢慢就知道幾點鐘超市開始打折，我可以花比較少的錢去買相同品質的東西。沒事的時候，到東山那邊走走，你會慢慢地感覺到你跟那個地方也很熟悉，異鄉彷彿也就成了故鄉。所以我說，梁實秋先生所描述的情景，其實也是人性的自然，我們讀了，會覺得這中間有個通透豁達的性情在裡面，這是《雅舍》另一種常常可見的趣味。

接著他提到：「有窗而無玻璃，風來則洞若涼亭；有瓦而空隙不少，雨來則滲如滴漏。」下面還有：「縱然不能蔽風雨，『雅舍』還是自有它的個性；有個性就可愛。」《雅舍》系列裡面，其實不只《雅舍》，包括他的《雅舍雜文》，其語言是文白糅雜的(其實那個年代的人多如此)。大家都知道，漢語的結構是一個字一個音，一個音一個意義。因為這樣的特質，所以就詩歌而言，古典詩走向對偶的路是必然的；講得更明白一點，漢語本身是一種有音樂性的語言，因此如果回到散文來講的話，古人在寫文章時，便非常講究文氣──而這也是必然的。我們讀唐宋古文，最讓人沉迷的地方，其實就是它的文氣。那文氣的操作，說穿了沒有什麼神奇，就是要善用鬆跟緊的語言──

奇句、偶句，長句、短句，駢句、散句的交錯。文言一向比較雅，也比較簡鍊，它是一個發展超過二千年的成熟的書面語。白話文的歷史其實不長，充其量只能說：南宋以降，書面語慢慢起來；明清的章回小說，為白話的催生提供了力量；一直到真正新文學運動以後，白話才取代了文言。當然今天白話的書面語，沒有人能說它不成熟，但是乾淨的白話與淺近的文言，它們結合時所造成的文氣轉折起伏的美感，就是梁實秋《雅舍小品》或者他那個年代的人都非常擅長的。像前面所引的：「有窗而無玻璃，風來則洞若涼亭；有瓦而空隙不少，雨來則滲如滴漏。」這是對稱的句子，是相對簡鍊的句子，它們對文章文氣的調節有重要的作用。我在這裡只是姑舉一例，其實《雅舍小品》中類似的句子所在多有；在語言上，梁先生是文白夾雜的——這就特別有一種既文雅又平易、既流暢又簡潔的趣味。

接下來的趣味很特別。他說：「遠望過去是幾抹蔥翠的遠山，旁邊有高粱地，有竹林，有水池。」我們看到這裡，當會覺得好像身在風景優美而恬靜的鄉間(可沒有豪華的農舍)。但萬萬沒想到，在這樣的情境界裡突然來了一個翻轉——他又加上了「糞坑」。他把竹林、水池和蒼翠的遠山跟糞坑擺在一起，這個趣味是很特別的。如果講得通俗一點，前者我們說是文人雅士的環境，後者就是販夫走卒生活所必需的東西。這特別的趣味，就是將極雅的情調跟極俗的——甚至有一些鄙俗的擺在一起。我自己覺得，這樣的書寫其實多少跟宋人日常生活的文學化是有聯繫的。在宋代文學中，任何汙穢不堪的東西，都可有化腐朽為神奇的筆采。接下來的幽默亦如是——「雅舍」地勢高高低低，實際上走起來頗為費力不便，但他說：「一面高，一面低，坡度甚大，客來無不驚嘆，我則久而安之。每日由書房走到飯廳是上坡，飯後鼓腹而出是下坡。」形象非常的鮮明：吃飽了，一邊走一邊摸摸肚子，很滿足的樣子。這裡面既有幽默，又有隨遇而安、自我調處的豁達與閑適。

《雅舍》的另外一種語言上或書寫上的趣味，就是誇飾。他說雅舍裡有很多老鼠和蚊子。他用了「蚊風之盛」，這是一個讓我們趣味上覺得雙關的詞彙。他說這蚊子又黑又大，骨骼都像是硬的。「在別處蚊子早已肅清的時候，在『雅舍』則格外猖獗，來客偶不留心，則兩腿傷處累累隆起如玉蜀黍。」這明顯是「誇飾」。但他馬上說：「我仍安之」。我必須強調，《雅舍小品》系列裡面，常常有這種隨遇而安——傳統優秀讀書人自然具有的一種涵養。他又說：「冬天一到，蚊子自然絕跡。」這就是一種隨遇而安。夏天雖然是如此飽受困擾，但夏天終會過去，冬天一來，我就沒有煩惱了。各位如果熟讀蘇東坡的話，就知道蘇東坡的生活態度就是這樣。下文我覺得更有深趣：「明年夏天——誰知道我還是住在『雅舍』！」這句話實在大有深意；而且顯示了一種最豁達的人生觀。猶如說：我何必想到明年夏天？人生如寄，以蘇東坡的話說：「不需預慮」，我何必要預先就來憂慮呢？這就是我剛才提到的，那種知識分子碰到比較困難的環境，自我提升、寬慰的一種生活態度。後文他繼續談到下雨的狀況：優美的時候，「儼然米氏章法，若雲若霧，一片瀰漫。」但悽慘的時候，「繼則滴水乃不絕」。韓愈、白居易的詩，也常有苦雨的題材。下雨的時候屋子漏，要找一個安坐的地方找不到，找來找去好不容找到一個地方可以不滴到雨了，正在暗自慶幸，突然又掉下一滴雨正打在頭上。這就是唐以後一直到宋代非常有趣的、日常化的表現，我們在梁先生的《雅舍》裡面不時也看得到。

「雅舍」非我所有，我僅是房客之一。但思「天地者萬物之逆旅」，人生本來如寄，我住

「雅舍」一日，「雅舍」即一日爲我所有。即使此一日亦不能算是我有，至少此一日「雅舍」所能給予之苦辣酸甜，我實躬受親嘗。劉克莊詞：「客裡似家家似寄。」我此時此刻卜居「雅舍」，「雅舍」即似我家。其實似家似寄，我亦分辨不清。

這段文字的味道真好，是一種真正的豁達——我住「雅舍」一天，「雅舍」為我所有；「雅舍」真的為我所有嗎？其實不然！然而我畢竟確實曾住在裡邊，曾經擁有——這是多麼耐人尋味的人生境界！

日本有名的推理小說家松本清張有篇小說改編成電影《天城山奇案》。故事講的其實是一個少男的初戀。他因為不滿意母親跟叔叔的曖昧關係，所以離家出走，朝天城山方向走去。那時候他才十幾歲，在路上碰到一個妓女。一路上這位女子，因為年歲比他大，所以就照顧他，他們遂結伴而行。一路邊走邊談，當走進天城隧道時，迎面來了一個浪人，這個女子就跟大男孩說：「你先走。」然後她勾搭著這個浪人，往來時的路走去。男孩尾隨而行，看到他們在水邊野合。女子離開以後，男孩不知道哪裡來的莫名的憤怒，拿起石頭從後方猛砸浪人，把他打死。這個案子最終成為一個懸案，刑警一直找不到凶手。我的老師林文月教授有篇著名的散文叫做〈步過天城隧道〉。林老師寫這篇文章，她當然知道這篇小說、知道這部電影、知道這個故事。所以當她也走過天城隧道的時候，就記憶起故事的部分情節，反覆推敲一些情境。她想：這水是從天上來的呢？還是從地下來？想像那個小說裡的那個人物，那個少男的感情是怎麼樣的呢？她就這樣一直想、一直推敲。換句話說，她其實回到了小說裡所虛構的世界，在那樣的時空裡，走同樣的天城隧道。但當她走完以後，回頭一看，洞口上方寫的是「新天城隧道」。剎那之間，她有無限的悵然——剛才所有的推敲、所有的想像，那麼嚴肅的進入到那個小說的故事裡的心情，不都是枉然的嗎？原來自己走的不是原來那條隧道。但是林老師繼而又想：事實是，我明明剛才確實走過了那條路，那「確實走過了」是最重要的，至於是不是原來的天城隧道，已經變得不重要了。我要說，我們生命中常有類似的遭遇，這其實跟梁先生這裡所談的是接近的。我每次讀梁先生這些作品，很自然的會想起宋朝王禹偁的〈黃州新建小竹樓記〉。文中提到，他在那個地方蓋了小竹樓。他寫雨聲、雪聲，寫了很多很多，非常的優雅。但是他有一個體認：「吾聞竹工云：『竹之為瓦，僅十稔，若重覆之，得二十稔。』……四年之間，奔走不暇；未知明年又在何處！豈懼竹樓之易朽乎？幸後之人與我同志，嗣而葺之，庶斯樓之不朽也。」他說這個樓是不可能不朽的，但是自己擔心這個幹嘛呢？明年、後年我離開了這個地方，被朝廷調到另一個地方去了，如果後面來的人，他能夠跟我一樣，跟我有同樣的心情，這竹樓便會繼續地被維修，會繼續地被整理，這竹樓也就會不朽，因之它朽與不朽我完全不需要擔心。王禹偁這種心情就是一種深刻的通透達觀，是一種最令人賞玩不盡的性情。

關於《雅舍》整個系列在書寫的語言上，亦即在文學的語言上，它顯然有剛才我提到的兩個特性：一個是它的典雅性，一個就是誇飾。它的典雅性來自於何處呢？來自於我剛才說的，文白消化而結合的運用。所以我們讀《雅舍》的時候，總覺得比一般的白話文來得更雅致一點，這是第一點。你覺得整齊對稱，你也覺得無比地自然親切，絕對不像駢文那樣刻意磨出來的，然後它的文氣是收放有致的，所以讀起來很愉快。

我必須要跟各位強調：讀古人的文章，一定要去誦，一定要念出聲音，不能只用眼睛看過去而已。如果你不發出聲音的話，你無法體會到他們講求的「文氣」。我不妨說一個我個人的體會：王維的〈山中與裴秀才迪書〉，現在常常看到的版本斷句是「故山殊可過。足下方溫經，猥不敢相煩。」用白話來講就是：「那山非常的美麗，值得去看看。但是想到你現在大概正在讀書，我就不敢來打擾你了。」可是從前版本的斷句是「故山殊可，過足下，方溫經，猥不敢相煩。」到底哪一種比較正確？古人並不標點，這個時候你要取捨，就得從文氣來判斷。「故山殊可過。足下方溫經，猥不敢相煩。」這連續五個音節的句子沒有不好，但文氣本身是平緩的，於是跟隨上下文去讀的時候，感覺好像不是那麼精采。如果是「故山殊可」，還是很好，意思也沒變。「過足下」，就是想起你；看到美景我就想到你，我想要去看你。但「過足下，方溫經」，看到你正在用功讀書，我又不敢去打擾你，然後只好自己「北涉玄灞」了。我們從前此的句子讀下來，四言的、四言的、四言的、三言的、三言的、五言的（近臘月下，景氣和暢，故山殊可。過足下，方溫經，猥不敢相煩。）一路讀下來，分外感覺錯落有致，而且充滿思念與體貼之情。你要判斷哪一個最可能符合王維原來的意思？我個人就會取後者。本來文獻是很重要的，但文獻不足時，就需依賴推敲「文氣」。透過「文氣」的掌握，往往最切近作者本然的真實。這種標準非常適用於閱讀唐宋古文，比如說你讀歐陽修的東西，百分之百你要從文氣的角度去掌握這裡面有些爭辯不休的問題——而這不是用考證可以濟事的。

至於《雅舍》語言的另一個特質：誇飾，由於前文已經提及，限於時間，不再枚舉例子，但可強調的是，《雅舍》中真的到處都可以看到誇飾。除了典雅、除了誇飾，《雅舍》整體而言還有一種老練的氣質。這個老練是什麼呢？其實就是，你讀他的文字，永遠覺得很流暢、超然，有一股氣勢。讀《雅舍》的時候，可以注意品味他全篇文章那種流動的感覺——那是作者的性情跟他自己的文筆所使然，它一點都沒有迫促感，所以顯得雍容大氣，這就是我所謂的老練。

在談第二部分——《雅舍》趣味與格調淵源之前，我想從三點來談談它的內容取材。第一點，我們要知道《雅舍》是博雅的——其語言典雅，其內容博雅。讀《雅舍》總覺得好像天地人世間所有的東西、古今中外所有的材料，梁先生都可以信手拈來，左右逢源。譬如〈孩子〉一文，雖然是梁先生幾十年前寫的，但跟我們現在的情形也還一樣。我們每一個人都是「孝子」，我們的孝順不是對父母，是對子女，我們也是孝子啊！文中他信手拈來，一開始就引蘭姆〈未婚者的怨言〉，然後接下來引《論語》：「子曰：『無違。』今之『孝子』深韙是說。」然後再引哈代；然後再引《世說新語》；最後引諺語。這裡所有的引，我們看了都非常自然。類似這樣博雅的、左右逢源的取材，在《雅舍》系列裡面，到處可見。

第二點，我要強調《雅舍》的內容永遠是平凡的人與事，這從他的題目就可看出，例如：〈衣裳〉、〈孩子〉、〈男人〉、〈女人〉、〈握手〉等都是。連「握手」也可以寫成文章，而且寫得甚好。再如〈洗澡〉，內容很幽默：「『洗三』的滋味如何，沒有人能夠記得。被楊貴妃用錦繡大襁褓裹起來的安祿山也許能體會一點點『洗三』的滋味，不過我想當時祿兒必定別有心事在。」難得的是，其中這幽默還真曲折婉轉，似放實收。以西方來講，例如從法國蒙田到英國的蘭姆，他們都有一個共同的特色，也是旁徵博引，左右逢源；他們也注重自我的個性，他們的作品就寫「我」，寫自己；他們的取材也是非常生活化的，像蘭姆就有一個非常重要的觀念，他說，每天在我面前經過的事情，只要我們費心思量一下的話，那你就可以想通，你可以衍生出很有意義的事情。蘭姆這話深得平凡的真趣。就中國文化來講，宋朝人在這一點上表現得最精采。我自己體會到，宋朝人最了解平凡的可貴、平凡的深刻趣味。除了博雅的取材與內容之外，《雅舍小品》第二點的特色就是他能夠從平凡當中，從虛擬境界當中看到永恆的宇宙，這一點是非常了不起的。

第三點，是關於《雅舍》的結構。在《雅舍》系列的作品裡面，《雅舍小品》、《雅舍小品》續集的結構當然是有層次、算嚴謹的。但更多的時候，似乎又沒有結構，都彷彿信手寫來。蘇東坡說：「行於所當行，止於所不可不止。」套在《雅舍》行文的結構上，似乎是可以適用的。那妙處是妙在那裡呢？如果從理性上去分析它的結構的話，從文章章法、結構、布局去分析，會覺得《雅舍》是沒有結構的。它是作者想到哪兒寫到哪兒，興之所至，意到筆到的那樣隨性，沒有結構。但奇妙的是讀者不覺得沒有結構，因為你讀的時候，它的流暢、典雅、富親切感，讓你就跟著這樣悠游，所以你不覺得沒結構。我打一個比方，各位就更能夠明白。我大二「詩選」很幸運的上了葉嘉瑩老師的課。葉老師上課很會跑野馬，她跟你講杜甫這首詩，下一句就講到李白，又講到白居易、李商隱，甚至東坡、稼軒、淵明，講來講去講來講去，反正你兩節課就這樣聽得如醉如癡，覺得十分過癮。但當你再回想一下，剛才講了什麼？統統說不分明。我們讀梁實秋的文章，有時候有點像在聽葉老師上課一樣，帶著跑跑跑，跑完你覺得參差迷離，然後你再回去想一想，似乎毫無章法——這是他的結構，似有又似無，可是真是趣味橫生。

我還要強調一點，《雅舍》幾乎每一篇的結尾都如畫龍點睛，或翻轉其意，所以它的結尾非常精采，最能看出他的機趣和智慧，看出他議論的深刻等等。唐宋以降古文家寫文章，強調所謂大開大闔，其實就是強調「翻轉」。「翻轉」的意思是說：你原來看到的是這樣，比如說是一個正面的書寫，但瀏覽到下面一段，竟整個一百八十度變了。這種寫法所帶來的可驚可愕的震撼感，很難用言語來形容。我認為梁先生的這種書寫方式，來自於悠久的中國古典傳統，而這個傳統最少也可以追溯到司馬遷的《史記》。姑舉一例：司馬遷《史記》中寫留侯（張良）——〈留侯世家〉從頭到尾，寫留侯是一個怎麼樣的料事如神、足智多謀的人。從他年輕時候圯上老人賜他一本兵法，然後到他去幫助劉邦打天下，連劉邦自己都說：「夫運籌帷幄之中，決勝千里外，吾不如子房。」劉邦本來不想立太子的，留侯獻策請出商山四皓，劉邦遂打消廢太子的念頭。順著司馬遷這樣的描寫看留侯，真的覺得張良是一個英雄豪傑。可是司馬遷最後說：「余以為其人計魁梧奇偉」——他看留侯的事蹟，以為留侯是魁梧奇偉的大丈夫。但及至看了張良的畫像後，驚訝於「狀貌如婦人好女」。讀到這裡，我們眼睛、腦海裡的人物圖像忽然就翻轉了，讓我們剎那間驚愕不置，說不出話來；可是繼之就會產生一種非常多重而奇妙的美感與趣味。司馬遷的筆法，值得讚嘆的就是他常常會在最後的地方、論證的地方，來個翻轉，這也正是後來古文家常常強調的所謂轉折。此外，韓愈的〈送董邵南遊河北序〉也是好例。就人情之常來講，韓愈不能叫董生不要去河北，因為他找不到好的發展、找不到可用武之處。韓愈只好說你去吧。但韓愈一方面順著董生的行動這樣講，文章寫著寫著，寫到後面突然轉回來：「為我弔望諸君之墓，而觀於其市復有昔時屠狗者乎？為我謝曰：『明天子在上，可以出而仕矣！』」名為送別，實則挽留。這樣的大開大闔，這樣的突然「翻轉」，是唐宋古文名家的擅場，也正是文章所以精采耐咀嚼的關鍵。

最後，在文章整體的「性情」上——這裡包含文章的風味跟人物的性情，無論從〈雅舍〉，或從〈鳥〉、〈音樂〉等這些文章，我們都可以看到一種閒適優雅的風味與性情。前面提到的「冬天一到，蚊子自然絕跡。」這是一種很從容優雅、很閒適的心情。再則，「雅舍」雖然高高低低，「每日由書房走到飯廳是上坡，飯後鼓腹而出是下坡，亦不覺有大不便處。」這除了閒適優雅之外，也充滿幽默。但我要進一步指出，《雅舍》雖有很多的幽默，但其實更多的是戲謔；而戲謔有時候更嚴重就變成嘲謔，嘲謔如果變得更嚴重的話就變成諷刺了。我認為《雅舍》在戲謔、嘲諷這兩個層次比較多——這又跟人格的特質有關係。綜合以上，要說《雅舍》系列具備一種格調，什麼格調呢？它很從容，有閒適優雅的部分，但它也有極端的誇飾、極端的嘲諷，所以它既從容又銳利、既顯露又含蓄；然後，它既古典又現代。質言之，它整體形成一種既高雅又平易、既從容又銳利、既顯露又含蓄、既古典又現代的格調。

現在可以來談《雅舍》趣味與格調的淵源了。關於這部分，學者們談了很多，但大多都是談他跟晚明的關係、跟蒙田的關係、跟蘭姆的關係。我認為西方的隨筆，他們注重自我，了解自我，這有一點像晚明的強調個性。他們也是寫一些很平常的事情，然後引經據典，取材方面甚至遠遠超過《雅舍》。他們也著墨於智慧或生命體驗所帶來的一種諧趣和幽默。從這些角度，我們相信梁先生《雅舍》的風味、格調受西方影響是當然的，何況他本身是學英國文學的，那麼西方文學對他有所啟發，或者說讓他有所借鏡，都應該是毫無疑問的。但是我自己還是很主觀的認為，梁先生可能還是得自於中國古典更多一些。為什麼我這樣講呢？因為我總覺得像蒙田、像蘭姆，他們的格調，本質是莊重厚實的。換句話說，他們的隨筆，其實厚度很深、重量很重。我認為《雅舍》相對於西方隨筆，它諧謔的層面比較多。我百分之百認同他一定有從西方文化給他的養分來寫文章，但是整個《雅舍》行文的那種風味、格調，以及它內涵的厚度，我覺得還是中國古典的閒適與諧謔對他影響比較多。而就這個影響而言，我也跟一般的學者說法有所不同，我不認為它只是從晚明來。老實說，只從晚明來，嚴肅一點看，不過是皮相而已。如果要講《雅舍》不太生活化的地方，可能倒跟晚明是像的。明清小品很容易讓人喜歡，但是明清小品不耐讀。明清小品的趣味很容易近俗豔，就是說一般人很容易就接受，但其實不容易讓一個深刻的讀者反覆讀了以後還滿意。我一直認為，晚明小品追求雅，反而可能變俗了；追求真，反而可能變偽了。他們追求真性情，但是寫來寫去千篇一律，哪裡是真性情？他們追求高雅，寫來寫去，那個高雅便讓你覺得做作，哪裡還是高雅？其實真正的高雅，是魏晉的名士到唐宋的這些知識分子，尤其是宋朝的。晚明小品的那種性情、性靈、空靈的趣味，哪一篇能夠比得上蘇東坡的〈記承天寺夜遊〉？我認為梁先生的身上，就像五四以來的這些新知識分子，他們其實舊學根底深厚。他們身上有傳統知識分子的氣味，那是與生俱來的，是他們從小念私塾培養出來的。所以我認為像我們談到的那種隨遇而安，我們看到的那種閒適、那種真性情、那種諧謔，中國古典文學本來就常有的，只不過因為後來儒家思想太濃厚了，所以諧謔慢慢的消失。而那個諧謔到了南宋以後，尤其是元明以後又出來了，可是變成了比較粗鄙的嘲謔。我必須也要說，《雅舍》裡面有時候會有那種味道，所以，明清的影響對他是有的，但是他畢竟有一些比較高雅的部分，我覺得那是魏晉名士的風度、是宋人的那種格調。我甚至大膽的假設，他會寫出這樣的東西，可能跟他出生在北京、學習在北京、長大在北京，在抗戰之前，又回到北京教書有關。我的意思是說，北京做為明清兩代的都城，其實早已形成它一種特殊的文化；一種說話，或是舉手投足的，或是思維的特別模式。那種文化裡是有諧謔的，但是又有一點油滑，其中思維的嚴謹厚實是不夠的。有機會到北京，你聽聽北京人講話，看看北京人跟你表現的那個態度。他們看起來很大度，表現起來似乎也有一種大氣，因為它是幾百年的都城；但你畢竟覺得那個誠懇度又好像不太夠。我這樣講就是說，《雅舍》裡有一些地方是太過了。如果以我們真正傳統的典雅來講，它是太過了。而那種過，在西方的隨筆裡面不會看到，所以那個過的部分，我覺得大概就是北京的文化。整體來講，它有一些大氣，有一些從容——而從容有兩種，一種是比較優雅的從容，一種是比較流氓氣味的從容，這裡是帶有一點流氓氣的那種北京氣味。

所以，整體而言，不論是優雅的或略偏流滑的，都是古典文學、古代文化裡綿延而下的氣質，《雅舍》特有的趣味與格調主要淵源於此。

最後我跟大家談一談，如果從剛才所談的淵源這樣一個脈絡出發，關於其在文學史上的意義，我們至少可以從兩個方面來談：首先是從傳統的聯繫來講。《雅舍》系列，以傳統古典文學、古典散文這樣的範疇來看，我覺得它兼有魏晉的風度、唐宋散文中的日常性、明清的雅趣以及老氣橫秋。因為它都兼而有之，所以它是既繼承又開拓。它比較了不起的地方，跟他的時代、他的學養有關，也就是他受到西方文學的影響。他除了把古典裡面的各種特質融合在一起之外，還讓我們看到古典所沒有的一種深邃的幽默。當然還有一點很重要，就是在《雅舍》的作品裡，沒有什麼東西是不可寫的，沒有什麼東西是不可以拿來議論抒感的，沒有那一樣東西是不可愛的；換言之，寫作題材或內涵的寬廣度是無邊無際的。雖然宋代以後文學的日常性是已經大幅擴充寫作的題材範圍，但似乎還是沒有如同《雅舍》，像五四以來、像梁先生他們這個系統所形塑的風貌。這個系統除梁先生外，還有林語堂、周作人。雖然他們風格不太一樣，但大體上都有相近的格調。

其次，我要重提我開始時曾說的，我覺得像梁先生這樣的文章好像已漸成「廣陵散」。我為什麼這麼說？原因很簡單：要寫這樣的文章，需要有一些特殊的人格特質；要寫這樣的文章，需要有非常廣博的學識；要寫這樣的文章，無論是文學也好、文化也好，涵養是要足夠的；然後要寫這樣的文章，還要有相當的智慧。今天我們所處的時代，網路資訊的取得非常容易，但是泥沙俱下。而當今的教育內涵裡，又沒有教人好好認識經典、好好分辨良窳優劣，則又要如何讓他們善加採擇？善融古典與現代？傳統早就日益被丟掉了。不要講傳統，我們如果對高中生做一個調查，我相信喜歡讀梁先生《雅舍》的人必然是鳳毛麟角了！當然我這樣講不是要惆悵悲哀，只是強調這樣的作品的確不多了。但正因為如此，我們今天紀念梁實秋先生可能就更有意義。時代永遠是流轉的，據我自己的觀察，中國文學的傳統，從南宋以後就往「俗」的路上走，這個輪子到今天沒有結束，而且還越來越厲害。但是人類本來就會是，俗到不可耐的時候，就會回到雅，到時候《雅舍小品》可能又風行起來，梁先生的《雅舍》為傳統的一種格調做了鮮明的見證，見證一個長久階段的暫時結束；或許也預示它可能的重生——這是《雅舍》第二點「文學史的意義」。我的報告到此結束，謝謝大家！

# 當代台灣散文中的女性形象

## 一

所謂「當代」，在一般用法上，並無嚴格而確切的時間定義。縮短來看，晚近十年固可名之「當代」；拉長來看，本世紀以內，亦無妨視之「當代」。本文所取則括及近四十年台灣散文作品。作者希望透過這種檢索探討的工作，了解政府遷台以來之四十年中，台灣女性形象之諸種樣態，並思考其間所蘊藏之意義。經過整理分析，四十年來台灣散文作品中之女性形象略可分為「家族內女性」與「家族外女性」兩類。前者不出母親、祖母、妻子、女兒、姊妹五種身分；後者則較為多樣：村婦、寡婦、妓女、遊藝者、單身女郎，乃至女尼、女作家，不一而足，以下分別論述。

# 二

## (一)家族內女性

### 母親

台灣當代散文中之女性描述，蓋以母親一類為最大宗，絕無疑問。其篇章之夥，超過其他女性描述之總和，顯示散文作家對女性之關注實以母親為焦點。大體而言，作者皆以孺慕之心情、讚頌之態度，集慈愛、堅毅、勇敢、勤勞、儉樸……等美德於母親一身。試看邵僩〈母親的期待〉[1]一文：

> 在酷烈的陽光下，我穿著破爛的球鞋，和母親扛著一綑木柴，蹣跚的走在崎嶇的石子路上，向山上走去，我總是抬著前面，而母親在後面常悄悄的把繩子向後移，使我的分量減輕。

這是寫母親的慈愛；文內又云：

---

1 原載一九六二年五月十三日《聯合副刊》，後選入《聯副三十年文學大系》散文卷一。

我第一次感到「錢」的魔力時，是父親的離開我們。

我們籌不出四張半機票的錢；相對而欽泣。

「你要去的！」母親堅決的對父親說：「你在台灣找到朋友，再借錢匯給我們。」

「但是……」

「如果來不及，」母親說：「我會帶著孩子們再由廈門回江蘇老家。」

然而我們沒有回家鄉，母親吃盡千辛萬苦，沒有要父親的錢，就把我們帶到台灣。

這是寫母親的堅毅；而

我六歲的光景，我們躲日本人，逃到鄉下，有一天，土匪來了，母親拿出家裡的積蓄放在桌上，然後再禮貌的替每人倒了一杯茶，她對他們說：希望他們去打日本人。那些土匪沒有東翻西找，喝完茶，什麼東西都沒拿，溫和的走了。

則是寫母親的勇敢。再看黃武忠〈四十九個夕陽〉[2]：

婦人黝黑的臉，被日頭燙出憨厚，皺紋蜿蜒其上，刻烙出歲月痕路，六十多歲的人了，蹲

2 原載一九八二年十月廿九日《聯合副刊》，後選入《永遠》（台北：文經出版社，一九八六）。

在井旁揉搓衣物，動作樸拙，散發著自然、純眞與美感。

她，就是我的母親。

……

母親是屬於古井的，正如古井屬於她。

現代文明似乎並沒有影響到她，仍然天天到井邊洗滌衣物，把洗衣機擺在一旁。在眾人淡忘這口古井的當兒，每天尚以水桶跌打井心的人，自然祇有母親了。

她，宛如古井，牢牢的種在那兒，以穩當的體態，默默的來承受多變的人間世。

以及阿盛〈娘說的話〉[3]：

我開始工作賺錢之後，母親從未過問我的薪水，我寄錢給她，強要她去買些喜歡的好東西，她答應了。迎娶我太太那天，母親將我叫到一旁，遞給我一疊鈔票，她告訴我，這是按月存下來的，實在捨不得花掉，再說，吃飽穿暖之外，人世間還有什麼好東西？

我照舊寄錢給母親，並且說明絕不願意她存起來還給我，她答應了。待得我兒子出世，母親興匆匆地來到台北，她爲小孩子備妥了一切初生到三、四歲嬰孩所能用得著的衣物、鞋子、玩具，甚至金鎖片、銀手鍊。

3　原載一九八四年十月十日《中華日報副刊》，後選入九歌版《七十三年散文選》。

母親根本沒有為自己花用我一文錢。

則分別寫母親的勤勞、儉樸與慈愛。在台灣當代散文作家的筆下，母親恆常以擔負者、奉獻者、庇蔭者的姿態出現，她的一生一如張春榮〈畫樹〉[4]所云：母親是一棵取之不盡的果樹，一棵不分春夏秋冬永遠長滿果實的大樹。母親更是一株無言的月桂，撐起一把似小實大的綠傘，替兒女遮去人間的風風雨雨。然後，隨著兒女的長大，年華的老去，母親漸漸變成一棵低矮的果樹，一棵臃腫的老樹；而最終，勢將成為斷臂殘枝的老樹，默默倒下。

然而除去這些普遍的共相之外，當代散文作品中的母親，也還略有其他別致的殊相。梁實秋的母親愛吃「花酒」[5]，奚淞的母親則擅繪畫[6]；王鼎鈞的母親知所割捨[7]，林良的母親

---

4 收入《冠軍散文》(台北：希代書版公司，一九八七)。

5 梁實秋，〈想我的母親〉一文(原載一九八〇年三月十四日《聯合副刊》，後選入《聯副三十年文學大系》散文卷三)有云：「我母親喜歡在高興的時候喝幾盅酒。冬天午後圍爐的時候，她常要我們打電話到長發叫五斤花雕，綠釉瓦罐，口上罩著一張毛邊紙，溫熱了倒在茶盃裡和我們共飲。下酒的是大落花生，若是有『抓空兒的』，買些乾癟的花生吃則更有味。我和兩位姊姊陪母親一頓喝完那一罐酒。後來我在四川獨居無聊，一斤花生一罐茅台當作晚飯，朋友們笑我吃『花酒』，其實是我母親留下的作風。」

6 參見氏著〈姆媽，看這片繁花〉一文。原載一九八五年五月十一日《聯合副刊》，後選入前衛版《一九八五台灣散文選》。

7 〈一方陽光〉一文(見氏著《碎琉璃》。台北：九歌出版社，一九七八)寫母親希望守住兒子：「她希望在那令人留戀的幾尺乾淨土裡，她的孩子，她的貓，都不要分離，任發酵的陽光，釀造濃厚的情感。」而當盧溝橋的砲聲一響，「母親知道她的兒子絕不能和她永遠一同圍在一個小方框裡，兒子是要長大的，長大了的兒子會失散無蹤的。」母親最後說：「只要你爭氣，成器，即使在外面忘了我，我也不怪你。」

有深邃的智慧[8]。此外如：莊因母親的嚴厲[9]，小野母親的陽剛[10]，乃至封德屏母親的精明能幹[11]等，都在「傳統」的母親形象外，增添更生活化、人性化的姿采；也在倫理、道德的意義之外，賦予更自然、真實，廣大無邊、深邃無底的動人面貌。因為這些作品，當代散文中的母親形象才不致顯得過分單一而標準化。

討論至此，我們也許應該特別提及琦君與吳晟。因為相較於其他作家的零星篇章，琦、吳二氏有大量作品描述母親。琦君著作等身，而母親永遠是她筆下最重要的人物；吳晟則有《農婦》[12]一書，見證母親在其心中的地位。扼要言之，琦君的母親勤勞、節儉、容忍、慈祥——傳統中國婦女三從四德之美德集於一身；比較特殊的是，終其一生似乎未得丈夫之愛情，故在其平和、優美形象的背後，其實充滿悲劇色彩。吳晟的母親則勤勞、刻苦、儉樸，一生逆來順受，督子甚嚴，土地是

---

8 參見氏著〈母親的智慧〉一文(載一九七七年十一月十四日《國語日報》)。文中敘述母親從不跟他談有關人生大道之類嚴肅的話；從不肯讓他幫一點忙；對他的奮鬥，既不抱反感，也不讚美；而在他消極、頹廢的時候，安安靜靜，不開導、不鼓勵、不教訓、不責備、不與他商量往後日子怎麼過。作者的母親深知每一個年輕人都可能遭遇人生的逆境，而他遲早會從逆境中走出。只有一種情形可能使他毀滅在逆境裡，那就是過分的關切所造成的焦躁，以及那焦躁對意義深遠的「自我掙扎」的干擾。

9 參見氏著〈母親的手〉一文(原載一九七八年八月八日《聯合副刊》，後選入《聯副三十年文學大系》散文卷二)。文中對母親揪擰的獨門絕招有生動描述。

10 參見氏著〈亂世兒女〉一文(原載一九八〇年四月十二日《聯合副刊》，後選入前揭書散文卷三)。文中的母親從不妝扮自己，給孩子的家書永遠寥寥數語，冷冷淡淡；一生灑脫，只做不說，果斷機智。

11 參見氏著〈夜空下的羽翼〉一文(載《我們的八十年》，台北：時報出版公司，一九九一)。文內敘述母親擅動腦筋，掌握時機，使全家在窮困苦難的年歲裡，過得豐饒舒適。

12 台北：洪範書店，一九八五。

她永遠固守的生命舞台。兩者雖有共通的品質與德性，但後者顯然已龐大至具有地母性格。那種無限給予、無限付出，不斷勞作、不斷承擔的本質，無一不與「大地」之仁德相應和，吳晟筆下的「農婦」似乎已不再是他個人母親的形象，而成為「大地」的象徵。

然而無論具有何等特殊的表現樣式，上述種種母親的形象，基本上都是被賦予正面意義的，換言之，母親永遠被塑造為具有勇者、能者的氣質。但在時代快速變遷、社會劇烈變化的情況下，這種正面的形象，是否已經失落某種真實性質，而作者是否也已在不知不覺中掉入成規式的感性世界描述，欠缺客觀的反省思考呢？在這裡，有兩篇作品特別值得一提，此即：心岱的〈童真〉[13]與陳彥的〈媽媽〉[14]。

〈童真〉一文中的母親是一個容不得任何人愛她女兒的女性。作者先是一再重複的說：「除了感激從母親得來這童真的生命外，她不知道尚有什麼足以令她去愛她的母親的。」最後則恍然大悟的說：「母親什麼也沒給她。……母親只是個虛幻的影子，模糊且遠隔，甚且早已不在她身邊，她和母親能共通的僅僅是兩個寡居的女人，她有兒子，母親有她，……」

心岱呈現了一個孤獨、自私的母親形象，也明確地表示其內心對母親所存有的那分恐懼、厭惡與憎恨。母女之間往往是沉默而各懷心機地面對，注定彆扭而不相容。

〈媽媽〉一文則藉虛構情節，呈現現代社會中嬰兒與母親的疏離。嬰兒在離開天庭的時候，黃

---

13　出處不詳。後選入《錦繡文章》（台北：皇冠出版社，一九八四）。

14　原載一九八一年六月二十三日《聯合副刊》，後選入《感人的散文》（台北：希代書版公司，一九八六）。

衣天使告訴他們，到了人間更幸福，因為會有一個身上散發香氣，常在他身邊，只為他流淚的媽媽。但結果是嬰兒根本無法在他身邊來來去去的人當中找出他的媽媽。天使只好說：「你們的媽媽為了某些原因，不能常常陪你們。」「他們當嬰兒的時候，是很幸福的，可是，他們忘掉了自己的幸福了。」

二文筆致之疏密與布置之巧拙雖有不同，但難得的是，都能在原本永恆不變的母親形象外，顧及現實狀況，指出母親形象的可能變化。我們也許可以繼續思考：那些所有「正面」描述的母親形象，其時空背景其實都有相似的特質：苦難的歲月、貧困的社會，傳統價值觀深植人心。而當晚近以來，工商文明急速發展，倫理關係迭遭衝擊，價值體系頻生變化，揮別了苦難、揮別了貧困之時，母親的形象是否仍然一成不變？散文作品如果不能與之做廣泛而深入、細密的回應，創作的意義便可能因之而略有減損。

## 祖母

和母親的「莊嚴」相比，作家筆下的祖母(包括外祖母)往往充滿詼諧的趣味。如果說母親是旦角，祖母就有一點丑角的味道了。

孫春華〈老家屏東〉[15]是最典型的例子，文中的大姥是個愛打人的老太太，因為不滿縣長沒向她老人家請安，每天拿著棍子到縣政府門口打轉。她也是個愛撒小謊以博同情的人(她曾跟人訴苦：「我沒兒沒女啊！沒人養活我，連水都沒給我喝！」)。她拜菩薩拜得虔誠，小外孫女為了點心和卡

---

15　原載一九八〇年四月二十六日《聯合副刊》，後選入《聯副三十年文學大系》散文卷三。

片，偷偷上主日學，回來一定被抓到廟裡罰跪。她會唱讓人笑死的歌，她常把田裡的小野花摘來插在自己頭髮上。而簡媜〈銀針掉地〉[16]、馮秋鴻〈燈冠花開時〉[17]則透過特殊生活化的對話，傳遞出絲絲鄉土的詼諧。〈銀〉文裡的阿嬤，夏天時，脫下衫來晒地上「又箇涼又箇爽」；上了台北，還是只著半截布褲，裸裎上身，不怕對樓的人看。面對孫女換衫要她閉眼，很不以為意地說：「自小幫妳拉屎拉尿，看透透囉，瓠仔菜瓜、芋仔番薯，差不多差不多。」〈燈〉文裡的祖母面對要賴的孫女，永遠一邊罵另個倒楣鬼，一邊嘴上還「憨孫、乖孫，阿媽不甘」地撫慰著；而在清洗她的三寸金蓮時，總要感嘆世風日下：「現今的姑娘，個個大腳婆，只會『蹈蹈走』。」和母親比起來，祖母似乎意味著更大的寬容與更多的可親。當面對母親時所經常會產生的敬謹與慚愧，在面對祖母時似乎都可以為一種完全輕鬆而理所當然的放任所取代。台灣當代散文作品中，描述祖母的並不多見，但都給人一種特殊親切、溫暖而有趣的形象。而祖母的形象會不會改變？是不是已經有所改變？從台灣當代散文作品中，我們尚無進一步的發現。

## 妻子

在中國古典文學的長流裡，我們很少看到寫妻子的作品。也許是封建社會的封建意識作祟吧？妻子似乎只宜沉靜無聲地隱身在黑暗的角落裡。沒想到進入現代，妻子仍不是作家筆下垂青的對象，篇章之少恐怕較祖母為尤然。林清玄〈歸營三疊〉[18]裡的妻子是溫柔而成熟的，她深情，卻能

16 原載一九八六年十二月二十六日《聯合副刊》，後選入九歌版《七十五年散文選》。
17 原載一九八三年二月二十一日《人間副刊》，後選入前衛版《一九八三台灣散文選》。
18 原載一九七七年九月七日《人間副刊》，後選入《中國散文展》（台北：長河出版社，一九七八）。

適時適分的抑制情感。她的信中總是叮嚀著：要注意身體要服從命令要遵守紀律，衣服髒了要換洗，障礙超越別太匆忙，晚上讀書別讀得太晚。當丈夫歸營的時間已屆，她會說：「應該走了。」對丈夫想藉著颱風來襲賴著不走，更表情嚴肅的說：「不行，大家都不回去，軍隊還像是軍隊嗎？你是長官你怎麼辦？」「紀律，軍隊，就是犧牲。」然而離別的剎那，她總是默默，她的口像是一道嚴密的閘門；偶爾則會淡淡地說：「兩情若是久長時，又豈在朝朝暮暮？」

如果說林清玄筆下的妻子是純美柔和的化身，然則林芳年筆下的妻子便是勞碌終身，隨時活在戰戰兢兢裡的迷羊了[19]。她在丈夫剛經一段情場的蹉跌下，靠媒妁之言與之結褵。她和丈夫間隔著很厚很厚陌生的牆，因為並無愛情。她內心一直存有恐慌，怕丈夫突如其來的罵聲；如何使得丈夫稱心悅意是她日夜殫精竭慮的關鍵。但她終於靠著她的容忍，馴服了一位極挑剔的男人；靠著她的艱辛勞碌博得了一位陌生男人的賞識與同情；靠著她的無所要求，激發了丈夫的反省。丈夫終於持著公正的態度去讚揚她，承認她有一顆永遠晶晶發亮的愛心。她終於獲得丈夫的愛情與尊重。

兩位妻子的時代不同，其特質自異。但相同的是，對待丈夫都有深摯的情意，也「甘心」的做一位妻子。這是男性角度的觀察。而女作家筆下的妻子，則有迥異其趣的表現。康芸薇〈這樣好的星期天〉[20]現身說法，寫成為妻子之後的孤寂。結婚以前那種多得說不完的可愛廢話再也不來；想和丈夫一起談女兒粉紅的小臉、可愛的笑，也不可得；即使要和丈夫拌嘴，得到的也永遠是淡漠式

19 見氏著〈我與她〉一文，原載一九八〇年一月十九日《聯合副刊》，後選入《聯副三十年文學大系》散文卷三。

20 見文星版氏著《這樣好的星期天》，選入《中國當代女作家文選》（台北：華欣文化事業公司，一九八八）。

的輕侮。最後作者在西門町的人潮裡像一株浮萍，由一條街逛到另一條街，不知道自己是不是要這樣過一天。但確定的是，她不會回家，她不願像黑奴，而林肯也不會來解放她。啊！「這樣好的星期天！」多麼諷刺的一句話。

男女作家筆下有如此互異的妻子形象，是值得玩味的。在林芳年的作品裡，我們看到的是上一個時代裡，默默等待丈夫眷愛的妻子；在林清玄的作品裡，我們看到這一個時代裡柔情如水的妻子；而在康芸薇的作品裡，我們更看到女性意識漸漸自覺後的妻子對愛情與婚姻的惶惑與質疑。可惜康芸薇的年代還是早了些（六〇年代），她也只能留在那種令人窒悶的惶惑與質疑裡，不知如何往前踏出。奇怪的是，近三十年來，繼續此一方向思考的作品竟難得一見，不能不令人感到微微遺憾。

## 女兒

六〇年代，丹扉曾以敘寫其一對女兒（大貓、小貓）馳名文壇，在其筆下，大貓、小貓頑皮有趣又少年老成，使人愛恨交加之情永不能統一的形象極為鮮明；但看〈母親的心聲〉[21]一文可知。嘻皮笑臉地稱「壞老媽」、「臭姆媽」；動不動就奚落母親「妳讀過大學，連這點都不懂，真是『三八』！」（小貓接著說「你真是三八廿一呀！」）還會聲色俱厲打下女的官腔：「這是我們的家，不是妳的家，妳知道嗎？」做這兩位頑童的母親真不容易。而與之相異其趣的是喻麗清筆下懷著純潔

---

21　原載一九六五年五月九日《聯合副刊》，後選入《聯副三十年文學大系》散文卷五。

無所求的愛的少女。〈瞎子、孩子與狗〉[22]一文寫女兒小喬訓練導盲犬老黃毛的故事。雖然小喬與老黃毛因為朝夕相處產生了深厚的感情，但老黃毛終究是要送出，屬於某一個盲人的。當離別的那一天來到，小喬悲傷中帶著驕傲、微笑的眼裡居然有與老黃毛一樣的神色——勇敢而悲壯；作者最後做這樣精采的結尾：

> 車要開了，小喬只說：
> 「老黃毛，你去吧！」
> 狗和孩子，一樣的神色。
> 我走過去，輕輕喚了一聲：
> 「小喬……」
> 她抱住我，哭起來。

一個既天真又懂事，充滿愛又能擴大愛的女孩形象呼之欲出。丹扉筆下的女兒形象，置諸八、九〇年代，大概也仍然覺得生動、眼熟，因為現在的孩子，比起大貓、小貓，只有過之而無不及。喻麗清的筆下亦清晰地刻畫了屬於小女孩特有的純潔本質——這種本質基本上似不會隨著時代的變遷而有太大轉變的。當代散文摘述女兒者寥寥可數，也不夠厚實，卻似乎較完整地呈現了這類「女

---

22 原載一九八三年十二月十七日《人間副刊》，後選入九歌版《七十二年散文選》。

性」的形象。

## 姊妹

在苦難的時代裡，姊姊往往帶著一點母親的色彩，以超過其年齡與能力的負荷照顧著家庭裡年幼的弟妹，而妹妹則往往要分攤姊姊的負荷——對家中的男孩子來說，妹妹有時被迫地逆轉角色，彷彿成為姊姊。而這些原都是文學作品很好的題材，也都應該被描述、被記錄。可是事實上，台灣當代散文作品中「明確」刻畫姊妹形象的似乎最為少見，也最欠完整。限於材料，這裡只能舉周玉璽的〈手〉[23]做為例子。

這篇文章分別寫父親的手、母親的手、三姊的手。三姊只讀到小學畢業，一生忍飢受凍，充滿坎坷，最後還受病魔折磨早夭。三姊長得像觀音，有兩隻愛哭的眼睛和一雙靈巧的手。她最疼弟弟。每次回家，總拿五元紙幣給弟弟，囑其買學用品；弟弟考上師專，她大方地買魚回來加菜，竟受債主一頓奚落；她為弟弟裁製新衣——在病中把極合身的衣服裁製完成。對弟弟，她只是付出，從不要求回饋。這篇文章整體而言雖然尚欠成熟，但已為貧困時期的台灣家庭中的姊姊刻下清晰的形象。其實在那個時代裡，尚有許多姊姊或妹妹甚至偷偷地以賣身來做為對自己家人的奉獻，卻終遭家人唾棄[24]。對這些悲苦的角色，台灣當代散文只留下模糊簡略的造影，並未留下深刻鮮明的造

23 見《冠軍散文》（台北：希代書版公司，一九八七）。

24 林文義，〈走過槭樹路〉（原載一九八六年九月二十二日《人間副刊》，後選入九歌版《七十五年散文選》）中便有一位這樣的女子。她有一個日本名字叫美智子。她按月寄錢回家，小弟小妹讀大學的學費都由她出，看到她這位做賺吃查某的姊姊，卻像看到鬼。她人不能回家，以免給家鄉人嘲笑。

型。

台灣當代散文中的家族內女性形象大體如上。母親恆常是勇者、能者，在慈祥之外，還添具絲絲強者的剛性與智慧。這種特殊的性質使得描述者基本上以崇敬的心情去寫，不敢略有造次。但寫祖母則不然，故祖母之形象乃有格外寬舒、詼諧的氣質。至於妻子，基本上是情意深摯、善盡職責的；女兒則基本上是天真(頑皮也是一種天真)純潔的；姊姊則帶有慈母的形象。而在這種種基本形象之外，捕捉更特異形象，反映更細膩的觀察與思考者，實不多見，甚且全無。我們清晰地感受到，對做為一個敏銳的時代見證者而言，台灣當代散文的表現是不足的。以家族內女性之描寫而言，它就似乎耽溺在一個已經根深柢固的溫馨而美好的「觀念世界」裡而欠缺深廣的外視企圖。

## (二)家族外女性

相對於作家描繪家族內女性略嫌狹隘的內視視野而言，家族外女性的描寫，本身已相對地呈現若干程度的外視視野。以下分目略作論述。

### 村婦

林芳年〈古井邊的撒野〉[25]把農村婦女本然的、通俗的粗線條的野性寫活了。她們天天在古井邊集會，沒有什麼建設性的發言，大多是一連串唏哩啪啦無止境的埋怨：她們埋怨婆婆的嘮叨難

25 原載一九八三年二月九日《台灣日報副刊》，後選入《鹽分地帶文學選集》(一)(台北：自立晚報社，一九八八)。

纏，埋怨丈夫不長進，痛恨小姑們挑撥是非，甚至神祕兮兮的談與丈夫的房事快樂趣聞，她們常有這樣的對話：「唉，阿三嫂，妳的先生帥極啦，他天天西裝筆挺，皮包裡必定裝上一大把鈔票。妳要什麼，他必定給妳什麼。」阿三嫂睜起了哀怨的眼睛說：「別瞎猜，你抬錯了我的『斬頭』（指自己的先生）了，他一天到晚不幹好事，他的皮包裡那有鈔票？是一大把的衛生紙噢。」

劉還月的〈旅愁三疊〉[26]則描寫農村婦女怯生生的、忠厚的、善良的本質。作者以陌生人的角色來到小小的山村，他沿著客運車行駛的馬路走去，正見伊從側方的小路走來，以好奇的眼神盯著他瞧了一會兒。他想上前去打個招呼，還沒走近，伊卻匆匆走了，腳步顯得有點慌亂。不久之後，雨卻趕來了，飄游的雨絲很快變成豆大的雨珠，作者焦慮的往前奔跑，趕過伊時，伊說：「左手邊那叢檳榔林後，有一間屋子可以躲雨。」伊後來也躲進這屋簷下，聲音怯怯的問：「你來這做什麼？」又問：「你淋雨有要緊否……？」聲音顯得有點不自在；伊最後說：「雨落那麼大，我——本想請你去阮厝避雨，又驚不識不相真歹勢，又驚你淋雨會感冒，才來看覓……。」說完，便急投身入那片雨幕中。

無論是林芳年筆下三姑六婆式的村婦形象或劉還月筆下溫厚、善良的村婦形象，她們都是典型的台灣鄉村婦女，彷彿「停格」在一個特定的時空裡，只要我們去到鄉村，她們總會不時的出現。與此略異其趣的是洪素麗筆下的村婦。《浮草》[27]一書中〈盛夏的風俗畫〉裡寫一位守廟的阿姨。

---

26 原載一九八四年五月十六日《人間副刊》，後選入前衛版《一九八四台灣散文選》。

27 台北：洪範書店，一九八三。

平時坐在紅板桌邊數著銅錢賣香燭、紙錢；更多的時候則在廟側的廊下生火煮飯。她的兒女都成家立業了，在老伴去世之後，她來到廟裡，盡責地、虔誠地打理廟裡的瑣務，勤快的她有平靜的晚年，唯一的不足是，不能搭棚養雞，也不能鋤一塊地來種菜。此外，《十年散記》[28]一本書中的〈瘋子印象〉則寫一位患有精神分裂傾向的鄰婦。她出身於重男輕女的老家族，未受過多少教育。婚後連生三個兒子，還一邊替人車衣服補家計。好不容易丈夫熬出頭，兒子也大了，她卻帶著苦盡甘來的虛脫感，而被遺棄的感覺尤強。住在隔絕的、多雨的山村，她空白的時間太多，都拿來幻想，疑神疑鬼；她總把周圍的人編成姘夫蕩婦——這是她最切身關心的主題。

守廟的阿婆也好，疑神疑鬼的老婦也好，在她們身上都讓我們看見社會工商業化以後人心孤寂無奈，甚且扭曲變態的痕跡。如果時代繼續變化，前述「典型」的村婦大概終將消失，「停格」的畫面大概也不復可求吧！

### 寡婦

洪素麗〈昔人的臉〉[29]中〈水中影〉一則寫她記憶中的一位寡婦。罩著直直的黑色長裙，穿著繡花布面鞋，鞋頭尖尖，腳跟墊著削圓的一塊木料，永遠扶著牆走路，在外祖父家鬧轟轟的宅院裡，她是最沉默的一位。後來丈夫兒子都失去，默默地在一個大家族裡做守寡的貞婦，幫忙操持家務，不特別引起別人好感，也不引起惡感。她的存在，只是喚起人們記憶到喪失的兩位家族成員罷

28 台北：時報出版公司，一九八一。
29 原載一九八三年八月二十九日《自立晚報副刊》，後收入氏著《昔人的臉》（台北：時報出版公司，一九八四）。

了；她的存在，只是為了親人的見證。

季季〈一九八四年三月〉[30]寫故鄉一位對這世界沒有微笑的寡婦。她有兩個女兒、一個兒子，兒子在上了十餘歲後得病死了。她後來再婚，又生了一個兒子。沒有人嘲笑她老蚌生珠，她比一般年輕人受到更多的祝福，那時她嚼檳榔的嘴總是笑個不停。可是好景不常，不久她第二個丈夫離開她，回到原住的村子去。作者後來看到的她是「騎著老舊的腳踏車，仍然嚼著檳榔，但血紅的嘴唇是冰冷的，沒有微笑，沒有招呼。」作者說她能了解寡婦的心情：「一個對這世界沒有微笑的人，對自己也是沒有微笑的。」

司馬長風〈鰥與寡〉[31]中的寡婦有五個孩子，丈夫活著的時候，便是個不務正業的賭棍，一家七口生活靠她給人傭工，擦汽車、倒垃圾來維持。丈夫死了後，她還是替人看更、洗車，以供應一家生活所需。她的臉不能平易的用「蒼白」兩字形容，那是慘綠和枯黃再加上鐵青混成的、可怖的絕望的臉。但她有時也會泛出幾絲活氣，那就是每天提早和另一個看更的男子一齊擦車的時候。作者每次看到這樣的景況，都摒誠的為他們默禱祝福，相信他們在一起傾談、互相凝視的時候，就能忘去愁苦，聽到幸福的呼喚。然而這男子竟突然死於心臟病。作者對這女子最後的描寫是：「有時無意中看一眼，看見她奄奄一息孤零零的擦車情景——她的臉除了原來的慘綠、枯黃和鐵青外，又加多了一層死灰和砭骨的冷霜。」

30 原載一九八四年十二月三十、三十一日《自立晚報副刊》，後選入前衛版《一九八四台灣散文選》。

31 出處不詳，選入《中國當代散文大展》（台北：大漢出版社，一九七五）。

三位失去丈夫的女性，第一位的形象最模糊——一如作者的題目〈水中影〉。她像是剪紙上的人物，板板的貼在紙版上，嗅不出一點生命的氣息，默默地讓時光度過，度完她沒有任何自由意志的一生；她是過去那個時代裡「寡婦」的一種典型。二、三兩位女性，則是受盡命運的捉弄。一個是雖曾有二度春天，但畢竟短暫，一個是剛燃起希望之火，就迅即熄滅。兩者其實都是「對這世界沒有微笑」的人。

平心而論，這種題材是很好的，因為「寡婦」在中國社會裡是遭受特殊注意目光的女性。然而這三篇的描寫，基本上還是太感性、太模糊。「洪」文中除了「沉默」的形象，未及其餘；「季」文中，第二個丈夫因何離去，作者也無興趣探究；司馬長風則一逕自作多情地以遠遠旁觀者的角度去刻畫，尤顯造作失真；而如果你要問現今的寡婦又是怎樣的形象？那就更看不到有誰去加以觀察、記錄了。

## 妓女

心岱〈風塵的夜〉如此記錄著妓女：[32]

> 千古以來，她們都是相同的一群，不改的顏容，不更的命運，即使是流轉的時空，也未曾引渡她們的心事。……她們是城市繁花裡的一角風景，她們是鄉下寂靜神祕的布景，有人的地方，她們就出現；有旅館的地方，她們便走進來。……她們沒有任何標誌，但是，她

32 出處不詳，選入《感人的散文》（台北：希代書版公司，一九八六）。

們有許多心事，濃濁得令她們難以察覺，所以她們的眼睛常蒙著人人口中隨時會說的形容詞——風塵。

她們的心事是什麼呢？作者認為「不公、不正的屈辱就是她們全部的心事」，因為「世上有很多交易，並非都是平等互惠的定律，然而，有那一樁生意是這樣徹底去販賣尊嚴和敗德？」

馮青的〈春鳥〉[33]則記錄已經飄零的北投妓女：

常在午後的電影院裡邂逅到那些女子，她們大多穿著簡單涼爽的衣服。蒼白的臉頰，不見一絲陽光停留的痕跡。三三兩兩坐在生意清淡的午後場，抽菸，小聲交談，很安靜。一點也不喧譁。很老練。眼神盡處是看穿世事的空茫。別的少女，在這種年齡應該是飛揚顧盼的吧！而她們竟沒有，而且，抽菸的女郎之中，很多才十四、五歲呢！她們有時把腳擱在前排的空位上休息。戲院裡的空間，竟像她們家的客廳一樣。她們是北投的夜合花。因爲電影一散場，就是夜晚作息時間的開始，她們幾乎每天都要進美容院做頭髮，修修指甲，化妝成嬌滴滴的模樣兒。開始那夜合花的生涯。

33 同前註。

比較細膩的是，馮青還刻畫了這些妓女內在的脆弱、不安，以及善良。一個路況不熟的計程車司機，隨著一名女郎到坐落半山腰的飯店。計程車在密如蛛網的巷道中迷路了。霎時間，女郎手扶車門，預備跳車，且以發抖的聲音大喊，你要載我去哪裡？等到弄清原委，並經司機道歉後，女郎才恢復鎮定，下車時，還多給一百元小費。

女郎為什麼驚慌？為什麼準備跳車？豈不是她們曾受太多的羞辱？豈不是她們也有她們做為一個人的尊嚴嗎？

馮青說：「她們是一具抽離了風情的標本」、「是坐等命運之手撥弄枯乾的野草。」她們確如心岱所說：「千古以來都是相同的一群，顏容不改，命運不更。」台灣當代散文作家對社會陰暗角落的特殊女性，證諸上類作品，也曾投注關懷的眼光，可惜還是不夠廣闊深刻。

### 遊藝者

在人類文明史上，遊藝者的起源其實甚早。他們輾轉於鄉村城鎮之間以其一藝博取生活之資，他們真的像浮萍、像蓬草，隨風隨水而飄蕩，這樣的生命似乎是辛苦而悲傷的。然而雷驤的〈盲樂手〉[34]卻不盡然。那位穿著豆沙顏色舊長裙，赤腳立在廊前演唱的盲婦，雖然頭髮焦黃，面容赤褐，但並無悲戚的神色。作者說，勉強要形容的話，那是一種隱約的、不易察覺的喜悅；作者終於體會到，那是一種；能使旁人得到快樂，不幸的自己也因此感到驕傲的表情。

34 原載一九八一年十月十九日《台灣時報副刊》，後選入九歌版《七十年散文選》。

心岱的〈遊戲者〉[35]則寫自十三歲開始就把一生交給觀眾的女戲子。她家世代衣缽相傳，甘心的接受戲子命。她們能奇蹟似的用彩墨掩蓋歲月殘蝕的痕跡，把生活的夢，混合於荒謬的、即興的、盡情的揮灑到古來歷代的生靈故事。當歸於凡俗的浮生時，她們如掌握舞台上的角色分寸般，從不猶豫自己的角色。那已經做曾祖母的老戲子對著她尚在襁褓中的曾孫女說：「我們去台下玩，看媽媽、阿婆唱歌仔，妳要好好的聽，牢牢的記。未來的天下，就靠妳囉！」

無論雷驤或者心岱，都把民間遊藝者生命中動人的莊嚴做了描繪，可惜感性語言仍多過知性語言。其實這些人似乎將永遠存在——在不同的時代裡，以不同的姿態出現，值得創作者作更細膩的刻畫。

## 其他

從凸顯晚近十年台灣社會快速都市化中的女性多元形象而言，前述諸作無論為寫村婦、寡婦、妓女，或遊藝者，似乎都尚不足以據為代表。在這裡，我們也許應另舉幾篇作品來討論。它們分別描繪單身女郎、女作家，乃至女尼。由於篇章極少，統入「其他」類綜合論述。

汪其楣〈單身是不必說抱歉的〉[36]用明亮的節奏、輕快的語言現身說法，寫自己身為單身女郎的快樂以及一點點不樂。單身女郎的生活是自在的，她可以「自私」的把「全家人」的菜錢都拿去買書；她可以有忙碌的自由、發獃的自由、無所事事的自由；無論忙與閒，秩序與放假，她都可以

---

35　原載一九八四年七月《散文季刊》第三期，後選入九歌版《七十三年散文選》。

36　原載一九八三年九月二十四日《聯合副刊》，後選入九歌版《七十二年散文選》。

自己決定，還可以即興。至於那一點點不樂便是：租房子不易、對不想做的事找人人都接受的婉轉理由不易、常常要被強迫打包剩菜剩食，而出書寫序的最後一段不能寫「感謝外子的耐心與體貼……」云云。

汪氏這篇作品最有意義的是觸碰到晚近以來台灣社會愈來愈普遍存在的事實——單身女郎的自處問題。不論她們曾婚或未婚，單身女郎面對自我、面對家庭、面對周遭社會，她們確實需要成熟的觀念與態度，以便適應。作者自己雖然是興高采烈的，但她感謝開朗的家人幫她走過來，她也真心推崇賢妻良母之美妙偉大，她認為單身女郎絕不要忌諱「愛迪生」——因為只要知趣有趣，自己會是個發亮來電的朋友。要言之，作者所表現的是個開朗、健康、坦然的單身女郎，她並不把單身女郎塑造成單純美好，不食人間煙火的形象，她無異為所有單身女郎的自處之道提供了極好的參考指引。最後她說：「謹以此文獻給所有自在自得的女同胞，單與不單。」更充分明白顯示了她的女性自覺意識——新時代的女性，面對社會多元的價值，最重要的是以通達、寬闊、自信的胸襟與智慧去適應，而僵化的本位主義或定位主義都是要不得的。

洪素麗的〈女作家〉[37]用簡得不能再簡的文字描繪時下的部分女作家：「把頭髮長長披下來，作女鬼狀，眼眶塗得烏黑，遠看，搞不清這人有沒有眼珠；手叼一根菸，極其『有味道』的樣子。必要時，鬧點新聞，比方說：流浪啦，和某人戀愛，又絕交啦，自殺未遂啦，等等。」作者最後嘲諷地說：「女作家要成為作家，得先學會做老實人。」

37 原載一九八一年四月二十五日《聯合副刊》，後收入氏著《浮草》（台北：洪範書店，一九八三）。

洪氏這篇作品雖然只如一幅極簡單的鉛筆素描，但台灣這幾年來出現過的「明星式包裝」的女作家形象倒是呼之欲出。她們之中有些人已消失不見，但繼起的人還是不斷，見證了這個階段別致的文學現象。只是平心而論，洪氏的筆畢竟太過簡略，其文的寫實意義遂不免薄弱。

伴隨著通俗而軟性文學之潮流所產生的明星式女作家，固是晚近十餘年來台灣「新興」的女性；而另一方面，隨著工商業化所帶來的人心迷茫與不安，宗教人物則成為台灣社會新的禮讚偶像，簡媜〈紅塵親切〉[38]見證了這樁事實。

〈紅〉文寫作者一位穿黑長衫的好友——空法師。作者說：一把利剪，剪去二十五年的女兒身後，她是穿百衲衣的大丈夫。在作者眼中，她行住坐臥，掌風習習，妙藏物色；她提足成步，如礦出金，如鉛出銀，又十分洗練。有時她老練深沉，宛如幾百歲；有時又很年輕，與沒大沒小的兒郎一起調皮搗蛋；她有老年之識見又有少年之胸襟，她，乃是個忘年僧。

簡媜以她精麗的筆細細刻畫空法師的天真與機趣、智慧與人情，讀來可親可敬，充滿禪意。而她以身受高等教育之身分，心繫佛理，又描繪一同受高等教育獻身佛法的女性，無論就其本身或就其對象而言，都是當今社會極饒富興味的現象。

台灣當代散文中的家族外女性形象大致如上。較諸家族內女性形象，顯然較具寬廣的視野與細膩的觀察；但仍屬零星，欠缺系統；且在敏銳地隨時捕捉時代面貌以做相應的人物刻畫上亦嫌不足——殆唯汪其楣一文較為清晰務實——是則尚有待後起者繼續努力，殆無疑問。

---

38 原載一九八四年十一月九日《聯合副刊》，後選入九歌版《七十三年散文選》。

## 三

用前文地毯式的檢索方法處理台灣當代散文中的女性形象，其實是吃力不討好的工作。一個基本的弱點是：在材料無法全面羅織的情況下，文中所討論的女性形象有所疏漏，勢必難免。所幸這種疏漏只要一旦掌握更多資料，自可隨時添入彌補，應非嚴重。我個人真正關心的是，藉此觀察，驗證台灣散文的基本性質。以台灣現代文學的發展歷史而言，散文較諸小說、新詩，不但更少外鑠的成分，也對時代的回應較為遲鈍冷漠。這一點，驗諸本文所探討的台灣當代散文中的女性形象，似乎也得到具體的證明。首先，描寫家族內女性的篇章遠超過描寫家族外女性，便已反映了散文作者薄弱的外視能力與省思能力；其次，家族內女性的形象多屬正面，家族外女性的形象又多零散模糊，也還是反映散文作者對外在世界關照能力的不足。要言之，台灣當代散文作者普遍而言，內視多於外視，回顧多於前瞻，感性重於知性，雖說也為台灣四十年來的女性刻畫了部分「典型」，但嚴格來說，仍屬略筆，且泰半為「過去時代」中的人物，然則就相應於現實的腳步而言，散文的表現確實是緩慢而落後的。

除了這種「反映現實」的意義欠缺之外，台灣當代散文描寫女性形象多用感性略筆，而少精細刻畫也讓人既失望又憂心。這是否意味著四十年來台灣散文在抒情小品持續不衰的情勢下，已漸漸傷害散文體的「體質」，進而弱化作者創作的能力？這些課題如果能因本文之寫作再度喚起有心者的省思——省思散文的題材、章法、技巧、風格，乃至該具何種精神與面貌，我個人的心願便達成了。

# 當代台灣散文的蛻變

## 以八〇、九〇年代為焦點的考察

## 一

觀察五〇年代以降的台灣散文發展，八〇、九〇年代顯然是變化最劇烈的階段：蓋前此三十年，就體類而言，大抵不出抒情、寫景、敘述之功能；文字風格則承襲五四以來散文傳統[1]；其中較特殊者，唯六〇年代以還，余光中、楊牧等積極創作詩化散文[2]，務求台灣散文之「現代化」；而七〇年代雖有鄉土文學論戰以及報導文學興起，但其影響散文，須待八〇年代以後始較顯。八〇年代以後，台灣散文之變化所以加劇，實有深廣之背景因素在：要言之，政治之日漸民主、社會之

1 參見《中國現代散文選析》冊二，李豐楙，〈緒論〉，頁四七六—四八六(台北：長安出版社，一九八五)。

2 其實，「詩化散文」乃由徐志摩開其端緒，唯自徐氏以降，作家較少體會，至余光中、楊牧始有意爲之，遂開散文新貌。

日漸開放、經濟之日漸發展、價值之日漸多元，乃至都市興起、農村消失，以及資訊傳播之迅速與網際網路功能之無遠弗屆……等等，在在促使作者、讀者、評者的角色不斷變易，進而乃使文學的內在與外在迭生新態，散文於此亦不例外。值得探索者，此中種種新變究於散文發展有何意義？其予吾人啟示省思者何在？其短長得失又如何？值此世紀末，觀省過往，俯察當下，若對八〇年代以來台灣散文之蛻變作一探索；對其現象背後所可能隱含的意義作一思考，則固不僅有助於鑑往，或亦可助於知來，因作本文，以就教於先進。

## 二

八〇、九〇年代台灣散文之變化，實自形式以至內涵、自題材以至風格、自語言以至技法……，莫不有之；而其中猶自包含著個體與群體、感性與知性、虛幻與真實、作者與讀者……等種種面相之糾纏與顛覆，令人滿眼繽紛、目不暇給，唯細細爬梳，或可化約為：文類之跨越與次文類之交融、寫實與抒情框架之擺落、新語言與新形式之試煉等三項，茲依次述之。

### (一)文類之跨越與次文類之交融

所謂文類跨越，就散文而言，即向詩、小說，乃至戲劇的領域入侵，以詩、小說、戲劇的表現方式創作散文，使散文成為或如詩、或如小說、或如戲劇的樣貌。此種寫作策略，其實古已有之，如韓愈之「以詩為文」、「以文為詩」即是。五四以來，徐志摩以詩筆為文，奠立抒情美文之典範，殆現代散文跨文類（入詩）之先鋒，惜繼踵者鮮又不顯，至余光中始再張旗鼓，戮力為之，但余氏之人格與風格發揚顯露，其融詩筆尚不免失於直切，其論見則往往過於銳利[3]，故影響暫遭壓抑，迨楊牧繼踵，化剛為柔、化顯露為深曲、化迫促為雍容、化單純之情感為融合知性之新感性，詩化散文始臻熟美。八〇年代以後，楊牧所樹立之新美文風格，為世所肯認，故自此之後，散文出位乃成歷久未衰之風氣，幾成作者心中之典律[4]。

楊牧以下，詩化散文所在多有，唯彼此之間程度深淺有別而已。若論名家，則陳克華、許悔之、林燿德等均足以當之；而純散文作者中，簡媜筆下特富音聲辭采意象之美，固亦詩化傾向之見證。

---

3 余氏基本上有重詩而輕散文之偏歧態度，故以爲「詩不可像散文，散文卻不妨像詩」，其論點具見〈剪掉散文的辮子〉一文（收入《逍遙遊》）。該文時或言過其實，有失厚道，故雖爲台灣散文批評史上最勇悍之主張，但爭議亦多，其功在「破」——至於「立」，則有待後來者。

4 嚴格而言，八〇年代中期以前，散文跨越本身之體製、藩籬者，尚未成風氣，至八〇年代末乃至九〇年代以降，出位之散文竟如雨後春筍，無時不見，尤其後起之秀（各文學獎得獎者），莫不如此。就現象而言，誠覺突然，似乎一時之間，此爲寫作策略不可移易之典律。我個人以爲，這與八〇年代以後楊牧新美文風格之被理解、被肯定，乃至被視爲一種崇高典型有關——而此中，學院中人推挹詮解，以之啓導後進之功不可沒。復次，八〇年代以後新起散文作者，往往兼擅其餘文類，如陳克華、許悔之先以詩名；褚士瑩、王家祥先以小說名；林燿德則眾體皆備。相較於以往散文作者之「專業」化，後起之秀顯示了更寬廣的才具與企圖心，則散文欲不出位，亦戛戛乎難矣（參見拙作〈江山代有才人出——管窺散文新銳、蠡測散文新趨〉，載《文訊雜誌》一〇〇期，一九九四年二月）。又，「散文出位」一詞借自林央敏〈散文出位〉，該文載於一九八四年十月，《文訊》第十四期。案，林氏此文作於八〇年代中，文中所論尚簡，並以余光中爲主而及於楊牧，此一則可知散文跨越文類之現象已然發軔，爲先覺者所見；一則尚未蔚成風氣。

散文之出位，本以詩化為先聲，然隨理念之漸被與風氣之漸開，糅合小說、戲劇表現方式以創新體者，尤覺後來居上，至堪注目。簡媜之《女兒紅》已然自道：「這書雖屬散文，但多篇已是散文與小說的混血體。」[5]廖鴻基的〈鐵魚〉（收入《討海人》），亦有跨入小說的意圖，對話、情節、懸疑，以及戲劇性的張力等，構成此文強烈的小說傾向[6]；而前此最著者，殆非林燿德莫屬。林氏之都市散文，融詩與小說之形構，並有濃厚科幻、寓言意味及歷史、神話色彩[7]，格局最大、思感最深，實為台灣散文之出位做最勇銳果敢的實驗、立最鮮明懾人的標幟；其不幸早殞，為台灣文學至大之損失，殆無疑義[8]。

此外，尚有跨入戲劇領域者：七〇年代末，張曉風〈許士林的獨白〉[9]已然揭示可堪代表的佳作。所以如此，自與張氏因李曼瑰教授之鼓勵，自六〇年代末期起投入劇本寫作有關。吾人可以想

---

5 見《女兒紅》（台北：洪範書店，一九九六），自序：〈紅色的疼痛〉。

6 參見陳信元〈跨越文類、超越流行〉（一九九六散文創作現象），載《一九九六年台灣文學年鑑》（台北：行政院文化建設委員會，一九九七）。

7 舉例言之，林氏《迷宮零件》（台北：聯合文學，一九九三）中，詩的語言俯拾皆是，諸如：「流失的耳語飄出窗口，會不會幻化成蝶呢？」「有的房間就像是蛹，亮著不變的燭光」（〈房間〉）「喧鬧的日光，隱藏在緊掩的窗簾後。／斷續的練琴聲……逐漸消逝。／我永遠記憶不起夢，醒時卻記憶起你的睡眠。／愛情本身就是事件。」（〈音樂〉）；而〈綠屋酒吧〉實小說體；〈魚夢〉爲神話與戲劇之融合；〈大司命〉又爲詩與神話之融合；至《地球零件》諸篇，則綜合科幻、寓言、歷史、神話，形成奇特作品。

8 林氏早殞，不僅爲其個人之不幸，亦台灣文學之不幸，蓋林氏創作、評論、文學教育三方面俱有驚人表現，其才、其能、其敏銳與毅力於同輩中甚少出其右者。

9 載氏著《步下紅毯之後》（台北：九歌出版社，一九七五）。

見張氏對人物、情節、場景之安排必有體會，余光中早評其散文最精采動人者在特具「臨場感」[10]。值得注意者，張氏散文好採綴段式寫法，唯其綴段式寫法，頗異一般，蓋為有機結構、貫串呵成之設計，大有舞台劇幕幕承轉之形構與趣味，分觀則獨立成景，合觀則完整成戲，一如紙上之搬演。

張氏之外，阿盛最堪注目，《行過急水溪》、《散文阿盛》、《五花十色相》等，莫不表現其鄉土散文之特質——具濃厚史傳及民間說書或通俗曲藝之況味，已為八〇年代以降台灣散文出位做了最「庶民性」、最「諧謔性」的展現，故吳江波比為中國大陸之阿城，稱其「刻鏤著話本筆記和通俗演義的痕跡，並且不時有滑稽突梯的神來之筆」，又盛讚其「善用民間俗語、相聲、說書和講笑話、打油詩等等表現手法……化俗為雅」；終則索性名之為「阿盛體文學」[11]。

八、九〇年代台灣散文跨越文類之表現，其要者略如上述，然除此之外，尚有次文類交融之變，亦應略窺究竟。

所謂「次文類」交融，乃借用「文化／次文化」之觀念，強調在「文類」概念下，已獨特發展的「次文類」間，彼此跨越交融的現象。舉例言之，都市散文、自然寫作、性別書寫、專業散文以

---

10 見余光中〈亦秀亦豪的健筆〉，原載一九八一年三月五日、六日《聯副》，收入《中華現代文學大系》評論卷（台北：九歌出版社，一九八九）。唯余氏以「臨場感」論張曉風之散文如現代詩，恐是詩人「本位」之見。

11 吳氏之文原載香港《讀者良友》六卷一期，一九八七年一月，後收入《阿盛別裁》（台北：希代書版公司，一九八七）。

及原住民散文等，俱為台灣八、九〇年代散文此一文類中獨特發展的次文類，作家以之為書寫內涵與主題時，往往跨越其本然之屬性而與他者互涉，以簡媜為例：女性意識實一貫存於其作品中，成為其重要的主題，然鄉土亦為《月娘照眠牀》一書之主題，都市亦為《胭脂盆地》一書之主題；換言之，《月》書、《胭》書分別展現的是鄉土與女性、都市與女性二種次文類書寫的交融。再以莊裕安為例，其作品既為專業散文(音樂)一體，然亦可視為旅行書寫之體；單純地視為音樂散文或旅行書寫均有未安；但抽掉西方古典音樂之精靈以及西方文學名著之典故，莊氏旅行書寫之姿采與神貌又幾近蕩然無存。與莊裕安異曲而近似者，如徐世怡《獻神的舞慾》，全以柬埔寨吳哥古城為主題，大量運用其建築專業背景，且採論文體例，為時髦的旅行書寫匯入極其專業性的色彩，形質獨特。餘如：利格拉樂・阿𡠄以及夏曼・藍波安，在原住民主體性的主題探索下，分別兼包女性書寫與自然寫作(海洋文學)；前者代表作品為《誰來穿我織的美麗衣裳》、《穆莉淡》；後者代表作品為《冷海情深》。

回顧八、九〇年代台灣散文文類跨越與次文類交融之現象，吾人或可有以下省思：

一方面，文類跨越與次文類交融反映的是散文文體界線的泯除以及體式的解構；它們代表了散文作者在技巧上追求更新、形式上追求更美(文類跨越)，在內涵上、主題上亦務期更深更廣的企圖與實踐(次文類交融)；它們似乎成為台灣散文在跨世紀的前夕，正逐漸邁向成熟兼美的指標。但另一方面，文類不斷跨越，愈演愈烈，是否將增添作品的艱難，演變成表現方式的賣弄？而次文類的交融若無休無止，是否又造成主題的離散與焦點的模糊，並且加速同一題材發展空間的侷促困窘？而主題意識太強，是否又顯示另一種「載道」濃厚的創作觀，因之可能妨礙了作品應有的藝術性？

至於民國以來新散文中如周作人之流那種閒淡有味，極耐咀嚼的「純」散文，可能因之乏人問津、體會，而終遭遺忘、失落的命運，則尤啟人殷憂，值得吾人深入省思。

## (二)寫實與抒情框架的擺落

中國古典散文成為一種文類，自始即在性質與功能上與詩迥然有別。大略言之，古典詩言志詠懷，故終形成一悠久堅實之抒情傳統；散文則記人記事、傳達思想，具有強烈「實用」性格。魏晉以後，詩之力量強大，雖影響散文亦增抒情詠懷一路，但原始的「實用書寫」仍為主流，則迄明清而未改易。民國以來新散文，一方面隱承舊傳統；一方面因國勢振衰起敝之需要，故自始即深有「載道」意識，具文化、社會改造之目的，寫實性濃厚；抒情則僅許地山、徐志摩可堪代表，而未居優勢。五〇年代以降，則因政治之禁忌，形成與二、三〇年代之斷層，加以戰後人心撫慰之需求以及文藝政策之主導，故五四以來新散文傳統中寫實之趨向日漸消沉，人生、家國、鄉愁、親情、愛情、友情之主題成為大宗，故七〇年代以前，抒情美文實可謂一枝獨秀。自鄉土文學論戰起，此風稍替，貼近生活、貼近社會，具反思性與議論性的寫實作品漸次增多；入八〇年代，報導文學興起，關懷土地、關懷弱勢，富批判意識，成為此類作品基本持守、恆常不替的精神。質言之，新散文之初乃以寫實為主；五〇年代在台灣則轉向抒情為重；至七、八〇年代則又以寫實為尚，自八、九〇年代之交起，則作家寫實、抒情之「意念」均漸淡化，其原分別為作者心目中創作上綱的框架也漸擺落。我們做這樣的回顧、省察，並不是說九〇年代的台灣散文，已全然無與乎寫實或抒情，只是無論就長遠的中國文學大傳統而言，或晚近的現代文學乃至台灣文學的小傳統而言，「寫實」

與「抒情」一直是文學的二條主軸，它們的成分也許偏全有別、深淺有異，但基本上揭示的是二種鮮明的創作理念——兼含著文學本質與藝術本質等嚴肅的課題。然而九〇年代的台灣散文，在文類不停跨越與次文類不斷交融，以及社會變化快速、價值轉益多元的激盪下，新題材翻湧而出，新意念隨之浮沉，「寫實乎？」「抒情乎？」似乎已然不是作者經心罣意的重點。以自然(生態)寫作為例，在報導文學興起以後，猗歟盛哉的這一類作品，基本旨趣原都歸趨於環保意識，具有寫實精神，但就劉克襄而言，筆耕十餘年的進境，則早已使其自生態保育那種「固定」的思維、意識中走出，進入人與自然(鳥)融合的境界，平靜而如實的紀錄中，自有動人情韻，固已非寫實、抒情之概念可以統攝牢籠。又如鄉土田園之作，吳晟顯然在寫實與抒情中穿梭出入，未逾傳統書寫之框架，然陳冠學則迥然不同：一則則日記掇拾組合成的《田園之秋》，讀來宛如觀賞一支呈現作者日常生活的紀錄片——既無寫實之批判，亦少情緒之抒展，唯鉅細靡遺如流水帳的生活細節。更奇妙的是，那些彷彿實錄的文字，其實又是作家重整編織後的創作[12]，所以其實是一種「虛構」的實錄；因之，其作品屬性自難以寫實、抒情二種舊觀念範圍之，倒有點類似「新新聞」寫作的自我報導文學[13]。至於旅行書寫，本多興情感悟，但如前揭徐世怡《獻神的舞慾》則儼然為一古蹟建築之

---

12 亮軒在《田園之秋》的序中已經指出：「這本書是一九八三至一九八五每年一冊出齊的，爲什麼花了三年的時間，才出齊了三個月的日記？不得而知。」吾人可據此推斷，這是一本「想像」的日記。

13 根據彭家發《新聞文學點線面》(台北：業強出版社，一九八八)的說法。所謂新新聞寫作有三點特徵：一、新新聞是一反過去客觀報導的主觀報導，寫作者必須表達自己對事件的解釋和態度；第二，即使如此，新新聞仍然可以和客觀報導一樣詳實，因爲新新聞的前提是事前鉅細靡遺的密集採訪；第三點，也是最重要的一點：新新聞須運用散文的高技巧經營，包括伏筆、蓄勢、象徵、諷刺、隱喻、方言、對話、韻律節奏、性格

專業論文，大破散文體式；旅行對作者而言，只是她「專業」的驗證，偶然的體悟思辨，也還是植基於建築背後隱喻的意義，異乎一般之抒情表現。

自然、鄉土、田園、旅行，這種種原本不易軼出寫實、抒情框架的題材，卻已然有上述的異曲別調，則如專業散文，功能本重「傳知」的此一體類，自不斤斤為寫實、為抒情；其中莊裕安的音樂散文甚且擺落專業的傳知功能，翻轉成為一種有趣的文字遊戲和享受。此外，最特殊的是林燿德的都市寫作，林氏說：

> 我將都市視爲一個主題，而不是一個背景。換句話說，我在觀念和創作雙方面所呈現的都市，是一種精神產物，而不是一個物理的地點。八〇年代我屢次提出都市文學的概念，這個概念不是建立在城鄉二元化的粗糙思考之上，我的關切面是都會生活型態與人文世界的辯證性。14

對林燿德這種新都市散文，瘂弦的詮解是：

> 這種新都市散文，不再著力描寫都市景觀。對工商社會現實問題的挖掘，也與寫實主義作

（續）刻畫等，也就是說，它是基於事實的一種文學性寫作。準此而觀，陳冠學的《田園之秋》頗類新新聞式的報導文學。

14 見氏著《鋼鐵蝴蝶》（台北：聯合文學，一九九七），頁二九〇。

> 家不同。新都市散文所要捕捉的，應該是都市現象背後的精神，一種都市精神。[15]

蔡詩萍則認為林燿德：

> 藉著這些題材重新詮釋了歷史／政治、眞實／虛構的關係。[16]

事實上，林燿德都市散文的底層蘊含了深沉的現實意義與思維感懷，其實難脫寫實與抒情的精神。但由於他取材的範疇極為廣博，他書寫的方式異常怪特，所以似寫實而又非寫實、似抒情而又非抒情，乃標示了台灣散文中最難以定型的特質。

八、九○年代的台灣散文持守寫實與抒情精神的作品當然仍多有之，不過將之擺落者亦屢見不鮮，略如上述。這種現象一方面可能反映了作者的自信與成熟，他們可以超越二個傳統的框架，自在書寫；一方面也可能反映了作者對文學本質與功能傳統觀點的揚棄；更直截地說，它或許代表了對文學莊嚴價值與意義的顛覆或重新詮釋。作者不斷在問的可能是「我該寫什麼？」作者真正關心的可能是「我」這個寫作主體的存在意義：我寫故我在→我在故困惑→困惑故書寫——如此遞嬗而下，作品斯成為「意義」的追尋與探索，由是，所有的「框架」都失去了它的必然性，是可以隨時

15 見林燿德《一座城市的身世》（台北：時報出版公司，一九八七），頁一四。

16 見氏著〈八○年代後都市散文的新世代性格——林燿德的一種嘗試〉，收入《林燿德與新世代作家文學論》（台北：行政院文化建設委員會，一九九七）。

拆解的。

「框架」的拆解，使作品呈現無限繽紛的樣態，也提供作品無窮伸展的空間；此中精采的表現固不鮮見。但流風所被，若非敬謹矜慎，「框架」的拆解是否反易造成作品旨意的模糊、主題的失焦、形構的失序，以及資料堆垛、知性太強，主觀太重、感染力太弱等弊端？這似乎像回到一個古老的問題：原聲的文學原無所謂文體，但隨著文明的進步，文體慢慢成立了；文體的成立代表文學藝術的典律化；然而典律化後，隨之而來的是僵固；不願僵固，就只有把文體再打破；文體一打破，文學的生機可能再現，而典律卻也消失不見，於是再開始典律的追尋……如此周而復始。行至九〇年代，台灣散文作者已輕易可以不存框架之意識、不受框架之束縛，但前述之弊端亦往往隨之浮現。然則吾人是否可以如是思考：「框架」如果是一種文學信念的表徵，則「框架」愈多，代表的便非束縛牢籠愈多，反是文學信念的多元化，因此「框架」不必然是需要擺脫的。一個「優秀」作者的「優秀」表現，絕不純繫於他對框架的擺落；反之，一意擺落框架的作品也不保證便是「優秀」的作品。也許形塑更多「框架」以創造更多的表現空間，是比務求擺落「框架」更重要的課題。

## (三)新語言與新形式的試煉

從文學發展的經驗法則來看，新語言、新形式的試煉，每隔一段時間便有英豪起而為之，六〇年代以來，余光中〈剪掉散文的辮子〉(收入氏著《逍遙遊》)首先揭竿，遂開台灣散文「詩化」之路，語言、形式俱一新耳目；其後楊牧轉益多姿，其語言富聲采神韻而無痕跡，其形製更大破窠曰，《年輪》、《疑神》、《星圖》可為見證[17]；再其下，林燿德精采驚人，語言、形式之新變遠邁前人，神貌特異，無以名之，作品俱在，無庸多述；三家之外，簡媜、阿盛、張曉風乃至莊裕安等俱為名手，雅俗、剛柔、美醜、莊諧皆能冶一爐而成金，復能於古今文類藩籬中出入自如，見證台灣散文語言、形式之成熟，絕無可疑。值得注意者，諸家此種新創，除極少數外，皆見於八〇年代以後，是足證八〇年代以降，確為台灣散文藝術高度發展、成果耀目之時期。然耀目則耀目矣，耀目中亦不免有令人眩惑者，姑以上述諸家為例：余、楊、簡、張諸人，雖新變，而猶熟美自然；阿盛雖時夾泥沙以俱下，亦未失正軌；林、莊二人則不然，其新其變，幾無軌跡可尋，林氏尤然。平心而論，林氏為不世出之怪傑(筆者不吝讚美已見前述)，但林氏如此顛覆、解構的新變試煉，衍及九〇年代新秀，在後現代風潮的加厲洗禮之下，將演成怎樣的散文風景？令人憂、盼參半。以事實觀之，八〇年代以下，散文語言與形式的新變實略可分為二種：一種是中軌的，一種是出軌的。前者，楊牧、簡媜已成典型，一時之間，尊奉此派之後起者堪難逾越，僅能心嚮往之；後者則林氏早夭，猶自留下可供揮灑的空間——尤其在一個去中心、尚解構的後現代風潮裡，果敢的新銳自然無懼新語言與形式的不斷變妝／裝；此中最可代表者為張惠菁與唐捐。

張惠菁是新近崛起的新星，《流浪在海綿城市》一書表現的是：行文漫不經心，隨意縱發，文章結構的層次秩序似不在其念中；語言則輕俏佻達，尤其口語化的程度幾至無所謂經營鍾鍊的地

---

17　請參拙著〈永遠的搜索者——論楊牧散文的求變與求新〉，《台大中文學報》第四期，一九九一年六月，以及〈「詩人」散文的典範——論楊牧散文之特殊格調與地位〉，《台大中文學報》第十期，一九九八年五月。二文均收入本書。

步；但敏銳剔透的認知以及隨處可拾的嘲謔與輕喟，形成其極個性化的風格與魅力，試看這樣的文字：

你知道北極嗎？

不，我不是要說極光，或是半年的永晝半年的永夜。我也不是要說企鵝，企鵝在南極。

北極沒有陸地。祇有長年冰凍的海面。冰塊因爲過度巨大，看起來就像得了白化症的陸地。所有陸地該有的顏色，都被沉厚的白雪取代。

可那到底還是冰塊。冰塊底下是海。海洋的季節流來的時候，冰塊就以人類無法覺知的緩慢速度順著洋流的方向飄移。

因此，關於住在冰塊上的愛斯基摩人，該說他們是定居著，還是流浪著呢？

（〈在定居與流浪之間〉）

又來了，阿拉伯海洋裡的猶太島。在我小時候，不是每年雙十國慶日也都會聽見這種風雨飄搖，建國惟艱的說法嗎？眞是好熟悉喔，彷彿帶我回到了童年。在飛往紐約的英航班機上，飛機引擎隆隆的聲響裡，空中小姐「前有亂流，請繫好安全帶」的廣播聲中，童年時代燦爛的標語，竟然又回到我腦中。然後我又想起小時候被騙去的愛國捐款，「拿出我們的錢給國家買飛彈」的那種。

光頭哥哥對我笑了笑。那眞是一顆非常漂亮的光頭啊。

（〈飛行的猶太人〉）

你要的東西就是那「沒有」。你有車，有雙安全氣囊，有眞皮座椅。好罷即使沒有這些你至少有汽缸有引擎有排氣管。但是你沒有「沒有」。繞遍你找得到的每一條巷子，唯一需要卻又找不到的東西就是「沒有」。一整個城市繁囂的物質生命力裡，「沒有」消失了。

（〈靜止的神話〉）

我們可以說張惠菁散文的「形式」就是不講究形式；張惠菁散文的「語言」就是不講究語言。她既不華美，也不怪異，更不深澀；迥然不同於楊牧、簡媜或林燿德。然則她的隨意縱發似又非蕪雜；她的口語化似又非淺俗；就散文體貌而言，自為一種新表現。但這種新表現除了使人感受作者的「慧黠」外，在散文藝術性的拓展，以及台灣散文獨特風貌的形塑上，還看不出有何重大意義[18]。

相對於張惠菁「漫不經心」的「隨寫」，唐捐所展現的便是「嘔心瀝血」的「苦吟」。唐捐散文的語言比詩更抽象，更不可捉摸，而且詭異、迷離、驚悚；唐捐散文的形式，則顛覆散文規則，不僅出入各種文類，並且糅雜中國傳統「搜神」、「誌異」（兼佛兼道）的精神體貌[19]。〈魚語搜異誌〉一文最可為表徵：該文體製宛如一篇志怪小說[20]，分「魚臉」、「腸肚」、「血緣」、「輪

---

18 張惠菁有濃厚的村上春樹風，雖似見其欲將之轉化爲自我面貌，但猶待努力。

19 柯慶明氏認爲從唐捐的散文中，可以很清楚的看到「搜神」、「誌異」等筆記小說的傳承；而其「論說兼記敘兼抒情」的特殊寫作，既超越了五四初期所建立的文體功能區隔的規範，一方面也爲「後現代」的散文寫作標誌了精神上的系譜。文見唐捐《大規模的沉默》（台北：聯合文學，一九九九），〈序．馳感入幻的世紀末書寫〉。我個人同意唐捐爲文有法於古典「搜神」、「誌異」精神體貌者，但不認爲這是唐捐風格最主要的傳承，詳見文內論述。

20 其實《大規模的沉默》所收諸篇，泰半具情節、人物、想像、虛構，皆已近小說體。而意象繁多，語言濃密

迴」、「水孕」五節，僅就標題已可見其詭異、迷離、驚悚，並兼志怪佛道之奇幻色彩。再看這樣的書寫，更可證明：

> 湖裡浮現一對慘白的月亮，如溺者泡水數日的乳房，點綴著一塊塊深褐色的屍斑。夜裡的湖泊凝滯如果凍，少年Q蹲踞在湖畔，讓鳥的啼鳴蟲的聒噪獸的叫喊滋潤他枯乾的耳膜。

一般散文中月亮之意象在此被徹底顛覆固不言可知，而結合泡水的乳房，以及屍斑點點的譬喻，更完全解構了散文傳統的美學風格[21]；加上果凍一物在此並列，且擔負與其原本甜滑美好感覺全然相逆的意符，在在使人瞠目。此外，唐捐散文中如詩、如超現實詩的文字更俯拾皆是：

> 劇烈的節奏，好像急撥著算盤，要解決一種困難。這聲響跳躍鼓盪，在耳膜的彈簧床。可能是粗獷的鐵器相互摩擦碰撞，可能是巨大的引擎消化燃料。有一種氣息濃厚如瀝青，鋪在嗅覺的神經網路，我站在車廂接榫處。
>
> （〈大規模的沉默〉）

---

（續）則有類於詩。

21 用柯氏的看法，或將唐捐此類描寫納入對魯迅《野草》的繼承（參前揭文）。但比較二者，現代散文美學風格的逆轉在魯迅筆下固然有之，但尚非「本質」的撼動；魯迅塑造的不過是冷厲肅殺；唐捐則詭異驚悚——這才是徹底解構了現代散文美學風格的「本質」。

離水的魚目具有一種神奇的透視的能力，牠們看見每個人的腸肚都像池塘，游著無數的魚魂，牠們看見天空的底部埋著鳥的骨骸，牠們看見自己的腸肚化入昆蟲的腸肚，在草叢裡蹦蹦跳跳。

（〈魚語搜異誌〉）

魚鱉魚蝦在鼓面上游泳，疲憊的雁子從嗩吶中列隊而出，其中還穿插著一隻濫竽充數的白色烏鴉（牠爲了團體的榮譽，而換上制服）。曾經當選十大傑出老鼠的新郎，挽著號稱模範貓的新娘，走過布置豪華的陰溝，在一個名叫天堂的小鎭。

（〈不在場證明〉）

整體而言，唐捐苦心「蒐奇」，刻意「出奇」，務求塑造現代散文最「奇異」的體式風格；他又格外注重語言的錘鍊，希冀確實達成「精緻」之境界。就前者言，他運用自己出身中文系，嫻熟古典的背景，變出林燿德的都市「奇幻」；就後者言，他結合魏晉南朝詩的沉重深曲以及中晚唐詩的詭麗迷離，變出楊牧的雍容高華。他的企圖心是可佩的，他的實驗性是可許的；但從《大規模的沉默》一書觀之，亦難否認，作者已然掉入一種自我架構的泥淖而難自拔，這樣的風格體貌，雖驚動一時，但究能如何拓展？而一意的追「奇」，就文學史的經驗法則觀之，似也非能可大可久。柯慶明似亦有類似觀點，柯氏云：

對於這樣的作品，我一方面讚歎唐捐的才華之高，感受之深，設想之奇，描摹之詭；一方面卻不免想提醒他：或許在思考告子的「食，色：性也」之餘，也可以考慮孟子的知言養氣，體會一下「浩然之氣」的宇宙境界；或許在沉思「萬物相制迭相食」的事實之際，亦當注意其中「物類平等」的襟懷，不妨於「不敖倪於萬物」之餘，「獨與天地精神往來」；在觀想因果循環的無休無止之時，亦當「行深般若波羅蜜多」，「照見五蘊皆空」，以「度一切苦厄」，而能「心無罣礙」，「無有恐怖，遠離顛倒夢想」。[22]

張惠菁、唐捐之外，吳菀菱〈業障幻海記〉（《台灣文藝》一六一、一六二期合刊本，一九九八年六月），文長數萬，思路漫流、歧異，遣詞造句詭魅迷幻，體裁形構更任由作者吆喝編排，並無理序；至於內容，更廣及性別、宗教、自我認識……，是亦新生代極顛覆、解構能事之又一例。然就讀者而言，必須面對作者個人極端私密難解之思緒——甚或是思緒的碎片中，不斷撿拾、不斷失落，極端厭倦疲憊地追趕、猜測；散文奇變至此，不失去讀者亦戛戛乎難矣。

## 三

綜觀前文所述，八、九〇年代台灣散文的精神與特質，若以一言蔽之，實可曰：「變」。其不斷實驗、不斷變易、不斷創新之景況，令人印象深刻，卻也感受萬千。因為就我個人的體會而言，

---

22 見柯氏前揭文。

在此種種新變之中，其實存在著本質的差異：中生代與前行代作者的求新求變，猶然基於自我莊嚴的文學信念——文學必須如此始能永恆彌新；同時也是自我惕厲與提升的責任表現。新生代的作者則不然，兀自在強烈的後現代風中，追趕時尚[23]。「中心」既已不復存在，拼貼、模擬，遂成為理所當然；時間、空間既可以斷裂，行文的肆意飄流飛行，也就不足為奇；語言既可反叛顛覆，則其終勢將完全成為作者恣意捏弄的玩具。「後現代」原本無罪，其自西方興起並發展，亦有其深層的文化結構因素與意義，然台灣新生代的作者於此究有多少體認與反省？長期以來，我個人從不敢蔑視後起者之俊發，只是憂慮若將「後現代」膚淺化並奉為無限上綱時，是否給自我應有的磨難與鍛鍊找到輕忽的藉口？給「只要我喜歡」找到冠冕堂皇的理由？文學畢竟不是追求時尚，恣意流行的商品。我也希望新一代的作者更能注重沉潛而不盲信「策略」；然則世紀末的進一步即是世紀之初，現代散文新典範、新境界的出現，誰曰不可期待[24]？

23 本文所指出的台灣八〇、九〇年代散文三種蛻變，其中一、三兩項本相類通，將之分論，實有感於二者仍內在本質的不同。蓋「文類跨越與次文類交融」猶深蘊作者突破體式的企圖以及其主題意識的關懷——隱含作者莊嚴的文學信念。而「就語言與新形式的試煉」則爲後起新秀浸潤後現代風中務現新奇的「顛覆」，除了「策略」功能，尚見不出有何重大意義；二者實不可同日而語。做爲一個關懷台灣散文發展的研究者而言，我確實有如上的體察，無論褒貶，均爲愛深言切，幸知者不誣我。

24 二十世紀初，因新文學運動之風起雲湧，乃使二、三〇年代成爲現代散文典範樹立時期：魯迅、周作人、胡適、徐志摩……等皆爲一代宗師，影響深遠。行至二十一世紀，省察本世紀末台灣散文之劇烈蛻變，似乎正是變出新境的前奏——一如風雲詭譎乃是晴朗和暢的前兆；然則新典範的出現勢當因緣際會，應運而生。另，「世紀末的進一步，即是世紀之初」仿借柯慶明先生語，見文內所引註22文之後，不敢掠美，特此註明。

# 試論林文月、蔡珠兒的「飲食散文」

## ——兼述台灣當代散文體式與格調的轉變

### 一、前言

以台灣現當代文學而言，「飲食散文」雖無其名，但早具體式，亦早有名家，如唐魯孫、逯耀東等即是。九〇年代以降，台灣散文品類繁富，體貌迭更，不唯「飲食散文」一名終告確定而為世人所習稱，其亦成為散文園囿中方興未艾、甚為重要之一支脈，作者輩出，林文月、韓良露、韓良憶、王宣一、黃寶蓮、蔡珠兒、徐國能等可稱代表。本文暫先拈林、蔡二人試論，除藉以顯示當代台灣飲食散文最鮮明的二種面貌外，亦企圖揭示當代台灣散文體式與格調的某種轉變；二者均可供散文史研究之參考。

林氏相關著作，固為《飲膳札記》[1]；蔡氏之作，看似非一，而性質純粹可以無疑者，亦固僅《紅燜廚娘》[2]而已。以下即鎖定此二書為探討之依據。

## 二、《飲膳札記》的特質

《飲膳札記》頗有一些特質可以探討，茲分別申述如下：

### (一)入乎「記敘」，超乎「記敘」

林氏散文，識者皆知：其鋪寫精細、其語言素樸、其抒情抑制、其思理質實，初讀頗覺淡乎寡味，細品則漸能察其豐腴。《飲膳札記》一書(以下簡稱《飲》書)，依然維持此一貫風格，唯尤有異者：其抒情、說理之成分愈見刻意收束，而傾絕大之精力，極一絲不苟、極一步不紊地依序記述各佳餚自初始至完成的詳細過程，因而形成全書極為濃厚的記敘性格。林氏所以如此做，當出於對「生命的曾經」、「美好的事物」盡力保存的一種心情，《飲》書〈楔子〉有云：「回想自己從不辨蔥蒜鹽糖到稍解烹調趣旨，也著實花費了一些時間與精力，而每一道菜肴之製作過程則又累積了一些心得，今若不記錄，將來或有可能遺忘。」可以為證。但就我自身體會而言，固仍相信，林氏

1 林文月，《飲膳札紀》(台北：洪範書店，一九九九)。
2 蔡珠兒，《紅燜廚娘》(台北：聯合文學，二〇〇五)。

賦予《飲》書如此強烈的記敘性格，除了上揭最重要的因素外，或不無試煉一種特異書寫方式，從而形成一種特殊體類的企圖在內。林氏有意變散文體式，我個人昔日已曾言及，其最鮮明之見證，如《擬古》一書即是，故《飲》書若有相似旨趣，絕為可能。事實上，《飲》書以不厭其「繁」的方式敘寫各種菜肴的製作，其本質固為「記敘」，但透過極為精細的記敘，作品奇妙的漸漸產生超乎「記敘」的趣味——此固與食材經過料理，終則變出新味無異——在此，不妨比觀韓愈〈畫記〉一文之前半，當可意會。換言之，我個人以為林氏似欲探索、拓殖「記敘體」延展變化的「可能性」，故一方面高度膨脹其記敘性，一方面襯以無限簡約淡化之抒情說理——前者固已可能產生「記敘」本身內在的「質變」，一如前述；若再添以後者之相映、相揉、相激，則更增《飲》書既入乎「記敘」，復超乎「記敘」之意趣也。在此姑舉〈佛跳牆〉二段為例：

> 魷魚以乾貨浸泡水，較市場上已發者爲味道鮮美。浸發過的魷魚，切成寸半許長，而在肉上用斜切刀法輕輕劃出縱橫紋路，可收熟後捲曲的美化效果。至於浸泡的水，可以留用。香菇與紅棗亦皆事先浸泡使開張。芋頭則去皮後，切爲一寸立方塊狀，並先在油鍋中略炸，可以防止蒸熟後形體毀散。
>
> 將瓷甕放置入蒸鍋中央部位，徐徐注入清水；水無需太多，多則往往令甕浮動不穩，故以淹過甕肚約五、六分高之量爲宜。甕本身之重量，加上蒸鍋之內已注入相當多的水，至此全體總量更爲沉重，所以不妨將蒸鍋事先安置於爐上，省免搬運之勞。爐火先須旺，等水開沸之後，可以轉弱，維持蒸鍋內之水繼續滾騰即可。這時候，鋁製的鍋蓋可能因水氣不

> 斷沖頂而浮震擾耳，可用一小而有重量之物(例如磨刀石)平置於鍋蓋上鎮壓之，既可防止擾耳之聲，又有助於減少水氣過分外散。

此二段文字純為「記敘」，類同食譜，顯然無疑。但細細讀之，每一步驟莫不精整講究，種種或可、或不可、或不妨之叮嚀，以及各種大小比例之斟酌，漸次催使原本似當流於枯索的文字轉為生氣盎然，彷彿精雕藝品的呈現，從而生發讀者各種「感官」的想像；後一段尤有明人小品之趣，至堪玩味。平心而言，林氏此種境界，古人筆記實多有之，五四以降，周作人略得其中三昧，然就現代散文書寫而言，畢竟為寡調，罕人彈響，是亦足以凸顯林氏「書法」之可珍也。

## (二)藝術美的展演

前文曾謂林氏極細膩的「記敘」，反使作品彷彿精雕藝品的呈現；事實上，林氏在處理《飲》書各篇時，確實有心使筆下的烹調翻轉成為繪畫、音樂、舞蹈、戲劇的展演，因而刀鏟勺盆不僅是刀鏟勺盆，毋寧更宛如畫筆、指揮棒乃至舞台之各種布置，試看這樣的設計：

> 芋頭與油、糖在鍋內翻炒至充分融合以後，就會有一種屬於芋泥的特殊香氣四溢。隨即取一稍深的容器，將炒好的芋泥盛入。盛入之際，往往會有空隙，不必理會，其表面有時也不甚平均，亦不必擔心；因爲尚需蒸煮，而蒸煮時遇熱軟化，內部空隙自然塡平，且表面亦自然呈現平整光亮。如果家裡有桂花醬，可以取約一小茶匙，於起鍋以前羼入芋泥之

中，則蒸出來後，會帶有微微的桂花香，其嗅覺的效果更佳妙。至於紅棗，是為了增添其視覺上的美化效果，可予事先用熱水浸泡使軟，取出其核，將沒有破裂損壞的一面朝上，任意排列組構圖案。一般多作花形，偶爾亦可排出中國古代的雲紋，亦古色古香可喜；若賓客之中有人逢生日，排出「壽」字形狀，又可取代生日蛋糕，慧心巧思，顯出主人的誠意了。〈芋泥〉

全段除精緻綿密的描寫外，時時注意彰顯香、色等嗅覺、視覺的美感效果，甚至自然帶入體貼的慧心巧思，所以咀嚼讀來，滋味濃郁，乃自產生賞心悅目，情曠神怡的感覺。林氏此種技法，當與其古典涵養有關，蓋頗得於南朝唯美文學之工筆體物與巧構形似。此外，異曲同工者，如〈椒鹽裡脊〉、〈扣三絲湯〉之摹寫鋪排：

冷肉結實緊密，用利刃輕切，一刀、復一刀，無須花費大力氣。連續一片片切去，其間似乎有韻律存在，而厚薄自能齊一，確乎奇妙。庖丁解牛，所謂「莫不中音，合於桑林之舞」，或者並不完全是玄虛之說。〈椒鹽裡脊〉

三絲填入碗中時，宜使絲絲緊扣縱排勿亂，保持不鬆不緊的密度。太鬆則不成形，太密又恐倒扣之際不易離碗，所以鬆緊之間的手感拿捏非常重要。

小心謹慎地將湯碗端上桌。客人們往往會為那一碗表面看似空無一物，而仔細端詳又見三絲形成的小丘若隱若現在其底，及至用湯勺碰觸之則嘩然散成紛紛繽繽的神奇而大感驚

> 喜。……這時，一道初看平凡無奇的湯肴竟有魔術一般的效果，先前所費的心神精力和時間，便有了莫大的安慰與欣喜了。〈扣三絲湯〉

前者確有抑揚曼妙之姿，後者則不唯有戲劇效果，甚且尚有古典山水文學之筆趣；凡此，俱見證《飲》書變平為奇之詼詭。

## (三)涵養、風度、個性之流現

《飲》書的第三項特質尤在其不時流現林氏個人之涵養、風度、個性——這其中尚包含一些平淡真切的哲理體悟，〈潮洲魚翅〉有云：

> 熬煮高湯，比較不需要費神注意。……所以熬湯的時候，可以兼做一些不費時的家務，例如摺疊烘乾或曬乾的衣物，甚至也可以拿一分報紙或一本閒書在靠近廚房處閱讀；只要保留一點注意力而不致於全然渾忘其事便可。

〈香酥鴨〉又云：

> 做這類費時間的菜肴時，若一心等待蒸熟煮爛，往往感覺漫漫難度，……。所以最好的方法是同時進行另一件較不必全神貫注之事。例如在廚房一隅(或附近)給遠方朋友書寫積欠

良久的明信片，或閱讀平時無暇瀏覽的雜誌等等。我自己時常在這些零星撿取的時間內做一些平時難以勻出整段時間來完成的事情，因而感到有雙倍的欣慰。輕微的分神，使我暫忘等待的焦慮，兩個鐘頭似乎很容易打發過去；而有時則短暫的專注因為蒸鍋中溢出的香味而忽焉中斷，也是十分有趣的經驗。

無論烹調宜費神或不費神，林氏兼做家務瑣事、閱報讀書，以及處理平日難得完成之事，並由其中體察、享受一種別致的趣味，實正顯示了古人所謂從容、閒雅的涵養，隱約魏晉名士風度。《飲》書〈附錄：生活如此美好〉有云：「但無論寫人寫景或寫飲食，於閒散從容間，自有一種人類所共同追求的純美生活本質。」亦顯示了林氏對「閒散從容」的自覺與嚮往。

然而相對於這種閒散從容，《飲》書又表現了林氏偏於果決而莊肅的個性，試看〈潮州魚翅〉：

我做的魚翅，喜歡柔軟之中又保留一些咬勁。……我做的魚翅，也絕不勾芡。……有人喜歡碗底墊一些摘去頭尾的銀芽，或撒一點芫荽；我卻寧可兩免，白瓷的碗內盛出八分滿的魚翅和羹湯，那不見其餘一物的濃郁香馥之中，自己飽含了應有的鮮美，只須略滴香醋趁熱而食。

再看〈清炒蝦仁〉：

蝦絕不可在市場先行剝殼；回家之後，連殼帶頭在水龍頭下快速沖洗後置入瀝水容器內，儘量瀝去水氣，然後便去頭剝殼。……又有人忌諱味精，我則以爲有時微量的味精確實可以提高味覺。

觀點自信而明確，乃使其飲食之道不隨流俗，充滿個性。〈潮州魚翅〉又云：

這三次發魚翅，幾乎耗費自晨至昏大半天的工夫，或許令人感到不耐煩；但文學藝術之經營，不也需時耗神費工夫的嗎？如果你能以藝術之經營看待烹飪，則這半天的工夫就算不了什麼了。

已然煞有介事般說理矣。林氏此種格調其實在其作品中一貫有之，固表現其人莊肅之一面，而就《飲》書而言，初則不免感覺干擾扞格，以為蛇足，細品則自有況味，乃知此不唯流露其人個性，甚且正使《飲》書似食譜而非食譜，結合下文所論抒情懷舊，乃了然《飲》書何以終於能夠「食譜的滋味，遂往往味在舌尖而意在言外了。」（《飲》書〈附錄〉）

類此似經意似不經意，錯落有致地說理者，再如〈椒鹽裡脊〉：「外國人學中國菜，常為食譜中慣用之『酌量』或『少許』一類曖昧的詞彙所困，但這種曖昧的詞彙確有其道理；蓋主題大小不一，且人口味亦有別，調味豈有定於一統之理？」〈鑲冬菇〉：「一桌酒席之中，此類精緻的菜肴以不超過兩樣為宜，否則高潮迭起，反而不見高潮。這與寫文章的布局，或繪畫構圖，衣飾穿著，乃至於人生許多事務同理，總要有些疏落低調，才能襯托精華中心，否則徒然堆砌鋪張，令人眼花撩亂，反嫌庸俗。」皆好例也。林氏一邊引申說理，延展讀者的感發：一邊藉此見證其對《飲》書各文寫作時之匠心獨運，而讀者亦因之能漸次體察《飲》書內涵所具有之高度與廣度矣。

## (四)素樸的語言、憶舊的主題

語言素樸，向為林氏格調，《飲》書亦不例外。而所謂「素樸」係指其並不刻意雕飾琢磨，故無華豔之風——這一點，既與習見女性作者散文異調；亦似無其學術專業(六朝唯美文學)影響在內。但林氏極重視經營，故雖素樸而絕不鬆軟、枯澀，反因之具有一種強烈的層次感以及特殊的細膩美——這一點卻又與六朝文學之體物有關；前文固已析述——是仍受其學術涵養之沾溉。此種語言格調，《飲》書通冊皆是，而前文所引文字亦可為證，故本不煩舉例，但亦不妨再看一段，咀嚼其味：

> 據說關外的土地多砂質，關外人多牧馬畜羊，他們宰殺了羊馬，把不要的內臟拋棄於地上，久而久之，內臟腐爛後就長出菌來，這種菌便是口蘑。也有人說，口蘑是馬糞中生長出來的。聽多了各種說法後，我對於口蘑的印象是模糊的、遙遠的，也是不可思議的；總以爲居住在台灣，關外的菌類與我不相干。直到有一次赴香港，在公務之餘閒逛銅鑼灣、灣仔一帶南北貨店鋪，偶然發現大玻璃罐上貼著「正宗口蘑」標籤。仔細觀察罐內深褐顏色的東西。枯乾的，有點近似草菇或蘑菇。小者如小拇指的上一截，大者亦不過像大拇指

般。我要求店主讓我打開蓋子，探手取一粒，等不及湊近鼻尖，已有清香襲人。〈口蘑湯〉

此段文字絕無奇文麗辭，只是娓娓敘來，稱為「素樸」固無不當。但細細品讀，先隨作者進入遙遠、模糊的口蘑世界，陌生而不相涉；及至偶然相視，端詳其貌，不免心生好奇；終則探手接觸驚覺其香——如此層層入勝，平實的文字中乃推展出愈細愈深的境界：時空的疏闊忽然拉近，陌生的事物突然親密，這是怎樣的神奇機緣？由是素樸的底層終於漸次煥發出無盡的光輝；而尤令人欣豫者，其畢竟還是平凡、家常的本質——這就是林氏的擅場。

至於《飲》書的主題厥在憶舊，自亦無疑，而正因為篇篇有人、事之懷念、記憶，乃使《飲》書添入溫暖真摯的情懷，增加了作品柔腴的風味；唯與林氏往昔之作稍異者，《飲》書更有意將「抒情」的成分加以「制約」——這一點在二之(二)節固已言之。《飲》書〈楔子〉云：「而關乎每一種菜肴的瑣碎往事記憶，對我個人而言，亦復值得珍惜，所以一併記述，以為來日之存念」，更明示了此書極重要的一種內涵。

《飲》書散文十九篇，篇篇有人、有事，文字雖簡，情味卻蘊藉豐饒，讀者檢閱自見，現在姑舉〈扣三絲湯〉文字為例，俾嘗其臠，以知鼎味：

多年前，我仔細聽取豫倫(按，林氏之夫)的形容與分析，宴客時第一次試做便成功。他說：「就是這樣子，就是這個味道！我在上海城隍廟喝過的湯。」

然而多年之後，我仍沒有去過那個城隍廟。離開上海那一年我十一歲，我隨著父母家人回到從未來過的故鄉台灣。日月飛逝，我從年少而成長而漸老，上海始終是我記憶中的故鄉。也曾有過幾多次可以回去的理由與機會，但我心中有一種擔憂與懼怕，不敢貿然面對我童年許多珍貴的記憶所繫的那個地方。韋莊說：「未老莫還鄉，還鄉須斷腸。」日本的一位近世詩人說：「故鄉，合當於遙遠處思之。」城隍廟的「扣三絲湯」果眞如我所烹調出來的色香味嗎？如是我聞，但我不敢去求證。

逝去的童年，逝去的童年時的上海，只敢小心翼翼的存放在記憶裡，不敢重訪、不敢追尋。生命流轉，而經歷流轉的人，其情感必如作者這般，對之無措。林氏在此寫幽微曲折之「鄉情」，絲絲入扣，含吐不露，令人嘆服。

《飲》書計收文十九篇，〈跋言〉有謂：

原來想寫足二十篇再輯成一冊，但又想到古人之作，有「古詩十九首」；而前此曾出版過散文集《擬古》，即踏襲陸機的「擬古詩十四首」，合十四篇成冊，便爲輯此十九篇出書找到一個允當的理由了。

其實我想，「十九」之數或未必只是數字的理由而已；「古詩十九首」頗有「感逝」之情，《飲》書在「食譜」面貌之外，正多「感逝」情調。

《飲膳札記》的特質，初就個人所察，要述如上。續論蔡珠兒《紅燜廚娘》之特質。

## 三、《紅燜廚娘》的特質

相較於《飲膳札記》，《紅燜廚娘》（以下簡稱《紅》書）之特質似乎不煩細剖，一目了然，甚易感知體察；首先論其語言格調。

### （一）快板、濃彩，文字的魔術表演

《紅》書的語言風格極為強烈而鮮明，以音樂言，若繁弦急管；以顏色言，若萬色繽紛；並且處處充斥著誇飾的、新奇的賣弄，宛然文字的魔術表演，這一點打開《紅》書光看各文標題，已不難感知，例如〈酗芒果〉、〈舞絲瓜〉，一「酗」字、「舞」字即使神態突出畢露；而〈香蕉之死〉、〈荔枝餘燼錄〉、〈野菇遍地〉，更見之不免心驚（野菇遍地，一不留神，竟錯覺成野屍遍地）；餘若〈鬱藍高湯〉、〈欲望焦糖〉、〈乾菜燜魯迅〉、〈燕窩迷城〉……等，也都令人生發奇想，在在見識作者遣辭、誇飾、新奇的魔術效果；至於各篇文字，尤其具體可感，〈荔枝餘燼錄〉有如下文字：

> 嶺南佳果，絕世尤物。多年前初識廣東荔枝，我曾經何等饕餮貪饞，四出汲汲尋訪，而今熱情消褪，眼冷心淡，往昔癡醉如夢露雲光，倏乎閃失，漫漶虛幻。

雖多四言句，但節奏是快的，修辭是麗的，讀者彷彿乍看不斷轉動的萬花筒，變幻無端，神迷目眩。事實上《紅》書所有文字幾乎都是此種格調（至少前三輯絕無例外），試再看〈鬱藍高湯〉、〈欲望焦糖〉各一段：

> 現成的湯底，被調料和味精霸實了，鮮麗但喑啞，劍拔弩張而底蘊空蕩，只有表層沒有景深。自熬的湯汁看似虛渺，但能潛入滋味的地底，深密紮下堅實的基樁，以此砌造食味捏雕色香，營建出豐盈繁複的層次面向，吃到嘴裡悄然不覺，只感到有一種光，溫潤瑩澤，曖曖內含。〈鬱藍高湯〉

> 我看著剛出爐的葡國蛋塔，焦糖褐斑散落如星，像點眼開光，每一只都有不同的神情，嵌藏著各式暗碼，等著被舌齒破解。〈欲望焦糖〉

這些文字，絢麗不必說了，值得注意的是其基本為四言的結構（亦時有集兩四言成八言，刻意不斷開者），並且講求押韻。前引三段文字，〈荔〉文句句皆有四言（第三句「廣東荔枝」為四言，《紅》書中常見此種暗藏之四言，可類推），饞、淡、幻為一韻，訪、光為一韻；〈鬱〉文自第四句「劍拔弩張」、「底蘊空蕩」起，出現四言、八言；而蕩、樁、香、向、光押韻；〈欲〉文亦句句有四言，星、情押韻。檢閱《紅》書，不難發現，蔡氏遣辭構句的經營可謂類此一以貫之，故前文所述種種新奇、濃麗、快節奏（蔡氏除透過大量四言造成快板效果外，文內每段文字至長僅一百六十七十字，又有韻腳的錯落呼應，故讀來節奏自然加促）的形式美，實皆由此而來，〈地中海燉菜〉中有句

「華麗濃郁，恣肆豪放」，正可用來形容蔡氏此種書寫格調；但換一角度觀之，則「套式」之形成因此而生，難免予人千篇一律之感。至於因太措意求張揚效果，遂不暇細膩，造作、蹈空之病乃不時可見，〈舞絲瓜〉開章即云：「夏日以各種方式抵達，從銀河，以暴雨，到荷塘，在絲瓜。」誠然求工求巧，但「從」、「以」、「到」、「在」四字，極造作而欠佳，至為明顯；再如〈醬炒過貓〉新詮伯夷叔齊之死有云：

> 野菜比家菜難調理，濃淡拿捏更考功夫，當年伯夷叔齊不食周粟，逃到首陽山吃薇蕨過活，最後終於餓死，除了因爲營養不良，我懷疑也因缺油少醬，烹治不當，煮出的薇蕨枯澀無味，終令二人倒胃淡口，厭食而亡。

蔡氏也許有意幽默，以便生發讀者新穎趣味，但刻意設想，終難逃做作之嫌。至於所謂「蹈空」，試看〈煮玫瑰〉洋洋灑灑迤邐寫來：

> 玫瑰的用處比肉菜更爲寬廣，釀酒泡茶，蒸露熬醬，製糕焙酥，煮肉滾湯，鹹甜兼美冷熱皆宜，而其香澤色味，當然更勝肉菜。
>
> 我說的是眞刀實槍的煮，不是泡一壺玫瑰茶，悠然細啜整個下午，更不是澆上油醋做成鮮花沙拉，在燭光下以香檳酌食。規格化的浪漫公式，僅能淺淺掠過玫瑰的皮膚，不能深入肌髓，吸取花汁的精魂。拔下一枚花瓣嚼嚼看，玫瑰看似嬌嫩，其實十分悍韌，辛澀微

> 苦，比芥菜葉粗老得多，要嚐眞味，就得高溫熱火，不惜炮烙。

形容了半天，完全沒具體寫到玫瑰怎麼「煮」；以下依然堆砌點畫（前述四言、八言、押韻之「套式」，在此文中可謂蜂出矣），直到近終篇，才有這麼一段：

> 每次去「快船廊」喝下午茶，就是爲了這玫瑰醬。我在家自製過，擰去深紅玫瑰的花頭，捋下花瓣，摘除花蕊和近蒂頭的白邊，以淡鹽水洗淨後剁碎，加清水白糖和檸檬汁，以細火熬煮至膠稠，成醬後晶紫紅亮，濃麗照眼，但氣味索然不香，嚐來也微澀帶苦。

不唯極平凡簡易，甚且還是一次「失敗」的煮——相對於通篇用力的誇飾文字，落差天壤，讀來翻覺反諷滑稽。正因為通篇其實蹈空，故結尾所云：

> 以玫瑰入饌，其實比菠菜豬肉難得多，要用得恰適不矯情，既不宜生呑活剝，更不能蒜炒醬爆，火候須輕重得宜，技巧嫻熟流利，才能留攝香色，栩然動人。
>
> 這些我都做不到，我只知道煮玫瑰不可躊躇留情，掐枝斬瓣，絕不心虛手軟，在菜刀與砧板，炒鍋與爐火間，沒有任何沾黏牽纏。

令人讀之，深感突兀、飄忽，難有任何把捉、體會。餘若〈麻婆在哪裡〉終未寫出麻婆豆腐正宗做法；〈鬱藍高湯〉首二段讀者亦易錯覺高湯已然熬煮，其實不然，而又因何取名「鬱藍」？讀畢全文，仍莫名所以（天候灰暗欲雨，容或是「鬱藍」的；但湯的滋味是「溫潤瑩澤曖曖內含」，又與「鬱藍」絕不同調；事實上，全文並無「鬱藍」之感，蔡氏「恣肆」行文，正顯示了不知不覺的扞格粗疏）——凡此種種「蹈空」之病，殆皆緣於作者熱中驅遣文字，求濃、求麗、求奇、求新，遂不遑顧及應有之實質與真切矣。

《紅》書行文最精采者，恐怕不得不推首尾起結。如〈地中海燉菜〉：

> 一夜秋風，吹落發黃的苦楝子，八哥和紅耳鴨搶著啄食，不時爭地盤撒潑扯打，我一邊煎筍瓜，一邊旁聽雀鳥罵架。只有這種舒爽涼淡的季候，才能讓人心平氣和，好整以暇在爐邊廝磨半日，做這道Ratatouille。也只有這種仲秋時節，瓜果飽吸盛夏精華，又被秋風濃縮催發，甜糯熟豔，才能燉出濃腴的精髓。

以及〈欲望焦糖〉：

> Suzanne Vega低低哼著〈Caramel〉，清淡的森巴爵士，摻了海風和薑汁，但她說的是欲望。沒有火焰的焦糖，就像枯水之河，無肉之蚌，缺星的天體，風乾的欲望。

皆發調不凡：前者無炫目文字，卻自然光彩照人；後者詞句操持固蔡氏擅場，但氣韻飽滿、乾淨俐落，也絕無前揭之病。至若〈蘆蒿春味〉：

> 而汪曾祺的《金冬心》，寫揚州鹽商宴請新任鹽官，滿桌清淡菜色，盡是名貴刁鑽的盛饌，甲魚僅用裙邊，鯚花魚只取鰓下兩塊蒜瓣肉，河魨配上素炒蘆蒿，素炒紫芽薑，素炒萵苣尖……，而鹽官還淡然說，「咬得菜根，則百事可做。」野意與清淡，竟是濃肥豪奢的注腳。

以及〈龍井與蝦〉：

> 蝦仁向龍井借來意境，龍井向歷史借來名氣，我們則向西湖借來傳奇，在層疊交錯的假借中，眞僞變得朦朧虛軟，就像湖上紛紛的霧雨。

俱結筆高妙——二者相同處在意境深刻，發人省思；差異處則前者鞭辟有力，後者含藏宛轉，而皆耐擊節咀嚼。

最後，值得一提的是，蔡氏的語言兼有張愛玲、簡媜之精魂，〈荔枝餘燼錄〉：「荔枝還是吃的，在街市買到什麼吃什麼，適口隨意動心忍性，虛火再燒不上身。但到底狂烈愛過，偶爾碰上極美的，舌底還是泛起一陣蒼涼。」〈醬炒過貓〉：「配上椰汁飯或冬蔭功，淋漓酣暢，這是最美味的過貓，飽含熱帶雨林的蓊鬱精魂。」〈欲望焦糖〉：「焦糖吸收了多種香味，馥郁濃豔，像手風琴般層層延展，綿綿不絕，原本平直單調的甜蜜，被微酸和暗辣烘襯得曲折搖曳。」頗有張氏之妖嬈豔麗；〈酗芒果〉：「有了這果醬，今年無後顧之憂，更可醉生夢死，果季之後還能再酗下去。管他濕熱發毒，反正我早已毒性深重，況且還有台灣帶來的破布子，食之可解芒果毒。解完毒接著再酗，此生都休想勒戒。」〈舞絲瓜〉：「小滿之後有一天，絲瓜終於沉實起來，略一揮舞它就輕顫微抖，無風起浪，波紋由蒂頭迅速蕩落瓜尾，豐肥活絡像一條靈蛇，啊，到底是來了。」〈哈鹹魚〉：「濕度把魚味濡染得厲害，Tom Waits在沙沙哀嚎，這樣一個午後，不止是他，連我都變成鹹魚了。」頗有簡氏之爽利黠慧。台灣當代散文，女性作者一系向有華麗一脈，張愛玲為其祖師，簡媜則其中最重要之健者，二人影響深廣，蔡氏固耽樂此調而不疲也。

## (二)感官的飲食美學，味覺的人世思索

關於《紅》書語言格調的特質，大體析論如上，本節續就「內涵」部分加以探討。

《紅》書內涵實可分兩種格調，前三輯見證其為一感官性的飲食美學；後三輯則一食一思索——透過味覺表達作者對人世的體悟；二者趣味頗異(其實前節所論語言格調，大抵集中前三輯)，茲依序略論。

所謂「感官的飲食美學」，係指蔡氏所書種種飲食，透過其魔術文字，讀者產生視覺、嗅覺、味覺……等感官上的強烈反應，但若欲化虛為實，親手按部就班操作，則幾無可能。事實上作者的執行能力恐怕也是有問題的，〈鍋裡一隻雞〉坦白說道：「在廚中廝混了這些年，我都是土法煉鋼胡亂湊合，舉凡劈骨、殺魚、斬蟹和剁雞，一概在菜市央請商販代勞，偶爾做鹹雞和白斬雞，把雞

剁得損手爛腳骨肉支離，被人謔稱為『叫化雞』。為了藏拙，請客時我通常做辣子雞和三杯雞，香濃熱鬧美觀討好，又有地方特色，不論華洋都喜歡。」事實上《紅》書中像〈地中海燉菜〉那樣確實可以「如法炮製」的食物是很少的，讀者所得，皆乃從文字精靈中觸發的感官享受，其例甚多，姑引數則，如〈酗芒果〉：

> 初夏像狗一樣伸出熱舌，呵出黏滯的濕氣，吐著帶羶的霉味，幸而腰芒也在此時上市，我拿它當芳香劑，在屋裡擺上一大盆，把空氣薰染成奔放的南洋果園。腰芒是豬腰芒的簡稱，玲瓏曲折如腰子，細細粒卻肉呼呼，甜軟多汁。凡芒果都香，腰芒的氣味尤其殊絕，熟豔嫵媚裡帶著一股清鮮的樹葉味，聞起來青黃交加光色斑斕，夜來濃烈得可以醉倒人。

用光影、色彩、撩人的身姿，乃至伸舌的狗形容多種「氣味」，已甚得魏晉以下美文「通感」[3]技法之風流，而〈覆盆子〉尤進一步，難以名狀：

> 天色粉青陽光油黃，微風拂來豌豆花香，烏鶇捲著軟舌在樹上引吭，寶石紅的漿果在手心顫動，倫敦的夏天美得像個夢。剝下一粒覆盆子放進嘴裡，甜嫩清酸了無渣痕，更像吃下

3 「通感」一詞借用錢鍾書語，係指嗅覺、視覺、味覺等官能的跨界譬喻、形容，見錢鍾書，〈通感〉，收入其《七綴集》（台北：書林，一九九〇）。

> 一口夢，然而夢是鬆的，沒有這麼緊實強烈的氣味，那是比香更稠的豔，像吞下一坨胭脂水粉暈染在頰腔，滿口豔光，照得臟腑熠熠生輝。

彷彿天色、陽光、微風、烏鶇，以及夢，都成了食物，都成了覆盆子的烘托。於是視覺的、嗅覺的、聽覺的、觸覺的，乃至不可以「覺」名之的「夢」，全都化作味覺，化作「豔光四射」的味覺，其精采驚人，已至匪夷所思地步。最後，再看〈哈鹹魚〉一段：

> 何等奇譎的異物啊，臭與香、鹹和淡、腐和鮮、喜和厭，衰敗和蓬勃、淫邪和純美，全都攪在一起和衷共濟，混亂得近乎醜怪，但又醜得讓人心旌搖曳。

蔡氏說這「周遭的氣氛，把你逼近感官的邊界。」是的，《紅》書的飲食書寫多的是這種令人感官興奮的描繪(其文字亦多有近張愛玲者)。它們不是真槍實彈的搬演，只合隨著作者的舞弄，進入一種充滿官能享受的境界，然則，《紅》書性質稱之「感官的飲食美學」，自無不宜。

正因為是「感官的飲食美學」，所以抒情述懷的成分不免飄忽、簡略，〈飛天筍〉、〈香蕉之死〉、〈柳丁情結〉裡的鄉愁都是如此；而〈瓊斯太太的聖誕糕〉本為極佳題材，善加經營，絕可成為動人至文，但終究失手糟蹋——這種情形到輯四以後幡然一變。

輯四以後的幡然一變固不僅如前文已曾提及的，是語言格調的變化而已；乃亦在抒情上，它變得豐厚深刻；而在抒情之外，更開出若含哲理的思索。以〈紅蘿蔔蛋糕〉為例，寫母親之死、寫自己「不特別悲傷，只覺得空蕩、呆滯、茫茫然。」寫「把紅蘿蔔洗淨削皮，一根根刨成絲，空蕩蕩的時候最宜勞動，刨了許久都不手疼。」文章就在如此亂針繡縫裡，寫出了失職母親和自私女兒間的「隔」與「合」，「怨」與「愛」，極為簡約、樸實、動人——這在前三輯裡是絕不可見的。其餘若〈豬油拌飯〉寫台灣人、香港人、大陸人，乃至東南亞華人共同的懷舊回憶；〈河粉悠悠〉寫許多亞洲人的鄉愁；〈老蔡肉粽〉寫自己的「肉粽症」；〈黑貓飯店〉寫寵貓Pepper的嗜鮮；乃至〈冬蔭功情人〉寫現代人的虛浮，……莫不疏朗有致，韻在言外——這些概屬豐厚深刻的抒情；至若關乎若含哲理的思索，則篇章更多：

〈乾菜燜魯迅〉的嘲弄，〈安徒生菜單〉的冷肅，〈自討苦吃〉的機智，〈一杯春露冷如冰〉的杞憂，都雋永有味，深富啟示；而〈鵝回來了〉對升斗小民甜美生活的嚮往，〈泡麵民粹論〉對人性一針見血的剖析，〈瓜子與時間〉對嗑瓜子哲學的反諷，也都令人既感溫煦，復感嘆服；在此，或許不妨引〈泡〉、〈瓜子〉二文部分文字，略見其神貌：

> 誰都知道，泡麵不是好東西；高脂多鹽低纖無營養，含有多種致癌的安定劑，口味虛假浮誇，然而在最迫切的時候，它帶來最迅速最乾脆的幸福，那種當場兌現的歡快滿足，和熬湯炒料煮出來的眞麵完全不同。
>
> 泡麵民粹示範壞品味，逆反食物美學，炮製虛幻的滿足，麻痺味蕾鈍化感覺，使得食風頹唐墮落……但是，墮落的滋味眞鮮美，這才是泡麵最厲害的調味包。〈泡麵民粹論〉
>
> 張愛玲不會嗑瓜子，但她筆下的女人老是在吃零食，愈是絕望愈要吃，例如《花凋》裡川

嫦的母親鄭太太，「總是仰著臉搖搖擺擺在屋裡走過來，走過去，淒冷地嗑著瓜子」，以麻木鈍漠來抗禦生命的不堪。而《連環套》中，張愛玲借霓喜的相簿說了一段獨白，簡直該拿來做《對照記》的序：「照片這東西不過是生命的碎殼；紛紛的歲月已過去，瓜子仁一粒粒嗑了下去，滋味個人自己知道，留給大家看的唯有那滿地狼藉的黑白的瓜子殼。」可見瓜子不是食物，是種計時單位，自古至今、各處遍地的瓜子殼，是天文數字的時間碎片，如是可以提煉再製，不知可以循環回收多少年月。但覆水難收，流失的光陰也不可能回頭，達觀的中國人也許早就想通，既然生命避不了浪費，與其被人虛擲，還不如自己下手，痛快揮霍。〈瓜子與時間〉

我一直認為〈輯四〉以下的《紅燜廚娘》展現了蔡氏才具中豐厚深刻的一面，它不必用力舞弄文字，卻自然啟發思考，動人性靈。一般喜歡《紅》書的人，恐怕多為前三輯勾魂攝魄，忽略其中的流弊，也忽略後三輯的智性理趣。這當然反映了現代讀者的品味好尚(不正如飲食般喜歡重甜、重鹹、重辣、重油嗎?)直接刺激者先得，焉能好整以暇細味慢品?也是無可奈何之事。

## 四、結語

《飲膳札記》與《紅燜廚娘》二書之特質概述如上，明顯可以看出二者體式與格調的差異。扼要而言：《飲》書為抒情的飲食美學；《紅》書為感官的飲食美學。《飲》書有體式突破的企圖，

《紅》書多文字魔術的熱中。《飲》書從容、優雅、蘊藉，敘寫細膩、層次井然，屬淡筆；《紅》書迅疾、辛烈、誇飾，敘寫粗獷、不時跳接，屬濃筆。《飲》書看似質實無奇，細品則意味無限；《紅》書初閱使人驚豔，細看不免「套式」，且讀之紛繁。《紅》書若無後三輯之抒情與哲理思索，全書意義必大打折扣。就我個人對現當代散文之觀察、體會，《飲》書所表現的，無論是作者的信念、態度，或文章的體式、格調，都在「五四」以來現代散文的傳統與軌範中既繼承復求變；也是台灣散文九〇年代（確切說應為八五年）以前的雍容風度。而《紅》書則迥異其趣的極力表現濃妝豔抹，尖新奇突（即使我所深賞的後三輯，相對而言，也時見誇飾、尖銳、躍動的文字與形容）——這其實正是九〇年代以降就形成的書寫風尚。九〇年代以降，台灣散文書寫大抵二種極端；一種「極經營」之能事，求巧、求工、求奇、求新——總之，務求濃重華麗的形式美；一種則「去經營」之能事，漫漶恣肆，意到筆到。前者或即為所謂「世紀末之華麗」，後者則或發揮後現代之解構精神；二者俱在「五四」以來的傳統之外。對散文之發展而言，此二種極端的風尚，恐非可喜之事。我昔日曾言，林氏雖不斷求新求變，但仍是散文的「正統」，也仍是近年來逐漸少見的「純散文」[4]。相對而言，蔡氏雖有可觀，但若不能體會：散文縱使可以濃淡有別、朗密有異，但散文最本質的格調是自然平易，散文最可貴的意境是淳厚真切，文字魔術只能適可而止，不宜一以貫之；則蔡氏散文的進境恐怕有限，這就辜負了她所具有的才華與性情。我亦曾在〈孤寂與愛的美學——綜論簡媜

---

4 何寄澎，〈林文月散文的特色與文學史意義〉，陳義芝主編，《林文月精選集》（台北：九歌出版社，二〇〇二）。

散文及其文學史意義〉[5]一文裡建議簡媜：「古人說：豪華落盡見真淳。這真淳二字或還待簡媜細細去參」，我願再以此言贈蔡氏，也盼當前的散文作者與讀者都能對之深思體會。

5 何寄澎，〈孤寂與愛的美學——綜論簡媜散文及其文學史意義〉，《聯合文學》二二五期（二〇〇三）。

附錄一

# 對台灣當前幾種文學現象的省思

在歷史長河的流動中，個人基本上是無力的，也是無知的。所謂無力，是他對一種已然的流動，並不能改變什麼；所謂無知，是他「當局者迷」，對進行中的流動，沒有任何感知。但作為一個學術工作者，雖然仍可能是渺小的，他卻必須時時做審視、回顧——對當下的審視、對過往的回顧；而後憑著自己的知識良心，思考該思考的問題，提出諍言或者對策。解嚴以後的台灣，各種變化之迅速，令人目不暇給，甚至給人有無暇思考的窒息感；加上網路時代的來臨，各種有用的、無用的資訊充斥，令人窮於選擇，也難以分辨其真偽優劣，構成一幅既可稱之為世紀末華麗，亦可稱之為世紀末紛亂的圖像。九〇年代的台灣，基本上呈現著這種文化特質，而這種特質將如何變化，則攸關台灣在新世紀中的發展；因之，九〇年代對台灣而言，是個極端重要的年代，對這十年中的種種現象，我們必須仔細端詳，仔細思考。以下謹就個人所知，對台灣當前的幾種文學現象，提出所見所思：

## 一、本土意識高漲

七〇年代的「鄉土文學」是台灣文學發展中的一個重要里程碑，但這個反西化的、內蘊民族主義與社會主義思想的文學「回歸」運動，在進入八〇年代以後，逐漸過渡、變而成為「台灣文學」，此中癥結即在於一九七九年美麗島事件後急遽激化的「本土(台灣)意識」[1]。整個八〇年代，鼓吹「台灣文化主體性」與「台灣文學主體性」的刊物，相繼出現，如：《文學界》一九八二年一月創刊)、重新整頓的《台灣文藝》(一九八三年一月)，以及《台灣新文化》(一九八六年九月創刊)等。三者共同的是，標舉「台灣」的自主性、主體性，強烈宣示與「中國」的割離；而一九八七年一月十五日成立的「台灣筆會」，更儼然與「中華民國筆會」形成強烈的「中國 vs.台灣」色彩；其他相應的現象，如：前衛出版社自一九八二年起即有計畫地出版《年度台灣小說選》，又出版《新台灣文庫》；胡民祥(〈台灣新文學運動時期「台灣話」文學化發展的探討〉、林宗源(〈我對台語文學的追求及看法〉)等積極提倡「台語文學」；以及彭瑞金、陳芳明等努力建構「台灣文學」詮釋體系[2]，莫不清晰顯示其割離中國文學的對抗意識。

---

1 參見呂正惠〈七、八十年代台灣鄉土文學的源流與變遷〉，收入張寶琴、邵玉銘、瘂弦主編，〈1949-1993四十年來中國文學〉(台北：聯合文學，一九九四，初版)。

2 參見蔡詩萍〈一個反支配論述的形式——八十年代台灣異議性文化生態與文學的考察〉，收入孟樊、林燿德編，《世紀末偏航——八十年代台灣文學論》(台北：時報出版公司，一九九〇，初版一刷)。

九○年代以降，這種現象更迅速擴散，不唯創作與出版數量激增（開始包含客家文學與原住民文學）；部分報紙副刊更完全為「本土」取向；尤要者，台灣文學之研究成為學術主流，一時各路專家趨之若鶩；而各大學之開設台灣文學課程亦漸普遍；相關之碩、博士論文正方興未艾；台灣文學系、所更相繼陸續設立；凡此種種，看在「本土派」眼中，必然於欣慰之中有絲絲自得吧？

平心而論，具有「地域性格」的「本土」創作、「本土」詮釋、「本土」研究，基本上有其價值、有其意義，也有其必要。事實上，本土意識之高漲，帶來普遍對本土的關懷，許多具有環保、生態意義的自然寫作以及具有社會意義的都市寫作，都是在此一意識下推衍而成，對文學表現之日新月異、益廣益深而言，確有正面功能。但人類文明的任何內涵，都最忌排他性與壟斷性，文學自不例外。可惜，八○年代以來日益高漲的本土意識雖然終於形成風起雲湧的「台灣文學」創作、「台灣文學」研究風潮，一時之間，儼然成為沛然莫之能禦的顯學，但它同時也具有強烈的排他性、壟斷性。常見的情況是，「本土派」的論者、學者，對「非我族類」者恆常是予以嚴厲批判與全盤否定的；而對同黨之士則相互汲引，相互標榜。在當前的台灣環境（包含創作、評論以及學術研究）中，已形成一種不可拂逆、不可挑戰、不可質疑的霸權結構。呂正惠說得好：「『台灣文學』『自主性』的追求，反而導致了另一種狹隘的、自閉式的義和團心態」，這是另一種閉關自守的「門羅主義」[3]。我們理解本土論者在數十年來兩種霸權（西洋文學與中國文學）的壓迫下，亟求自

3 氏著〈門羅主義？還是「拿來」主義？〉，收入氏著《戰後台灣文學經驗》（台北：新地文學出版社，一九九二，一版一刷）。

主的心情；但我們也擔憂這種新霸權心態——對中國文學全然拒斥，對西洋文學又有意無意忽視，究竟對台灣文學主體性的建構是有益呢？還是有害？它會把「台灣文學」帶上愈來愈寬廣的路呢？還是帶進死胡同？值得我們嚴肅面對。

## 二、女性主義論述

如果說「台灣文學」自主性的追求，意味著「本土」論者對「中國文學」的挑戰，則女性主義論述便意味著台灣女性對男性威權體制的反抗；二者皆自八〇年代以降快速發軔。

台灣女性主義文學作品晚近以來確實琳琅滿目，不煩備舉；至於作者，則廖輝英、袁瓊瓊、蕭颯、李昂、朱天文等殆為其中代表。根據鍾玲的分析，這些作品大體呈現三種主題：㈠對傳統中國女性角色之詮釋與顛覆，㈡都市女性的婚姻處境，㈢兩性鬥爭[4]。相應於這些創作且與之相激相生者，則為各種女性主義論述，此中著者為何春蕤、劉毓秀、張小虹、邱貴芬等(後繼者尚難計其數)。

女性主義論述在台灣的興起，其實為時甚早，其先驅者為七〇年代初期之呂秀蓮。但由於彼時威權意識與封建氛圍仍濃，致女性主義並未引起回響。八〇年代以降，隨著台灣社會各種舊有體制與價值觀的快速崩解、女性自力人口的急遽增多，加上女性主義理論源源不絕引介而入，蘊含女性

4 氏著〈女性主義與台灣女性作家小說〉，收入前揭張寶琴等主編書。

主義思想的創作與論述乃如雨後春筍，至九〇年代之今日，其與前述「台灣文學」堪稱兩大顯學。

和「台灣文學」的力求本土、力求自主相同的，女性主義論述追求女性各方面的自主，原即理所當然。長期以來，女性之被約制、被犧牲，其嚴重性可能更過於「本土」之被約制、被禁忌，因之台灣女性力求拓展出一片「自己的天空」，理應為吾人所共期、所樂見。但如果我們同意「台灣文學」為力求自主而寧限自身於狹窄傳統之認同、追尋，進而拒斥與其他文學之關聯及溝通是一種偏誤，則我們也就不能不遺憾於女性主義論述為求女性做為主體以致否定男性為可能對話的個體，同樣是一種偏執。女性主義作品中的男性恆常被定型為懦拙的、可笑的，或玩世的、難解的；而女性主義論述研究又充滿了內在的黨同伐異(西方vs.中國；現代vs.古典)。前者顯示了女性自身對與其關係密切男性的缺乏觀察與了解(也不想、不願去多了解)；後者顯示了女性主義研究者的本位與專制心態；二者共同形成女性主義論述的霸權結構。在這種情況下，所有「異類」的聲音便噤不敢言，連批判也很少見。然則女性主義論述者所追求的到底真的是兩性平權？還是女性霸權？當我們看到八〇年代以來，男性反而在女性主義論述中缺席[5]；當我們看到小說中所透露的兩性關係愈來愈成絕緣體[6]；當我們發現女性作者筆下的成品，其實大多膚淺、粗糙、意念先行，對更細緻、更實際的女性問題(如雛妓、未婚媽媽、家庭主婦的自處等等)反少關注、反省、探討時，我們不能不憂心台灣兩性世界的未來。在此必須強調的是，女性主義論述的偏執與尊霸，其影響絕不僅在文

5 在此之前，我們還能在白先勇、黃春明筆下看到對女性的精細描寫——姑不論他們是否具有女性主義觀點。

6 參閱張國立〈不知誰家的狗〉(一九八八聯合報小說獎第二名)、朱玖輝〈三十三歲CD的多餘週末和吊娃娃機的光榮〉(一九九三年聯合報小說獎第一名)。

學，更在社會的每一層面[7]，豈可等閒視之？

## 三、不斷顛覆的遊戲

就某種程度而言，「台灣文學」或「女性主義論述」都帶有「顛覆」色彩：前者顛覆「中國」，後者顛覆「男性」。但本節所論則是充斥於八、九〇年代的各種文學顛覆，其中包括觀念的、形式的，以及角色功能的顛覆。

由於近代中國的特殊境遇，自「五四」以來，「寫實」即成為文學創作者幾乎不易的律則，但至八、九〇年代，這條律則已被顛覆；作品只是作者建構出來的真實，而傳統小說所念茲在茲的故事、人物、主題……，也不再是作家關注的重點，作品中往往沒有一貫的情節，沒有井然的敘述，更沒有清晰的時空，作品變成作者的文字遊戲；更有甚者，各種文類文體之間的界線悉被泯除，真實與虛幻之間也完全無由釐分。不斷嘗試此種顛覆遊戲的作者，允推張大春最可為代表。自《大說謊家》問世以迄於今，張氏對這種顛覆遊戲可謂樂此不疲，但無庸諱言，似也漸入窘境。以上為文學觀念、文學形式之顛覆。

在台灣，文學的評論與解釋權原在學院人士中，但此種情況在八〇年代已漸有變，至九〇年代

7 姑舉一例：震驚全台灣的清華大學女生弒友案，案中二女，實即當前女性主義論述層層圍縛下提不起又放不下的迷失者。

則變本加厲。學院派明顯沒落，在文學評論與解釋的領域內已退居邊緣，取而代之的，除作家外，即文化工作者或其他非文學領域的專家。無論在文學獎的評審、文藝營的指導乃至媒體園地的掌握上，學院人士已大量喪失其舞台。

這種種的顛覆，當然不能說沒有正面意義：擺脫了「寫實」的無限上綱，文學的發展可以更為悠游、活潑、寬廣；突破了文學既有的形式以及與非文學之間的藩籬，也許可以衍生出新的文學表現方式；而文學解釋權的轉移，或許更可以豐富文學批評的內容，拓展文學批評的向度與深度。但過猶不及，同樣偏失。前二種顛覆，已漸具有濃厚的遊戲味道，為變而變、為突破而突破，則作家終至不知為何而寫，讀者亦不知為何而讀。陳長房有一句深刻的話：「今天的文壇有個奇特的現象：寫作的人多，閱讀的人少。」[8] 當作家把作品當魔術來變時，讀者的興味很快會消失；而且作品也會愈來愈難解，最後只剩作者自己在其間享受、過癮。

至於文學解釋權的轉移，迫使學院中人或曲意以迎潮流，或廢然棄之而轉究他學；前者使學者庸俗化，後者使學者絕緣化，二者皆非文學之福。須知，文學的解釋不是聰明的賣弄、不是倉促的販售，台灣當前作家集創作、評論、教育於一身，高度明星化，長期而言，對文學解釋的嚴肅性必有傷害。

8 語見氏著〈後現代主義與當代台灣小說創作〉，收入前揭張寶琴等所編書。

## 四、隨波逐流的創作

就地理特質而言，台灣是一海島，海島文化的特質，便是容易吸取外來文化。但半世紀以來，由於國府統治之需要，台灣基本上是一個封閉的海島，其所吸取的外來文化只有美式文化（外加一點東洋文化），由是，以文學而言，現代主義雄踞六〇年代，「一支」獨秀，便非不可理解。這種「一元」式的汲取，固然不夠豐繁，但亦自有一些正面意義，以六〇年代作家而言，無論其背景如何、都多少受現代主義之啟發沾溉，而促其寫作時力求矜慎琢磨，故六〇年代頗有精采、動人作品。八〇年代以降，台灣社會進入多元時代，各種資訊紛沓而至，文學之脈動與世界潮流更相應和，魔幻寫實、後設、後現代，固為八、九〇年代時髦的書寫，而女性、同志、情慾、科幻、傳記等書寫更是層出不窮，姿態橫生。值得注意者，此中頗有新生代作者。從好的方面來說，富多元性、實驗性，對時代變化反應靈敏；但從另一方面來說，則或不免隨笛起舞，或不免輕率成篇，一個真正作家應具有的中心思想與中心關懷往往已無暇顧及或棄之不問矣。許俊雅曾慨然歎之：「令人憂心的是近來國際間興起某種主義、潮流或運動，往往在很短時間內，就給台灣文壇帶來衝擊，從而使台灣創作界呈現一片仿效之風。」[9]這種風氣所帶來的後遺症，不唯使讀者苦於如困迷宮，望之卻

9 見氏著〈戰後台灣小說的階段性變化〉，收入《五十年來台灣文學研討會論文集二：台灣文學發展現象》（台北：行政院文化建設委員會，一九九六，初版）。

步；也對文學創作的嚴謹性與藝術性大為斲傷。更有甚者，什麼才是真正屬於我們的文學，乃愈發渺不可知。其間雖亦有佳作，但仍存瑕疵，且往往難有繼者。推究原因，當與文學及其媒體的商業化、通俗化，以及標新立異化有關。

台灣當前之文學現象可論者，固不僅上述四端，但前二者為當代顯學，是二種具有「中心」思想的霸權結構；後二者則相對的看不出作家真正的「關懷」所在，就某種程度而言，是對文學「本質」的一種解構。換言之，前二者不斷在求其「主體性」，後二者則根本放棄其「主體性」；這兩兩相應的四者，構成台灣當前極特異的文學風景。它們都有令人擔憂的地方——一如前述；但只要作者、讀者以及評者嚴肅思考、審慎面對，則又都有幻化出新世紀台灣文學美麗新貌的可能。然而，這個過程絕對是不易的，畢竟九〇年代末期的台灣，各方面都還像一個旋轉的陀螺，又像電玩裡的世界，躍動不已，極易使人迷失；即使僥倖不迷失，也往往還是令人無措手足。在這裡，我最期待的仍是作家的自省。六〇年代的現代主義表現了那個時代的飄流心靈；七〇年代的鄉土文學表現了那個時代的回歸意識；然則八〇、九〇年代呢？追求台灣文學的主體性？追求女性論述的主體性？追求嶄新的文學表現形式？當前的作者確應開擴胸懷、深化思維，正視歷史的變遷與聯繫，肯認主體客體的相融相孳；不一味投合讀者，也不率意無視讀者。當前的作者應該想一想「村上春樹現象」：村上所以風靡台灣知識青年，是因為村上的作品恰如一面鏡子，映出了當代青年無聊又無奈的心緒；村上以眾多數字和物象堆砌的標語也夠「炫」，恰符其口味；村上讓現代人無以割捨的物慾追求都冠上精神意義；村上保留了對生命的思考與反省，卻抽離了哲學論證的嚴肅和辛苦；村上是相當「西」化的——可是他作品中那種瑣碎細節的講究以及不可思議的譬喻，又都是「日本」

商品新巧、精緻以及過度包裝的翻版。村上是「地球村」裡的人，可是又具「日本性」；村上的作品似乎很「通俗」，可是又那麼「高雅」；村上震盪著現代人所特具的那分無力感，可是又構築出一個舒適的象牙塔，疏離己身以外的一切。我不是要台灣的作家一循村上的路子；舉村上為比，也許對部分台灣作者更是一種不敬；但以上所論種種村上特質以及所以形成「村上春樹現象」的背後原因，一定有值得台灣作家斟酌去取、深入省思的地方吧？

附錄二

# 台灣文學教育的演變及其課題

## 一、前言

自一九四九年國府遷台以來，台灣成為一個政治實體已逾五十年。此五十年中之文學教育，由於文化傳統繼承、國家處境艱難，以及社會環境推移等因素之激盪，乃形成特殊之內涵與演變。此一內涵與演變，對文學教育的本質而言，實有相違之處，但追撫其間種種變化歷程，一方面不能否認台灣政府與民眾對文學教育關懷、反省、求新、求進的用心；一方面卻因為前述種種因素交互感染，致使所有的反省、用心常常顯露遲滯不前、猶疑矛盾的困境。換言之，台灣這種要傳統、要生存、要獨立發展；受文化、受政治、受意識型態三重因素影響下的文學教育，亦可謂一種特殊的「台灣經驗」，其中所存在的種種現象與課題，對文學教育的關心者與研究者而言，當不無參考啟示之意義，因撰本文，以就教於諸先進；而回顧五十年來台灣文學教育之施行，殆以二種型態之機制最值得注意，此則一為體制內的教育，一為體制外的教育——前者指學校課程中的文學教育，後者指林林總總的社會文藝教育，以下分別論述之。

## 二、體制內的文學教育

### (一)政治因素之干預

顧名思義，文學教育理當以文學為教育內涵——其以文學為「對象」，亦以文學為「目的」。換言之，受教者當能透過學習，認識文學、親炙文學、享受文學，終則以文學美化其生活、豐富其生命。準此以觀，自一九四九年以來，台灣由於政治處境之艱難，體制內之文學教育一直被賦予高度的政治目的，遂與文學教育的本質相去甚遠。舉例而言，少康中興、田單復國、句踐雪恥等事蹟，即在國民教育之語文教材中時時出現；而諸葛亮〈出師表〉、李密〈陳情表〉、文天祥〈正氣歌〉、史可法〈復多爾袞書〉等教忠教孝，強調民族意識，講求風骨氣節之作，更屢屢選入高中教材；即連古典最傑出之文才——蘇軾(東坡)亦於〈赤壁賦〉外，並選其〈教戰守策〉，凡此俱充分證明教育主事者欲透過文學作品之研讀，培具學子分明之敵我意識以及臥薪嘗膽、夙夜匪懈、奉獻犧牲之精神。文言文如此，白話文更變本加厲。「五四」新文學革命以來之名家，除徐志摩、朱自清等因享年不久而與左翼文學較少涉及，其作略獲青睞外，餘皆無從「現身」，一般中學教材所選者，不外滿清末葉革命黨人林覺民、秋瑾等感時傷國之作，或孫文、蔣介石、蔣經國等充滿政治意涵的作品。故台灣近五十年體制內之現代文學教育，不唯與「五四」新文學傳統斷裂，甚且謂之一片荒蕪，亦不為過。

然而，教材之編選雖有如此「動機」，倘若教師之教法能改弦更張，予以矯正，則文學教育之功能尚不致全然落空，蓋文言之作即便充滿國家意識與道德教條，其文學性、藝術性亦非毫無可述；而白話文之作，徐志摩、朱自清等雖聊備一格，但作品之精采仍多有可發揮、薰陶者，未嘗不能為學子打開文學之心、眼。可惜，泰半教師於文言文，則汲汲於字詞之解釋、文章之翻譯，以及種種繁雜資料之補充，不知引導學子進入「文學」之世界；於白話文，則限於自身素養[1]，乃以時間不足[2]，明白易懂為藉口，任由學子自習。於是文學教育所可能有的一線「生機」，亦往往泯然而絕矣。質言之，教材編選之政治、道德考量以及教師觀念與教法之偏差，乃使長期以來台灣體制內文學教育之內涵與功能俱乏善可陳。

## (二)傳統價值之束縛

政治因素之干預外，台灣體制內文學教育亦受傳統價值之束縛。基本上，國府在台灣，以中華

1 台灣各大學中文系遲至一九七〇年左右始將現代文學列入修習課程。三十年來，其在大學課程中之「身分」雖已穩定、明確，但發展有限；而各中文研究所碩、博士研究生以中國現代文學爲研究主題者，比例仍低，故中學教師現代文學素養普遍不足；而大學教師專研現代文學者亦不算多。

2 台灣中學國文教師最常反映的意見即是授課時數不足。其實，過去每週五至七小時，目前每週四至五小時，相較其他學科絕不爲少。癥結乃在教師的教法仍多停留於文內所述之狀態，不知調整、不知變化；又不知引導學子體認語文即生活，其學習應不僅限於教室。

文化及儒家道統的繼承者自居[3]，故體制內文學教育唯一擔負者的國文學科又順理成章的被賦予儒家文化傳承的責任，甚且輕重逆轉、本末倒置，文化傳承成為「本」，文學教育成為「末」。以高中教材為例，儒家經典的「四書」(〈論語〉、〈孟子〉、〈大學〉、〈中庸〉)成為必習之科目，先秦九流十家中舉凡道家、法家等重要學派悉付闕如，至多偶於國文課本中，略選一、二篇充數而已——而國文課本中文學體類(Genre)之配置，又以最富「實用」價值之散文為主[4]，小說固寥若晨星，詩歌亦僅各冊一課，而現代詩則全然摒斥——這也充分證明了在文學內涵上重「實」輕「虛」、重「用途」輕「藝術」的觀點。因之，無論就文化傳統或文學傳統的內涵而言，台灣體制內文學教育長期以來都狹隘的採取「一元」的價值觀——它是儒家主體的，也是實用本位的。所有文學、藝術本質的探討、品味、發現，在這種情形下，都被高度壓縮。

## (三)升學考試之偏差

五十年來台灣各級升學考試俱採單一聯合招生方式，以升大學為例，每年七月一日至三日，全國高中畢業生同時在各地考場應試(試題相同)；以升高中為例，雖屬區域性考試，但每年七月八

---

3 除了確實受傳統「儒家一枝獨秀」觀點之影響外，此中亦或有「政治」考量。台灣相較於大陸、國府相較於中共，大、小，強、弱，態勢明顯，台灣必須以中華文化、儒家道統之繼承者自居，始能號召海內外民心，增強其生存發展之保障。而台灣所謂「中華文化」實即儒家文化，故與「儒家道統」實爲二而一、一而二的東西。

4 中國古典文學傳統中殆僅兩大文類：詩與文。詩以抒情詠懷，文以論政道學；一偏性情，一偏實用；性質、功能自始即判然有別。

日、九日，全國國中畢業生選擇一區域，在該區域同時考試（各區域試題不同）。這種考試制度實源於中國古代之科舉。由於僧多粥少、由於升學者眾而錄取者少，故吾人不得不承認一顛撲不破之真理：考試之內容與方式決定了教育之內容與方式。長期以來，各級升學考試之國文科目，概分測驗題與作文二者，前者著重字義、詞義、句意、文意、語法、詞性之了解以及瑣屑知識之記憶；後者則題目恆常欠缺活潑感與多向性，無由激發、亦無由測出考生之想像、分析、組織、創造等能力，故所作千篇一律，令閱者懨懨欲睡。這樣的考試內容與方式如何能使學生以「正確」之態度及信心學習他們唯一的「文學」科目？又如何能使教師勇於執著文學教育「應有」的理念與做法，引導學生進入文學之門？前文曾論及教師觀念與教法之偏差，其實彼亦不可全然歸咎於教師，蓋升學考試如此內容、如此方式，在學校、家長、學生三方面「升學至上」的壓力下，教師苟有「自我」、苟有「理想」，亦難於付諸實行，於是教、學、升學三方面共同形成一惡性循環，積弊極深，幾不可解。

## （四）變革的事實與困境

上述種種事實及弊象，台灣各級學校教育中人應有所共感，但或基於體認程度之不同，或基於重視角度之差異，呼籲改進之焦點一直局限於部分選文之替換以及開放民間自印教科書二端而已。前者大體為國文教師所反映，後者的視野仍欠宏觀，對問題焦點的掌握也仍欠深入，因為整個文學教育問題的核心並不在幾篇選文的是否恰當、是否引起學子興趣而已；而後者也夾纏著利益的爭取以及解構威權「政治」企圖[5]。但不論如何，這種批判的聲音，仍然具有正面、積極的意義，以最體制化的教育系統——國小、國中、高中、高職而言，包括國文在內的各個基本資料（如歷史、地理……等），其課程標準分別於一九九三年（國小）、一九九四年（國中）、一九九五年（高中）、一九九八年（高職）重新修訂頒布；民間自行編印教材亦陸續隨之開放——以國文為例，國小、國中、高中、高職，部編標準本時代均已漸次走入歷史。而在升學考試方面，最引人關注的大學聯招將自二○○二年改為「考招分離」式的多元入學管道，由「財團法人大學入學考試中心」——此一考試專責機構全面接辦考試業務；而高中聯招亦自明（二○○一）年起全面廢除。

在此值得特別介紹的是「大學入學考試中心」。此一中心由教育部籌措基金於一九八九年設置，十年以來集合各學科領域之學者、教師，持續不斷對考試相關之重大課題——如試卷之題型、評量之內容、評閱者之結構、評閱之方式……等等，積極研究開發。以國文為例，七、八年來已將試題徹底導向更文學性、更美感性，特重整合、分析、感悟、創造、表達等能力之測試，相當程度地改變了高中教師的教學觀念與教學方法，亦獲得高中學子及社會普遍的肯定與讚揚。

課程標準既已更訂，民間又可自行編印教材，升學考試亦已多元，各種現象似乎都預示了體制內文學教育的美好時代即將來臨。然則未必盡然，須待努力的路仍甚漫長。以高中國文課程標準而言，企圖透過教材提供文學史知識及文學素養的用心隱約可見，但「散文」為主的觀念仍舊牢不可

5 國府遷台以來至一九八七年「解嚴」爲止，爲所謂「戒嚴時期」，而「戒嚴時期」一切事務的考量均以「安全」爲上綱——包括思想的安全、教育的安全均在內，各級學校教材僅有國家標準，故「開放」的呼聲，其實隱藏著衝撞舊體制的「意識」。

破，詩、小說、現代文學的比重仍未盡合理[6]。再以民間所印教材為例，除一、二家較具前瞻性、理想性，精心架構其講授系統，設計其教學體例外，率皆因襲舊章，少有興革。換言之，各家編者普遍欠缺對文學教育的認知、熱忱以及專業素養。令人備覺嘲諷的是，愈少更新、愈像參考書的課本，愈受教師青睞——此中反映了何種問題？值得吾人深思[7]。

最後，大學入學考試中心所研發、採用之測驗模式，雖甚獲好評，但其中寓含的理念、精神，高中教師能確實明白、掌握者甚少；且其中所需之技巧有一定難度、所需之精力亦數倍於一般題型，故高中教師平日仿效依循者亦不多見，學子在學習過程中所遭遇之測驗仍然品質不佳，造成其無所適從之困擾，殆不能否認。

除去上述三點改革過程中瞻顧猶疑、明而未融的現象外，另有一種確實存在卻極隱微的情況不能不述。

前文中曾論及國府遷台以來，向以中華文化及儒家道統之繼承者自居，故國文等課本（包括歷史、地理）自有「大中國主義」色彩，無庸置疑。但七〇年代台灣有鄉土文學論戰，八〇年代有報導文學興起，至八、九〇年代之交加上主政者之推波助瀾，本土意識遂急遽高漲，迄今方興未艾。往昔台灣、中國「一體」的意識遂被激化為對立的二者；在政治上形成統、獨之爭，在教育上乃有台

6 舉例言之，古典詩歌僅規定樂府詩、古詩、唐詩、宋詩、宋詞、元曲各一課，現代詩僅規定每年酌選一課；其餘無論古典小說、現代小說均未明確要求選入。

7 目前坊間高中國文教科書有六、七種版本之多，有極具理念、極具系統、極為用心編輯者，亦有拼湊雜匯、大類參考書者。但採用前者之學校不及二成；採用後者之學校高達四成。

灣本位的尖銳主張。此中國文教材的情況雖不嚴重，但各家編者在選擇現代文學作品時，仍不免有夾纏意識型態致忽略文學應然的教育系統以及藝術價值考量的情形出現[8]。此一現象將如何變化？其影響又如何？亦值得密切觀察。

## (五)課題之省思

綜觀上述台灣體制內文學教育的演進變革，顯然有以下幾項課題值得省思、探索：

1. 政治意識濃厚：無論早期之強調忠孝節義、同仇敵愾，或晚近之台灣本位主張，都一致顯示了台灣體制內文學教育所具有的濃厚政治意識。基本上，這和台灣的歷史處境有關。五十年來，甚至三百年來，台灣一直處在政治情勢高度不安的狀態中，則文學教育不能回歸文學的本質而恆受政治力量之主導亦勢所必然。但如何早日擺落此種干預，還文學教育之純淨？仍是台灣所有關心教育、獻身教育者應嚴肅面對、積極努力的課題。

2. 文化觀點強烈：台灣各級學校之國文課程，與其說是文學教育，不如說是文化教育。編者、教者「有志一同」地希望透過國文教育，達成傳續傳統文化的任務。這種強烈的文化觀點之所以形成，其因素絕非單一；其時間亦非一朝一夕，但基本上仍與中國悠久的歷史有關。換言之，綿延的歷史文化加予今人沉重而無以旁卸的擔子；太長的傳統、太富的遺產，使後世子孫取捨之間猶疑失

---

8 舉例言之，如大同資訊版選錄台灣本土詩人向陽之〈立場〉意識型態即頗鮮明；而三民、翰林各選大陸作家余秋雨之散文，亦似有中國意識(亦有「從俗」考量)。當然更普遍的是純從明白易懂、輕鬆有趣的角度選擇，然則其教育理念與專業素養之欠缺顯然可見矣。

據。雖說文學亦屬文化的內涵，但台灣體制內文學教育應如何堅持文學主體，並與文化內涵保持妥適之相關？實為未來最需審慎經營的重大「工程」。

3.保守心態嚴重：前文曾述及雖然課程標準已然修訂、教科書編印已然開放、考試方式已然變革，但編書者、教書者仍多襲舊貫，這就顯示了參與國文教育的最主要成員，其心態仍極保守。據筆者廣泛接觸[9]，中學教師認真用功、肯定新變者固不少見，但陷溺窠臼、怯於新變者更為多數。故前文指出愈少更新、愈像參考書之課本愈受教師青睞，正反映了迫切需要「教育」的人不是學生乃是教師。直至今日為止，台灣各級國文教師並無完整有系統、有品質的再教育制度——這確實是一個嚴重的問題。

4.審查素質低落：伴隨教科書編印權之開放，教育部乃訂有審查機制，唯通過審查者始能發行。依理推之，審查者應將選文駁雜無統，編者欠缺專業素養、欠缺教育理念者汰去。實則不然。不唯品質不佳之教材往往輕易過關；精心編撰，注重文學、藝術本質之教材反倒時遭質疑，往往迫使編者或多或少放棄其系統、改變其做法。這種因審查者素養不足、理念不清、認知不確所造成的不公不正，帶給用心的編者巨大挫折感，此一機制若不能儘速改善，恐將使新的文學教材品質較諸以往更形低劣。

當政治意識、文化觀點不再成為文學教育中揮之不去的「主導」力量，不再成為文學教育中無

---

9 本人近十餘年來參與課程標準修訂、教科書編寫、評量方式研發改進等工作，曾與全台灣中、大學教師持續廣泛接觸，對其了解甚深。

所不在的「必要」內涵；當教師更深切的認知自己身為文學教育者的責任，不斷進修，並對調整、新變充滿信心與毅力。當教育主管單位改善其僵固的行政思考與做法，對教材或確實提升其審查品質，或尊重專業及市場機能；對評量，嚴格督導各級考試中心不斷研究開發，引導師生教學走上正軌。如此，台灣體制內文學教育的新境界、新時代始可能來臨。

## 三、體制外的文學教育

有關台灣體制內文學教育的演變及課題，概要略如上述，其欠健康、欠正常、欠真善美的情趣，殆明白可知。然而五十來年台灣文學的表現，成績其實不惡，衍及今日，甚至已成世界學術研究之課題[10]。所以如此，因素固非一端，但體制外文學教育具有重要貢獻，則絕不能否認。換言之，體制外文學教育與體制內文學教育共同構成半世紀以來台灣文學教育的內涵；而體制外文學教育更彌補、刺激了體制內文學教育的不足與反省。如果沒有體制外文學教育那種活潑潑的展現與薰陶，則文學新血更無由產生，而台灣文學教育的風景亦更為灰暗貧乏，殆無疑問。

綜觀五十年來台灣體制外文學教育之機制，實以報紙副刊、文學雜誌、文學出版、文藝營（含寫作班）四者為主。前三者為「無形」的教育，後一者為「有形」的教育。以下即分此二類述之：

---

10 五十年來，台灣在詩歌、散文、短篇小說上的創作成績，質量均佳，爲華文文學之翹楚，蓋世所公認，無需多作贅論。而晚近以台灣文學引起歐、美、日本、中國大陸之重視，雖亦雜有「政治」因素，但基本上還是因爲學術中人注意到台灣文學的精采內涵及表現所致。

## (一)無形的教育

### 1. 報紙副刊

台灣報紙副刊一直以高度的文學性為其特質，早期除針砭時事的固定專欄(每篇僅數百字)占據副刊一角外，全部為小說、散文、詩歌等「文學」作品。八〇年代以降，文化論述之作雖漸常見，但「文學」仍為主調——就全世界的報紙而言，這大概是極特殊而少見的例子。《中央日報》、《聯合報》、《徵信新聞報》(今《中國時報》前身)副刊，是早期台灣知識青年接觸文學作品最重要的媒介。後來報禁解除，報紙家數更多，而副刊依然為經營的重點，亦仍然維持高度的文學性，主編往往聘請作家擔任，各家副刊因此各有特色，無論為《中央日報》之保守、為《中國時報》之前衛、為《聯合報》之執中、為《台灣日報》之本土，皆成為不同品味文學青年恣意徜徉巡禮的園地，映現台灣文學的多元體貌。這些副刊不僅刊登優秀文學作品，有心者並設計主題，引領風潮：例如雲起於八〇年代之報導文學，即倡自《中國時報》人間副刊(高信疆主編)；而晚近各種新趨寫作，如環保文學、都市文學、飲食文學、旅行文學、女性文學、同志文學等，亦莫不多賴報紙副刊為之推波助瀾；部分副刊又年年舉辦文學獎，鼓勵創作風氣，如今，《中國時報》、《聯合報》每年一度的文學獎已成台灣文壇之大事，評審的標準、獲獎作品的風貌等等，相當程度地影響了作者的寫作方向以及讀者的口味，也發揮了莫大的教育、示範的效果。但此中利弊得失究竟如何?實為觀察台灣文學教育與文學發展應予重視、省思的課題。

其次，各報紙副刊多登載散文及短篇小說，極少新詩。故五十年來台灣文學成績最耀眼、讀者最廣大者為散文、為短篇小說；新詩成績亦佳，但與報紙副刊無涉，反因此一直成為小眾讀者的文學[11]；而長篇小說乏人創作，亦乏人閱讀[12]，凡此俱使台灣文學之格局不夠博厚宏大，亦為值得注意之現象。

### 2. 文學雜誌

由於報紙的壽命基本上只有一天，故人們閱讀報紙基本上亦容易帶著瀏覽的態度與接收資訊的心情——即連副刊亦然。因之，如果說報紙副刊的教育功能較為輕鬆、隨機，則文學雜誌相對而言，便比較具有系統性、持久性、嚴肅性。半世紀以來，台灣重要的文學雜誌，自本土以至西潮、自通俗以至學術，莫不有之，正肆應了各種不同文學品味、信仰的需求，也提供了多元層次的教育功能，更見證了台灣文學轉折多姿的變化。據薛茂松、應鳳凰等人的論述[13]，五〇年代重要的文學雜誌有《野風》（一九五〇年十一月創刊）、《文藝創作》（一九五一年五月創刊）、《文壇》（一九五二年六月創刊）、《皇冠》（一九五四年二月創刊）、《幼獅文藝》（一九五四年三月創刊）、《中華文

---

11 五十年來台灣新詩的教育與發展基本上靠眾多之詩刊推動，但詩刊俱屬同仁刊物，發行不廣，故讀者不多；時至今日，即連中學教師，亦仍多對新詩不甚了了，且不乏否定排斥者。（長期以來，大學入學考試不見新詩題目；「作文」一項亦明訂不得採詩體寫作。直至文內所述大學入學考試中心研發試題後，始有所變革改進，此中所蘊含的觀念、心態，實令人匪夷所思。）

12 報紙副刊設置文學獎以來，偶有專徵長篇小說者，如蕭麗紅《千江有水千江月》即因獲十餘年前聯合報長篇小說獎，始風行一時；朱天文《荒人手記》、蘇偉貞《沉默之島》亦因獲時報百萬小說獎而引人注目。

13 薛茂松，〈台灣地區文學雜誌的發展〉，載《文訊》二七期，一九八六年十二月；應鳳凰，〈五十年代台灣文藝雜誌與文化資本〉，收入《五十年來台灣文學研討會論文集》之三《台灣文學出版社》（台北：行政院文化建設委員會，一九九六，初版），頁八五。

藝》（一九五四年創刊）、《文學雜誌》（一九五六年創刊）、《筆匯》（一九五九年創刊）等約三十種。在那個風雨飄搖的時代，竟有這麼多文學雜誌相繼創刊，不唯撫慰人心，並且提振人心，讓那個匱乏的社會顯得如此富有，相較於九〇年代的台灣，卻僅餘《聯合文學》、《中外文學》、《文訊雜誌》、《幼獅文藝》、《明道文藝》、《台灣文藝》等數種，令人益覺難能可貴。雖然這些雜誌多數早已停刊，但影響深遠。如文壇兼辦文壇函授學校，培育無數寫作新血；《文學雜誌》鼓吹純藝術作品及理論，《筆匯》則大量引介西歐新思潮，俱與官方反共文學相抗衡，不僅展現五〇年代文學人對文學教育旺盛的企圖與熱忱，並且也蘊蓄了下個階段台灣文學豐收的潛能——事實上，六〇年代的《現代文學》（一九六〇年三月創刊）、《文學季刊》（一九六六年十月創刊）是台灣文學史上極重要的兩種文學雜誌，前者即接續《文學雜誌》，積極引介西方文學理論與方法；後者亦接續《筆匯》注重文學反映人生、反映現實的主張與實踐。

六〇年代的重要文學雜誌除前述二者外，尚有《台灣文藝》（一九六四年四月創刊）、《純文學》（一九六七年一月創刊）等。前者特別值得重視，其與《文學季刊》後繼者的《文季》（一九七三年八月創刊）共同成為七〇年代台灣鄉土文學運動的主要推手[14]。

降至七〇年代，除《文季》外，又有《中外文學》（一九七二年六月創刊）、《明道文藝》（一九七六年三月創刊）等至堪注目之刊物。《中外文學》由台大外文系出版，重視理論，極富學術性，可

---

14 七〇年代的鄉土文學是台灣當代文學史上重要的里程碑，具有強烈的反西化及本土色彩，是對六〇年代偏重西方的現代文學派以及國府專制政權的一種反動。《文季》主編爲尉天驄，《台灣文藝》創辦人則爲吳濁流。

謂承《文學雜誌》、《現代文學》一脈[15]；《明道文藝》由台中明道中學出版，以高中生、大專生為對象，年年舉辦文學獎，對培養、發掘文壇新秀居功厥偉。二者皆由學校中人主編，其以一「系」「校」刊物而成全國性重要文學雜誌，益顯示了台灣文學教育者驚人的能耐。

八〇年代以還可述之文學雜誌則有《文訊》（一九八三年七月創刊）及《聯合文學》（一九八四年十一月創刊）。前者注重文學史料之記錄、整理、分析、探討，十餘年來已成為台灣文學研究者不可或缺之參據；後者為當今最重要之純文學雜誌，年年舉辦文藝營、文學獎，無論在文學研究、文學創作以及文學教育上俱貢獻卓著。

此外，特別值得一述者，為各種新詩刊物。回顧五十年來台灣文學發展，新詩之成果令人刮目，但其實無論報紙副刊、文學雜誌、文學出版，俱忽略新詩，此一成果全賴詩人組成詩社、編印詩刊，展現其信仰、毅力、熱忱，傳續新詩之薪火有以致之。台灣現代詩史上最著名之《現代詩刊》、《藍星詩刊》、《創世紀詩刊》，俱創始於五〇年代，所有台灣現代詩史上熠熠生輝之前行詩人俱誕生於此中。雖詩刊大抵僅流通於同仁之間，但詩社接續不斷成立、詩刊前仆後繼印行，亦構成台灣文學極動人的風景，令人低迴流連，不能自已。

綜合而言，五十年來台灣文學雜誌一貫反映了文學人對文學本質與文學功能的思索、驗證。他們在環境變遷的推移中，努力綰合本土、中國、西方、藝術、現實、人生；他們讓雅、俗與難、易共陳，讓傳統與當代相激；他們從不懈怠於對創作的熱忱、對教育的投入，也從不喪失對文學的信

15 《文學雜誌》主編夏濟安即台大外文系教授，而《現代文學》主編白先勇即夏氏弟子。

念。晚近以來，研究生漸有以文學雜誌為研究主題者，證明文學雜誌的「文學」、「歷史」及「社會」意義已為學界所肯定、重視。

**3. 文學出版**

半世紀以來的台灣出版，隨著經濟之發展、社會之進步、教育之普及，雖早已日益蓬勃、包羅萬有，但文學書之出版一直是其中引人矚目的重要類徵。《皇冠》自五〇年代創刊以來，挾其通俗路線，擁有廣大讀者，乃進而出版各類文學作品，尤以小說為大宗——台灣文學史上管領風騷之女作家，如瓊瑤、三毛、廖輝英、蕭麗紅等俱自《皇冠》發跡。文星書店雖非以文學出版為主，但對六〇年代以降台灣知識之啟蒙具深遠影響，故所印行之文學名家作品俱為文學青年所必讀。水牛、志文則堅守理念，持續、大量翻譯各種東、西方文學名著，開展台灣文學青年遼闊的視野，也厚植他們文學的素養與功力。進入七〇年代，純文學出版社、大地出版社、爾雅出版社、洪範出版社、九歌出版社一時並起，大量出版小說、散文、詩歌之作，名家、新秀無不網羅，於是自高中、大學以迄社會人士，皆成為其讀者，其於文學教育之功實不可沒。

如今，雖純文學出版社已然走入歷史，大地出版社亦漸岑寂，但後三者仍然屹立不搖，而新起者如前衛、晨星、麥田、聯經、時報乃躍躍然有生氣焉。洪範有系統地出版「五四」以來文學名家之作，前衛、晨星戮力本土及原住民作品，麥田重新理論與新思潮之引介，俱為台灣當今文學教育中人所高度肯定之出版社。

## (二)有形的教育

報紙副刊、文學雜誌以及文學出版等體制外文學教育之機制，實為促進台灣當代文學發展最重要之動力。在早期一切匱乏的時代裡，它們滋養人們的心靈、激勵人們的意志，讓社會仍然處處洋溢著善美與真。而後在快速變動(自六〇以至九〇年代，台灣迭經西化、商業化、工業化、都市化、本土化)的時代裡，它們緊扣變化的脈動，展現文學人的堅毅、果敢、勇銳。平心而論，台灣文學所以有今日之變遷與樣貌，這些體制外「無形」的教育，實在扮演了極重要的角色。

「無形」之外，尚有「有形」者，此即繁富多樣的文藝營及寫作班。它們設計課程、敦聘講師、指導寫作，扮演了類似「體制化」教育的角色，卻又較一般體制內教育更活潑化、人性化，故頗吸引文藝青年及社會人士參與。最早的文藝營應屬創辦於一九五五年的「復興文藝營」，當時招收學員一百人，研習時間長達四週。六〇年代，中國青年寫作協會、耕莘青年寫作協會成立，前者續辦「復興文藝營」(唯其後名稱不斷更迭)，後者辦理「耕莘暑期寫作班」；二者迄今仍然運作不輟，且更多采多姿。七〇年代，吳三連台灣史料基金會開始舉辦「鹽分地帶文藝營」；八〇年代，台灣省政府新聞處與聯合報系合作開辦「台灣省巡迴文藝營」；九〇年代，文建會及各地文化中心開辦各項「週末文藝營」。此五者為最具代表性之全國性文藝營。而隨台灣社會之變遷，「鹽分地帶文藝營」以其濃厚之本土色彩，「台灣省巡迴文藝營」以其強大之講師陣容，共同成為目前最具吸引力之文藝營。

九〇年代以還，文藝營及寫作班數量之多，令人咋舌。無論政府、民間、各級學校，乃至作家個人，都熱心辦理各種文藝營及寫作班，其授課對象則自國小、國中、高中，以至大專學生、中學教師、社會人士，莫不包羅。此中各縣市文化中心側重民間文學及區域文學之研習[16]，對長期以來此一備受忽視的文學「源泉」之推廣，應具貢獻；台灣省教育廳及大學文學系則側重引導高中生、大專生提升文學素養，進入文學殿堂[17]；中國青年寫作協會及耕莘青年寫作協會則班別最為繁多，散文、新詩、小說等創作班固不論外，尚有文學入門婦女班、文學潛能開發班、新文學閱讀討論班、文學獎生態研習班……等等，真可謂琳琅滿目，無所不有。作家部分，阿盛之寫作私塾班最穩定、持續，黃秋芳之創作坊亦能堅持不輟——前者為名散文家，所開散文寫作班甚為蓬勃；後者十餘年來在其家鄉中壢積極推動各種文學教育，極為難得。可一提者，二人皆出身中文系(阿盛為東吳大學中文系，黃秋芳為台大中文系)。私人文學寫作、研習班在台灣尚不普遍，但未見出身外文系者創辦，此中是否透露了中文人、外文人不同的理念與懷抱?亦甚有趣，值得推敲。

綜合而言，台灣文藝營及寫作班此種機制之發展，殆從政府至民間、從中央至地方，愈益廣被、愈見多元，各具理念、各出新裁，構成無限繽紛的文學教育內涵，也成為台灣文學教育體系中最可見其成績、最能明察其影響力的一環[18]，而其所展現之信念、熱忱、智慧、意志，尤令人感佩

---

16 如：台北縣立文化中心舉辦「北台灣文學研習營」、嘉義市立文化中心舉辦「嘉義市民間文學研習營」、台東縣立文化中心舉辦「後山文學營」、高雄縣文化中心舉辦「民間文學整理研習營」等，不煩備舉。

17 如：台灣省教育廳持續與台東高中合辦「台灣省高中生文藝營」，彰化師大國文系亦辦理「全國高中生文藝營」，台灣師範大學則承教育部之委託辦理「全國高中生文藝營」，而政治大學中文系辦理之「台灣現代詩歌文藝營」、東吳大學與銘傳大學文藝營社團合辦之「大專迎曦文藝營」則以大專生爲對象。

18 目前台灣大學中、外文系之學生頗有因曾參加各種文藝營乃做此「人生選擇」，且其中亦不乏持續寫作並於

無已。

## (三)課題的省思

台灣體制外文學樣貌概略如上，其功能、成效雖有足多者，但亦有以下幾項課題值得省思、探索：

1. 文學獎的負面作用：無論於創作風氣之提倡、閱讀水準之提升，以及作家之激勵、培養等作用而言，文學獎均有重大貢獻。但目前台灣文學獎最具吸引力者厥為時報、聯合報二家。其挾報紙傳媒巨大力量，主導作者、讀者、評者之結構與意見，是否可能影響其三者原應有之自主與純粹；並對文學發展寬廣之路徑、樣態，以及價值判斷有所限制？值得掛慮、觀察。

2. 文類的畸形發展：長期以來，除詩刊外，報紙副刊、文學雜誌俱少刊登詩作；對長篇小說亦興趣缺缺。此雖有功於台灣散文及短篇小說之優秀表現，但畢竟使台灣文學類型之充分發展產生畸形現象，在最「精美」與最「深厚」的文學格局上有所欠缺，此中因素究竟何在[19]？能否予以突破、改進？自亦值得深入探索。

---

(續) 各文學獎嶄露頭角者；至於社會人士、家庭主婦更多持續參加各地文藝營者，形成相當鮮明的一種「社會現象」。

19 舉例言之，現代詩持巧繁富，其意旨亦最含藏，自五〇年代始，副刊、雜誌俱少刊登，是否與彼時思想「戒嚴」之氣氛有關？其後又是否與其「小眾」而無益媒體傳播效益有關？至於長篇小說則所占篇幅甚多，排擠稿件效應太強，又不符日趨工商業化之閱讀口味，或皆為其遭棄之原因。

3.文學雜誌與文學出版的困境：九〇年代以降，文學雜誌銳減（且亦有朝不保夕之憂）文內已然陳述；而洪範、爾雅、九歌等管領一時風騷之文學出版社雖仍健在，但其經營亦已日趨艱難——此爾雅發行人隱地固已屢屢慨乎言之矣。對照於文藝營與寫作班之蓬勃，此種現象似乎充滿了矛盾與弔詭。顯然，知識經濟與網路時代的來臨，壓縮了「傳統」文學雜誌與文學出版的生存空間，二者是否無力對抗？抑是否有調整策略、改變做法，再造盛勢之可能？應為所有文學教育者宜予關心的課題。

4.文藝營、寫作班之駁雜與參差：八、九〇年代以還，文藝營與寫作班在台灣茂蔚發展的現象略如前文所述，但嘉年華會的熱鬧、亮眼之外，課程內容之駁雜，講師、學員素質之參差，乃至城鄉落差之鮮明等等，均為其隱憂。吾人應知：多元與駁雜僅一線之隔；數量龐大與品質穩定亦絕對衝突；而營隊集中都會區，造成城鄉落差分明，亦正反映文學教育資源之分配不均；凡此，皆為吾人應誠實面對之課題。

## 四、結語

五十年來台灣文學教育之演變及其課題，略如上述。由於所涵蓋之時間甚長、所探討之範圍甚廣，全文粗疏遺漏者自不在少，而作者未能盡意者亦仍多有，他日自當再加補充修正。作者希望透過本文概略的描敘論述，能讓所有文學教育先進對台灣文學教育有較全面而正確的認識，從而對其中所經歷的種種磨難有深切的同情共感；對所有文學人所做的努力、奉獻給予肯定；對猶待解決的課題提供針砭之道。悠久的歷史、深厚的傳統、多難的國運，加上變化愈趨快速的社會，一方面束縛了台灣文學教育自由廣闊的空間，一方面卻也激發台灣文學人無比的熱忱與毅力。「後現代」已然來臨，在一切「去中心」的「解構」運動裡，台灣文學教育是否可以擺脫各種新、舊意識之夾纏而蛹變蝶飛？在一切都是網路溝通的人際關係裡，文學是否更將成為人心的渴欲，而文學教育也將獲取更便捷有效的通路？對此，我個人的答案是肯定的。但我深知，我們可能必先經過一個更混亂失序、更茫然無措的階段；但我們無從迴避，只有更審慎取鑑前人成敗、更積極效法前人弘毅，迎向前去。

## 附記

本文撰成於二○○○年，於今視之，內心不免猶多惶惑。當年所批判的保守心態、傳統價值、文化觀點，在今日充斥著種種偏執、專斷的心態、主張以及行動中，翻覺可貴；而語文與文學的整體環境、品質，較諸往昔，固非僅未進，甚且日益紛亂、淺俗、沉淪；二者毋寧充滿嘲諷，令人無能自處。文內結語雖已言及「我們可能必先經過一個更混亂失序、更茫然無措的階段」，但當年斬然的「肯定答案」，如今卻已全無信心。理由無他，當一個社會任由褊狹的意識主導一切，勢將無從釐清本末，無從明析是非，這個社會所有開展的可能都將注定失落——。然而我仍殷切希望這只是我個人的妄語而已！

聯經評論

# 永遠的搜索：台灣散文跨世紀觀省錄

2014年6月初版　　定價：新臺幣320元

著　者　何寄澎
發行人　林載爵

叢書主編　沙淑芬
校　對　吳美滿
封面設計　劉克韋

出版者　聯經出版事業股份有限公司
地址　台北市基隆路一段180號4樓
編輯部地址　台北市基隆路一段180號4樓
叢書主編電話　(02)87876242轉212
台北聯經書房　台北市新生南路三段94號
電話　(02)23620308
台中分公司　台中市北區崇德路一段198號
暨門市電話：(04)22312023
台中電子信箱　e-mail：linking2@ms42.hinet.net
郵政劃撥帳戶第0100559-3號
郵撥電話　(02)23620308
印刷者　世和印製企業有限公司
總經銷　聯合發行股份有限公司
發行所　新北市新店區寶橋路235巷6弄6號2樓
電話　(02)29178022

行政院新聞局出版事業登記證局版臺業字第0130號

本書如有缺頁，破損，倒裝請寄回台北聯經書房更換。　ISBN 978-957-08-4383-5 (平裝)
聯經網址：www.linkingbooks.com.tw
電子信箱：linking@udngroup.com

國家圖書館出版品預行編目資料

永遠的搜索：台灣散文跨世紀觀省錄/何寄澎著．
初版．臺北市．聯經．2014年6月（民103年）．304面．
14.8×21公分（聯經評論）
ISBN 978-957-08-4383-5（平裝）

1.散文 2.中國當代文學 3.文學評論

820.9508 103005519